우리가 몰랐던
홍콩의 4분의 3

우리가 몰랐던
홍콩의 4분의 3

류커샹(劉克襄) 지음 ─ 남혜선 옮김

챕

홍콩 지도

윈롱

뉴테리토리 서부

튠문

췬완

칭이섬

통충

펭차우

타이오   란타우섬   무이워

라마섬

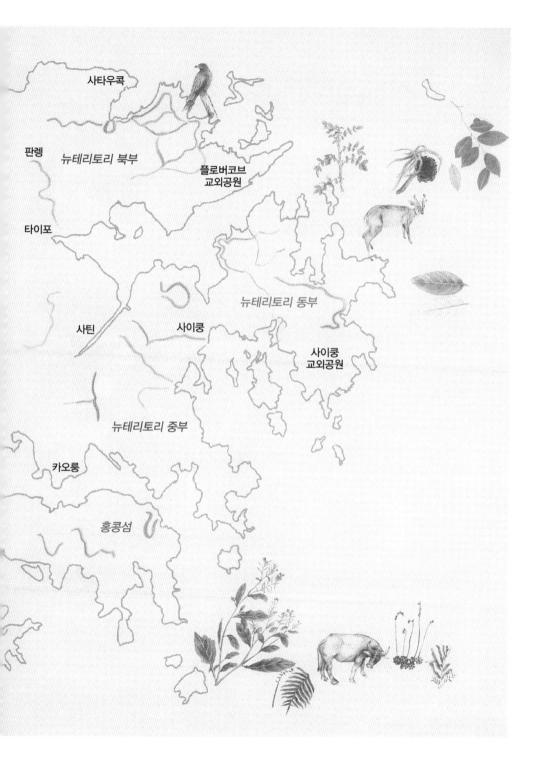

사타우콕

판렝 뉴테리토리 북부

플로버코브
교외공원

타이포

뉴테리토리 동부

사틴 사이쿵

사이쿵
교외공원

뉴테리토리 중부

카오룽

홍콩섬

뉴테리토리 서부 지역

란타우섬

홍콩섬과 라마섬

홍콩의 본모습과
마주하다

홍콩 하이킹 가이드북인 이 책이 완성되어갈 무렵, 홍콩 정부는 교외공원 (Country Park)* 부지를 개방해 재벌과 건축업자들을 끌어들인 뒤 시민의 주택 수요 문제를 해결하려고 안달이 나 있었다. 개발제한구역이 이런 식으로 점점 줄어들자 환경문제에 관심을 기울이던 많은 홍콩 시민들이 더는 참지 못하고 단체를 만들어 하나둘 들고 일어났다. 분노에 찬 시민들은 시위를 벌이고 항의하면서 개발이 금지된 홍콩의 뒷동산을 파괴하려는 행위를 격렬하게 저지했다.

바로 그즈음, 나는 세 번째로 타이완 등산팀을 데리고 홍콩의 산림으로 들어갔다. 자원봉사를 해서라도 사람들에게 거의 알려지지 않은 이 도시의 독특한 자연환경을 알려주고 싶었다. 종종 "교외공원이 뭔데?"라는 질문을 받기도 하고, "홍콩에 산이 있어?", "홍콩에 시골이 있다고?"처럼

● 홍콩 정부가 개발되지 않은 교외 지역에
   환경보호를 목적으로 구획한 공원으로,
   한국의 국립공원에 해당한다.

더 우스운 질문을 받기도 한다. 친구들과 모여 홍콩에 관한 이야기를 나누다 보면 홍콩에 대한 이런 장난스럽고 곤혹스럽기 그지없는 얕은 인식 수준을 자주 확인한다. 게다가 내가 대만의 멋진 자연을 제쳐놓고 툭하면 홍콩으로 날아가 산에 오른다고 하면 더욱 믿기 힘들어한다. 겹겹이 이어지는 홍콩의 산과 들판을 다들 참 생소하게 느낀다는 걸, 심지어 홍콩의 자연에 대한 편견이 이미 보편화되어 있다는 걸 알 수 있는 대목이다.

대만 사람들이 왜 이런 오해를 하는지, 사실 알 만하다. 서점에 가서 홍콩에 관한 책을 아무거나 한 권 골라 펼쳐봐도 홍콩의 자연환경을 소개한 지면은 찾아보기 힘들다. 여행 가이드북에서는 대부분 쇼핑몰과 맛있는 음식을 추천하기 바쁘다. 대략 한두 시간이면 버스 타고 다 돌아볼 수 있는 곳들이니, 아무리 더 머물러봤자 여행객들로서는 하찮아 보일 수밖에 없을 것이다. 그러니 여행 안내 책자에서 소개도 해주지 않는 교외 지역이야 더 말할 것도 없다.

2012년 7월, 영국의 〈이코노미스트(*The Economist*)〉가 세계에서 가장 살기 좋은 도시로 홍콩을 꼽자 많은 이들이 그제야 홍콩 면적의 75퍼센트 이상이 도시가 아닌 시골의 너른 들판이라는 사실을, 그런데도 오랫동안 사람들이 관심을 기울이지 않았다는 점을 깨달았다. 눈에 보이지 않던 홍콩의 자연이 드디어 수면 위로 올라온 순간이었다.

나는 참 운이 좋았다. 이보다 7년 앞서 많은 사람이 잊어버린 푸르른 홍콩에 마음을 빼앗겼으니 말이다. 방문 작가로 학교에 머물러야 하는 시간을 빼고 보통 한 사나흘 정도 휴가를 내어 수많은 작은 섬들로 이루어진, 산과 바다가 만나는 홍콩으로 날아가곤 했다. 풍수림(風水林)의 세계에서 산에 오르고 마을을 가로지르며, 도시와 자연의 관계를 찾아나갔다. 최근 반세기 동안 중국인들이 세운 도시 중 빠른 발전 과정을 겪으면서도 자연환경과 오랜 시간을 들여 대화하고, 균형을 모색하며 풍부한 자연환경을 축적해온, 그러면서도 또 한편으로 경제 발전까지 이룬 홍콩은 아주 특수한 사례다. 내게는 이 도시가 잉태한 교외 자연환경과 보호 법규가 참으로 소중하다. 홍콩이 이룬 발전과 과거가 중국어권의 다른 도시에도 수많은 시사점을 던져주리라 믿는다.

　홍콩에서 많은 산을 돌아다녔지만 모든 지역의 풍경을 상세하게 묘사해낼 수 있을 정도로 가는 곳마다 영감을 얻지는 못했다. 이 책은 맥리호스 트레일(麥理浩徑, MacLehose Trail), 윌슨 트레일(衛奕信徑, Wilson Trail) 등 홍콩의 유명한 4대 도보 여행길을 주로 소개하지 않는다. 란타우 피크(鳳凰山, Lantau Peak), 타이모산(大帽山, Tai Mo Shan), 팟신렝(八仙嶺, Pat Sin Leng) 등의 중요한 산도 목적지가 아니다. 그보다는 오래된 옛길과 마을길, 습지 환경을 알리는 데 집중했다. 이렇게 잘 알려지지 않은 노선들과 다양한 자연 풍경을 통해 더 많은 시골 마을과 그곳의 산물, 동식물의 생태를 담고 싶었다.

보통 등산객들이 쓴 글에는 자연환경을 기록한 여정이 담겨 있다. 대만에는 이렇게 산과 들에 대해 쓰는 작가가 별로 없다. 그러니 대만 밖의 자연환경을 답사하는 경우는 더 말할 필요도 없다. 나는 오랫동안 이 분야의 가능성을 시험해왔다. 문학과 등산 기행 사이에서 기행문의 맛을 녹여내면서도 생동감 넘치는 유기적인 글쓰기 형식을 찾아내려고 했다. 그 이유는 자연 답사를 좋아하는 내 취향을 만족하기 위함이었고, 동시에 타지와 소통할 가능성을 찾아내기 위해서였다.

이 책에서 나는 지리적인 위치에 따라 범주를 묶어 각 노선을 소개하였다. 소개한 하이킹 노선은 모두 내가 가본 곳들이고, 독자들이 독서와 하이킹을 할 때 참고할 수 있도록 직접 손으로 그린 지도도 삽입했다. 책 뒷부분에는 돌아다니면서 들은 각종 어휘에 대해 자세한 설명을 덧붙였다. 독자들이 자연 속을 유유자적하게 거닐면서 현지 환경에 더 빨리 녹아들기를 바라는 마음에서 넣은 자료들이다.

지면의 제약으로 내가 본 모든 동식물을 일일이 자세히 설명할 수 없었고, 더군다나 사진은 넣을 수도 없었다. 그저 홍콩을 대표하는 동식물들을 골라 내 경험을 바탕으로 형상을 묘사할 수밖에 없었다. 그래도 인터넷 시대라 책에 소개한 식물들의 사진과 관련 자료를 손쉽게 찾을 수 있으니 다행이다. 책에 삽입한 몇몇 동식물 삽화들은 대부분 내가 보자마자 첫 느낌으로 그린 그림들이기에 더 운치가 있으리라 생각해 특별히 수록했다.

지도는 되도록 정확하게 그리고자 했으나 손으로 그린 것이라 정확도에 한계가 있고 담고 있는 내용 역시 전문 지도와 겨룰 수 없을 것이다. 만약 필요하다면 홍콩의 SMO(Survey an Mapping Office/Lands Department)에서 발간한 지도를 구매하길 권한다. 나도 산세의 험준함에 따라 하이킹 지역을 간단하게 셋으로 구분했다. 별 한 개와 두 개짜리는 일반 대중에게 적합한 노선인데, 별 두 개 노선이 좀 더 길다. 별 세 개짜리도 조금 경험이 있는 등산객이라면 별로 어렵지 않은 노선이다. 교통 노선도 타지에서 온 여행객들이 가장 쉽게 길을 찾아갈 수 있도록 내 경험에 근거해 소개했다. 하지만 버스 정보는 변동이 있을 수 있으니 출발하기 전에 인터넷에서 자료를 찾아 한 번 더 확인하거나 문의하는 것이 좋다.

온전하게 보존된 홍콩의 교외 자연환경과 이를 풍성한 기록으로 남겨준 옛 홍콩인들에게 감사의 마음을 전하고 싶다. 그 덕분에 내가 이 대도시의 변방에서 상쾌한 마음으로 이 도시의 자연 미학을 학습할 수 있었고, 이 곳의 자연과 문화를 더 아끼고 사랑할 수 있게 되었다. 또 홍콩이 앞으로 맞닥뜨리게 될 도시와 교외 지역의 생태 환경에 더 많은 관심을 기울이게 되었다. 또 이를 펑계로 모처럼 대만을 떠날 기회를 얻음으로써, 내가 나고 자라온 고향의 자연을 다시금 돌아볼 수 있었다. 도시와 교외 지역의 비율로 보면 홍콩은 넉넉한 자연에 둘러싸여 있다. 이야말로 홍콩 사람들이 가장 자랑스럽게 생각해야 할 자산이다. 홍콩의 자연환경이 영원히 보존되기를, 내가 계속해서 이 방대한 교외의 자연환경 속에 안겨 있을 수 있기를, 대만의 도시들도 가까운 홍콩을 거울로 삼아 우리 곁의 숲과 물, 강의 중요성을 더 깨닫게 되기를 바란다.

나의 노선

중독되어버렸다.
끊으려고 해도 끊을 수가 없다.
지도 위의 이곳저곳이
시시때때로 은빛으로 반짝이며
어서 길을 떠나라고 나를 부른다.

내게는 모든 길이
몸과 마음의
온천 휴양지였다.

뉴테리토리
동부 지역

빅 웨이브 베이

아득히 먼 하늘가와
바다 끝에서 만나는 풍경

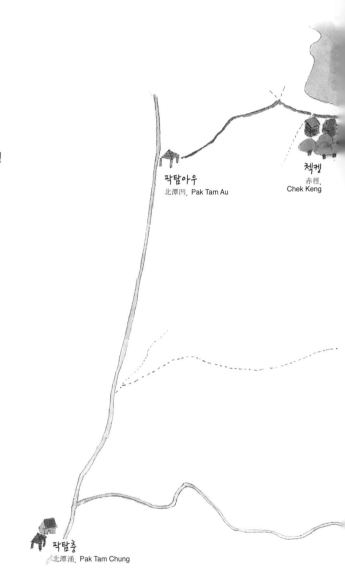

파탐아우
北潭凹, Pak Tam Au

첵켕
赤徑,
Chek Keng

파탐충
北潭涌, Pak Tam Chung

체켕하우
赤徑口, Chek Keng Hau

샤프 피크
蚺蛇尖, Sharp Peak

람욱와이
林屋圍, Lam Uk Wai

쳉욱와이
張屋圍, Cheung Uk Wai

통완
東灣,
Tung Wan

빅 웨이브
大浪, Big Wave

타이완
大灣, Tai Wan

함틴
鹹田,
Ham Tin

함틴완
鹹田灣, Ham Tin Wan

파이응악산
牌額山, Pai Ngak Shan

빅 웨이브 베이
大浪灣, Big Wave Bay

룩우
魯湖, Luk Wu

사이완
西灣, Sai Wan

사이완 정자
西灣亭, Sai Wan Pavillion

하이 아이랜드 저수지
萬宜水庫, High Island Reservoir

19

노선   사이완 정자 → 사이완 → 함틴 → 빅 웨이브 → 첵켕 → 팍탐아우, 약 4시간 소요

교통   사이쿵 찬만 거리(西貢親民街, Sai Kung Chan Man Street)에서 29R 로리 버스(Lorry Bus)●나 택시를 타고 사이완 정자에서 내린다.

난이도 ★★

대만 사람들을 이끌고 홍콩 교외 공원을 찾을 때, 내가 첫 행선지로 꼽는 곳이 바로 빅 웨이브 베이다. 홍콩의 10대 경관 중 하나로 손꼽힐 뿐 아니라 유람선 관광과 산행, 시골 마을과 풍수림 도보 여행 등 모든 것을 해볼 수 있는 코스이기 때문이다.

가장 주요한 빅 웨이브 베이 로드는 시멘트가 좀 많이 들어갔는지 콘크리트 길이 되어 있는데, 너비는 1미터 정도밖에 되지 않지만, 홍콩 교외 공원의 도보길 사정을 잘 보여준다. 홍콩의 시골 속으로 제대로 들어가보고 싶다면 이곳이야말로 가장 쉽게 그런 경험을 해볼 수 있는 최적의 장소다.

● 홍콩 뉴테리토리 지역의 지정 노선을 따라 운행하는 버스로
　시골 주민들과 시골 주민들이 경작한 농산물을 도심으로 운송하는 교통수단

빅 웨이브 베이 로드가 구불구불 굽이치며 이어지는 곳을 빅 웨이브 베이라고 부르는데, 순서에 따라 남쪽에서 북쪽으로 네 개의 작은 만이 이어진다. 사이완, 함틴완, 타이완, 통완으로 이어지는 이 네 개의 만은 파도에 깨끗하게 씻긴 아름다운 모래사장과 암초로 가득하다. 이 해안을 굽어보는 샤프 피크는 험준하고 독특한 형상을 한 채, 우뚝 솟은 북쪽 꼭대기에서 이 아름다운 풍경의 종착지 역할을 한다.

이 뾰족한 네 개의 만이 연출하는 장엄하고 광활한 풍경은 일반 대도시 교외 지역의 풍경과는 비교할 수 없을 정도다. 하지만 안타깝게도 일반적인 홍콩 여행 책자에서는 이런 풍경을 제대로 소개하지 않고, 첵랍콕홍콩국제공항(香港國際機場, Hong Kong International Airport)에서 얻은 간단한 지도도 네이탄 로드(彌敦道, Nathan Road), 센트럴(中環, Central), 코즈웨이 베이(銅鑼灣, Causeway Bay) 같은 화려한 도심지만 확대해놓은 채, 사이쿵(西貢, Sai Kung)의 해산물 레스토랑을 억지로 끼워 넣은 정도에 불과하다.

대만 북부에서 산이란 산은 다 다니며 도보 여행을 꽤 한 나조차도 처음 사이완 교외 공원을 찾았을 때는 깊고 깊은 산속을 헤매다 뜻밖에 청핀서점(誠品書店, 타이완의 대형 온오프라인 서점)이라도 만난 사람처럼 반가운 마음이 들었다. 그 뒤 여러 차례 오면서 이곳에 대한 견문도 점차 넓어졌다. 아마 동아시아 전체의 도심 교외 지역으로 눈을 돌려봐도 이만한 곳을 찾기 힘들 것이다.

빅 웨이브 베이 로드에서 가장 매혹적인, 최고의 추천 코스는 사이완과 함틴완의 두 마을로 이어지는 해안선이다. 젊은 사람들에게는 모래사장 위를 거니는 낭만을, 나처럼 반백이 다 된 이들에게는 살아 숨쉬는 풍경이 주는 기쁨을 선사해주는 곳이다.

빅 웨이브 베이 로드에서 가장 멋진 풍광
앞으로는 함틴완, 뒤로는 타이완, 퉁완
그리고 한쪽 끝이 험준하게
마무리되어 있는 샤프 피크까지

사이완과 함틴완 사이에 있는 높은 산의 언덕에서 바라다보면 둘 다 빼어난 풍광을 자랑하며, 작은 시내에서 시작해 바다로 나가면서 반달 모양의 희고 깨끗한 모래사장을 씻으며 지나간다. 사이완은 복잡하면서도 정교하다. 모래사장 옆으로는 늪과 홍수림이 가까이 연결되어 있고, 남북 산기슭에서는 시내가 조용하고 유유하게 흘러간다. 더군다나 물가 (foreshore) 뒤에 앞바다(offshore)가 있어 작지만 다양한 습지 생태계를 이룬다. 보면 볼수록 탁 트인 전경을 자랑하는 함틴완에서 마을 앞을 흐르는 작은 시내가 숲과 바다가 만나는 고요한 정적 속을 완만하게 흐르며 지

대만의 컨딩으로 돌아간 것 같은 기분을 느끼게 해주는 빅 웨이브의 사이완

나간다. 숲이 무성한 풍수림에서 시작된 시내에 헤아릴 수 없이 다양한 종 (種)이 서식하고 있는 듯하다.

외진 도심의 한 귀퉁이에 자리한 사이완과 함틴완은 세상과 단절된 느낌이 두드러진다. 대만에서 이 두 곳과 견주어볼 만한 곳은 컨딩(墾丁, Kenting)이 유일하다. 북쪽의 타이완과 퉁완은 깊이 들어가기 어려운 국가 공원의 생태보호구역처럼 신비감으로 가득하다.

처음 이곳을 찾는 이들은 대개 사이쿵에서 자주 운행하지 않는 마을버 스를 타고 오거나 서너 사람이 택시를 한 대 잡아타고 등산 입구인 사이

숲에 둘러싸인 타이롱촌을
높은 곳에서 바라본 풍경

타이완의 모래언덕에는
희귀 식물들이 살고 있다.

완 정자까지 온다. 정자에서 옷을 갈아입고 자그마한 시멘트 길을 따라 앞으로 나아가다 보면 평소 자주 볼 수 있는 식물들이 보이고, 오른쪽으로는 하이 아일랜드 저수지(萬宜水庫, High Island Reservoir)가 풍경을 드러낸다. 물이 가득 찬 하이 아일랜드 저수지는 대만의 르웨탄(日月潭, Sun Moon Lake)처럼 아름다운 경치를 자랑하며, 물이 빠져 있을 때는 이곳 저수지 건설의 역사를 확인할 수 있다. 하이 아일랜드 저수지는 산골짜기에 쌓은 제방에 물을 저장해 700만 명에게 식수를 제공하는 수원으로, 홍콩에서 저수량이 가장 많으면서도 가장 늦게 완공된 저수지다.

사이쿵 정자에서 발걸음을 옮겨 저수지가 있는 산골짜기를 넘어가면 건조하고 바람이 많이 부는 능선과 수풀에서 갑작스레 비밀스러운 잡목림 소택지(늪과 연못이 있는 낮고 습한 땅)로 들어가게 되고, 순식간에 사이완에 발을 디디게 된다. 하늘이 맑은 날, 바람이 잦아든 숲에서 온갖 새들이 지저귀는 소리가 사방에서 들려오면, 새들이 아주 괜찮은 자연 서식지에 왔다고 알려주는 것만 같다. 변화무쌍한 동양 까치딱새(Copsychus saularis)의 울음소리는 물론이고, 다른 곳에서는 듣기 힘든 이곳 새들의 즐거운 지저귐이 홍콩이 얼마나 다양한 새들의 서식지인지를 깨닫게 해준다.

가을과 겨울이 되면, 희귀한 철새들도 자주 모습을 나타낸다. 철새 한 마리가 우아하고 가벼운 동작으로 이쪽을 흘긋 보더니 괴성을 지르며 날아오른다. 아마도 이생에서 나와 저 녀석은 이렇게 스쳐 지나가는 인연으로 끝나는 사이인가 보다. 철새들뿐만 아니라 다른 곳에서는 서식하기 힘든 동식물도 만나볼 수 있다. 그러니 이 산골짜기에 닿으면 나도 모르게 늘 발걸음이 느려진다. 급히 내려가야 하는 게 아니라면 기분에 따라 여기 저기 배회하듯 돌아다닌다 한들 무슨 상관 있을까. 언제나 자연이 선사하

1970년대 하이 아일랜드 저수지가 완공되면서 사이완촌의 수로 교통이 중단되고 육로가 열렸다.

는 이런저런 경이로움이 나를 반겨줄 텐데.

사이완은 요즘 들어 신문에 자주 오르내린다. 원래는 북쪽 산 중턱의 개울가에서 바다로 구불구불 이어지는 입구에 평평한 농경지가 숨겨져 있고, 누런 소 한두 마리가 그곳을 노닐곤 했다. 그런데 2년 전, 어떤 사업가가 이곳에 펜션과 휴양 시설을 세울 생각으로 그 아름다운 천연의 초원을 밀어낸 다음 인공 연못을 만들고 잔디를 깔더니, 결국 골프장같이 만들어버리고 말았다.

이는 홍콩이라는 왕관에서 가장 빛나는 다이아몬드를 훔쳐간 만행이었다. 결국 분노한 등산객들의 폭로가 이어졌고, 수많은 시민이 공분했다.

그 덕에 한동안 잠잠해지는가 싶더니 그래도 욕심을 버리지 못한 땅 주인은 언제 그랬냐는 듯 돌변했다. 땅 주인은 과거 허술한 규정 탓에 이곳이 교외공원 구역으로 지정되지 못한 점을 악용해 합법적으로 소유권을 거머쥐고 있었다. 그나마 시민들의 공동 자원인 사이완 모래사장은 무자비한 파괴를 피해갔지만, 한쪽에 숨어 있는 그 펜션은 사이완의 가장 큰 상처임을 여실히 드러내면서 이제는 여행객들과 단절된 채 아예 철조망으로 둘러쳐져 있다.

　홍콩의 산행객인 찬욱밍(陳旭明)이 오랜 관찰 끝에 쓴 책『잊지 못할 빅 웨이브 베이(情牽大浪灣)』는 이곳의 인문, 역사와 자연, 풍물을 상당히 깊이 있게 묘사하고 있다. 그와 나는 위에서 언급한 사태에 대한 관심과 산을 좋아한다는 공통점으로 인해 함께 산행을 즐기고 같이 어울려 공부하는 벗이 되기도 했다. 사이완 환경보호 운동 과정에서, 적잖은 현지인들 역시 점차 산행객들의 건의를 받아들여, 더는 정부에게 땅을 징수하라고

사이완의 등에 꽂힌 가시 꼴이 된 펜션

부유한 사업가가 사이완에 세운 편션

압력을 가하거나 대기업에 팔아넘기지 않고, 환경보호를 위해 힘을 쏟고 있다. 사이완이 홍콩 사람들의 사랑을 받는 휴식 공간으로 자리매김할 수 있도록 노력하고 있는 것이다.

사이완 마을에는 찬웍밍의 벗이기도 한 노신사 한 분이 살고 있다. 찬웍밍은 사이완에 갈 때면 꼭 노인의 안부를 챙기고, 지역 경제에 돈이 좀 돌았으면 하는 마음에, 산수이다우푸좌(山水豆腐花)*나 궁자이면(公仔麵)** 을 시켜 먹는다. 나도 그 친구와 똑같이 사이완에 갈 때마다 노신사를 찾아가 인사하곤 한다. 멀리 대만에서 이 바다 하나를 보려고 여기까지 왔노라고 거듭 강조하면서 말이다.

사이완에서 위로 올라가 나한송(Podocarpus macrophyllus)이 자라고 있는, 여러 층으로 굽이치는 연이은 산등성이를 넘어 내려가면 바로 함틴완에 닿는다. 사이완에 있는 두 하천은 각각 산골짜기 양쪽에 자리 잡고 있다. 함틴완에는 숲속에서 시작해 모래사장 중앙을 가로지르며 맑고 깨끗하게 흘러나가는 작고 귀여운 개울이 하나 있는 정도다. 썰물 때가 되면 개울 바닥이 투명하게 드러나서 이리저리 돌아다니는 물고기 떼를 볼 수 있다. 그러다 밀물이 되면 늘 암녹색 수초들이 여기저기 떠다닌다. 듣자하니 예전에는 황소들이 이곳 바닷가의 모래사장에 자주 모여들었다고 하는데, 시간대를 잘못 찾아갔는지 나는 황소는커녕 소똥 하나 보지 못했다. 요즘 이곳은 황소 대신 여행객들이 남긴 발자국만 가득하다.

● 연한 두부에 설탕물을 더하고 각종 토핑을 얹어 먹는 일종의 두부 푸딩. 대만과 홍콩에서 인기 있는 길거리 음식이다. 대만에서는 '더우화'라고 부른다. '나의 수첩 – 자주 쓰는 인기 어휘' 참조.
●● 닭 육수에 국수와 햄, 계란 프라이 등을 곁들여 먹는 홍콩의 대표적인 서민 음식이다. '나의 수첩 – 자주 쓰는 인기 어휘' 참조.

보통 태양이 작열하는 한낮에 모래사장을 걸어가는 일이 많다 보니 종종 강한 햇볕에 정신이 혼미해지는 여행객들도 있다. 함틴완에는 나무판자를 짜 맞춰 만든 널다리가 하나 있는데, 시냇물을 가로지르는 이 자그마한 널다리가 어쩌다 보니 추억을 남기고 싶은 여행객들의 필수 방문 코스가 돼버리고 말았다. 다리 맞은편은 작은 마을인데, 호이펑 스토어와 온께이 스토어라는 구멍가게 둘이 수풀 사이에 살포시 자리해 있다. 휴일이 아닌 날도 활기차게 영업하는 걸 보면, 도보 여행을 하러 이곳을 찾는 이들의 발걸음이 끊이지 않는다는 걸 분명히 알 수 있다. 도보 여행객 대부분은 여기서 잠시 쉬어 가며 음료수도 사고 산수이다우푸퐈를 한 그릇 시켜 먹기도 한다. 나는 온께이 스토어의 단골로, 완(溫)씨 성을 가진 이곳 사장님은 대만에 다녀온 적도 있다는데, 듣기로는 1960년대부터 가족이 이곳 모래사장 앞에서 노점을 펼쳐 놓고 음료수를 팔고, 주변 환경도 정리하면서 살아왔다고 한다.

함틴완은 바다에 맞닿아 있어 파도를 끼고 불어오는 바닷바람에 온 마을이 휩쓸릴 때가 많다. 옛날에는 툭 하면 농경지가 바닷물에 침수되었는데, 함틴완이라는 이름도 실은 거기에서 유래했다고 한다.° 이런 까닭에 이곳에서는 요즘은 설명하기도 쉽지 않은 소금물 벼를 재배한다. 마을 사람들이 알려준 바로는 그 당시에는 벼 종자를 직접 뿌리는 방식이 아니라 전통적인 모내기 방식으로 경작했다고 하는데, 자세한 설명은 해주지 않아 좀 더 깊이 알아봐야 할 성싶다.

● 함틴완의 함틴은 한자로 함전(鹹田), 즉 '소금기가 있는 논'이라는 뜻이다.

함틴완의 상징인 널다리

나무를 짜 맞춰 만든
널다리의 미학

널다리를 건너면 보이는 두 구멍가게
본인이 원하는 대로 선택하면 된다.

온께이 스토어 뒤에 난 마을길로 들어서면 타이완과 퉁완으로 이어진다. 함틴완에서 잠시 쉬다가 잠깐 시간을 내 마을길 여기저기를 돌아보는 것도 괜찮다. 작은 길을 돌아가거나 산언덕을 넘어가면 의외의 풍경과 마주하게 될지도 모르니 말이다.

타이완의 드넓은 경작지는 이미 농사를 지을 수 없게 되어 버려진 지 오래로, 지금은 담수 습지가 되어 있다. 시내가 유유히 흘러내리는 가운데 초원과 수풀이 사방을 무성하게 둘러싼 모습이다. 숲과 들을 벗어나면 바닷가에는 넓은 모래언덕이 있으며, 이런 환경 조건이 상당히 독특한 해안 지리를 만들어내고 있다. 추적해볼 만한 몇몇 특수 종(種)도 찾아볼 수 있는데, 이를테면 보통 삼림 지역에서 자라는 좀보리사초(Carex pumila)를 이곳에서는 내륙 모래언덕에서도 볼 수 있고, 또 생김새가 딱히 눈에 띄지 않는 갯방풍(Glehnia littoralis)도 널따란 모래언덕을 점거하고 있다. 모두 희귀한 식물들이다. 다양한 나무로 가득한 보호 수림에는 산반자(Glochidion puberum)와 토침향 등도 그 사이에 남아 있다.

혹시라도 사이완의 새소리를 경이롭게 들은 사람이라면 타이완은 그야말로 여기저기 어지러이 지저귀는 새들로 가득한 천혜의 성악 공연장처럼 느껴질 것이다. 신비하고 독특한, 다른 지역에서는 들어본 적도 없는 새소리가 짙푸른 잡목림에서 은은하게 울려 퍼지며, 솟구치는 파도 소리는 갖다 댈 수도 없는 천상의 소리가 되어 귀를 유혹한다. 드넓은 타이완에서 새들의 음색은 한층 더 맑고 높아지고, 몸의 빛깔도 더 밝고 다채로워진다. 새들의 노랫소리가 황량한 들판의 풍요로움을 더해주는 것만 같다.

빅 웨이브 베이에는 여러 마을이 있다. 타이롱촌(大浪村, Tai Long Tsuen), 람욱와이, 쳉욱와이, 함틴촌까지 모두 200년이 넘는 역사를 가진

여러 산길이 반드시 거치게 되는 첵켕

마을들이다. 그중 유일하게 도보 여행길 위에 있는 타이롱촌은 지금도 전통 마을의 모습을 고스란히 간직하고 있다. 소박하고 우아한 모습으로 서 있는 마을의 오래된 교회는 낡은 먼지 속에 시간이 멈춰버린 듯한 착각을 불러일으킨다. 지금도 주말이나 휴일이면 마을 사람들이 돌아와 오랜 가옥들을 말끔히 청소하고 가게 문도 연다.

마을길은 은밀한 숲 사이로 완만하게 위를 향해 올라간다. 샤프 피크는 시시때때로 오른쪽 숲 틈 사이로 얼굴을 드러내며 뾰족하고 가파르게 우뚝 솟은 모습으로 홀연히 서 있다. 도중에 만(灣)을 하나 내려가면 또다시 옛 마을과 마주치게 되는데, 역시나 시간을 좀 더 내 머물며 여기저기

빅 웨이브 마을의 인가

타이롱촌의 성모무원죄 성당
(天主教聖母無原罪教堂, Hong Kong Catholic Cathedral of the Immaculate Conception)

유유자적 돌아다녀볼 만하다.

이 오래된 마을이 '첵켕(赤徑)'이라는 이름으로 불리기에, 아마도 옛날이 동네에 붉은 흙이 깔린 길이 많았던 게 아닌가 착각했다. 그러다 하이킹 사이트에서 찾아봤더니, 실은 예전에 이곳에 마을을 지을 때 바닷가의 붉은 돌들을 가져다 길을 깔았다고 한다. 이렇게 해서 마을길이 이런 빛깔을 띠게 되었고, 마을이 '첵켕'이라는 이름으로 불리게 된 것이다. 이곳 역시 역사가 오래된 마을인데, 주로 윗마을과 아랫마을로 나뉜다. 보통 때는 사람 그림자를 거의 찾기 어렵고 오래된 가옥들은 잠겨 있든 열려 있든 하나같이 황량하고 쓸쓸한 빛깔을 띠고 있다. 그나마 두서너 가옥의 문지방에 새 대련(對聯)*이 걸려 있고, 오래된 집기들이 차곡차곡 놓여 있는 걸 보면, 마을 사람들이 돌아오는 게 분명하다.

마을에는 옛 성당 터도 있다. 1860년대 즈음 외국의 한 신부가 이곳에 와 전도를 하며 세운 작은 성당이다. 1860년대면 대만 남부 완진좡(萬金庄)에 천주교가 전해진 시기와 비슷하니 둘 사이에 분명히 묘한 인연이 있으리라 짐작된다. 이 성당은 전쟁 때 둥쟝유격대(東江游擊隊)＊＊의 기지 역할을 하기도 했다.

4, 5년 전 이 마을을 홀로 지키던 한 노인을 만난 적이 있는데, 재작년에 갔을 때는 뵙지 못했다. 홍콩의 버려진 수많은 마을에서 이렇게 황량한 풍경을 마주하게 된다. 우리는 버려진 마을을 어떻게 보존하고 또 새롭게 활용할지, 어떻게 옛 농촌 문화를 정리할지 제대로 진지하게 돌아본 적이 없다. 홍콩의 젊은 세대에게 가장 근간이 되는 양분, 나무로 치면 뿌리에 해당하는 부분인데도 말이다. 세계화에 발맞추는 데만 정신없는 홍콩 교육은 그저 꽃이 만발하고, 가지가 무성하게 돋기만 바랄 뿐이다. 마을의 옛일이나 앞날 따위는 점점 시들어가거나 썩어가는 뿌리나 다름없는 취급을 받고 있다.

오래된 마을에 상세하고 믿을 만한, 마을 사정에 정통한 기록이 남아 있어, 오랜 가옥과 그 당시의 풍경을 어렴풋하게나마 확인할 수 있다면, 수많은 현지의 자취를 그나마 늦지 않게 복원하고 되돌아볼 수 있을 것이다. 대도시는 결국 자신에게 풍성한 다양성을 부여할 각 지역의 숨은 작은 역사를 필요로 하게 마련이다. 작은 역사를 잃어버리면, 도시가 아무리 현대화되고 발달한들 그 얕은 바닥을 숨기기 어려운 법이다.

● 　대구(對句)의 글을 써서 문과 집 입구 양쪽에 걸어놓은 종이.
●● 홍콩 뉴테리토리 지역 원주민의 자제들이 중국 공산당에 속하는
　　광동인민항일유격대의 지도로 1940년 9월에 만든 유격대.

마을이 롱 하버(大灘海, Long Harbour)의 가장 안쪽 만에 있다 보니, 바깥쪽 바다에서 파도가 쳐도 이곳의 해수면은 언제나 고요한 평정을 유지하는데, 그 모습이 꼭 풍경 엽서 속의 규격화된 사진을 보는 듯하다. 산길에서 멀리 내려다보면 맞은쪽 산 중턱에 자리한 유스호스텔 하나가 눈길을 끌고, 그 아래로 여객선 부두가 보인다. 매일 정해진 시간에 맞춰 작은 여객선들이 여러 차례 이곳을 드나들며 웡섹 부두(黃石碼頭, Wong Shek Pier)와 탑문(塔門, Grass Island)을 오간다. 걷다가 피곤해진 이들은 시간을 계산해본 뒤 아예 이곳에서 배에 오르기도 한다. 부담 없이 가볍게 도보를 산책하는 묘수라고나 할까. 홍콩의 교외 지역을 둘러보고도 싶고 숙박비도 절약하고 싶은 사람이라면 어쩌면 이곳이 첫 번째로 꼽을 만한 숙박 장소일지도 모르겠다.

비와 안개에 뒤덮인 산과 바다,
속세와 단절되어 홀로 존재하는 듯한
첵켕 부두

나는 1박 2일간 여기서 머물고 싶었다. 이곳을 샤프 피크 등반과 교외 지역 종주의 근거지로 삼을 생각이었다. 홍콩에는 이런 종류의 등반 호스텔이 드문데, 이런 분위기가 나는 곳은 첵켕이 유일하다. 홀로 웅장하게 서 있는 샤프 피크에, 구불구불 이어지는 해안, 오래된 마을 여기저기에 흩어져 있는 산들까지 더해지면서 교외 도보 여행을 위한 멋진 조건을 이루고 있다.

첵켕 부두에서 배를 기다린 경험이 두세 번 있다. 여객선은 모두 제시간에 나타나 웡섹 부두로 향한다. 주말에는 현지의 무허가 배들이 어쩌다 뒤처져 홀로 남은 여행객들을 여기저기서 불러 대곤 한다. 배를 기다릴 때면 나는 해안의 드넓은 골짜기를 유유자적 거니는 즐거움에 빠져든다. 얕은 해안가에는 홍수림의 최전선에 서식하는 오리엔탈 맹그로브(Bruguiera gymnorrhiza), 청자목(Excoecaria), 아칸서스 이리시포니우스(Acanthus ilicifolius), 동화나무(Aegiceras corniculatum), 백골양(Avicennia marina), 칸델리아 오보바타(Kandelia obovata) 등이 대부분 다 모여 있다. 그것도 모자라 바다와 숲 사이에는 농게와 말뚝망둥이 등의 생물이 서식하며 이 바닷가 교실의 열기를 더한다.

하지만 가장 내 눈길을 끈 것은 들쭉날쭉 나 있는 평평한 들판이었다. 이 지역이 옛날부터 자자손손 대대로 벼농사를 짓던 곳이었음을, 물고기가 많이 잡히고 쌀이 많이 나는 비옥하고 풍요로운 지역이었음을 이 들판은 똑똑히 말해주고 있었다. 산을 등지고 바다를 마주한 지형에 더 필요할 게 뭐가 있었을까. 지금도 잘 정리된 이 들판을 하릴없이 어슬렁거리는 황소들이 적잖을 것이다. 소들이 또 그렇게 돌아다니며 이따금 풀도 뜯어줘야 이렇게 공원화된 공간이 유지될 수 있기도 하겠다.

샤프 피크로 가는 산길.
주변이 온통 지면에 노출된
암석 덩어리와
부서진 돌들로 가득하다.

빅 웨이브 베이 로드의 주인공.
샤프 피크

이 들판이 끝없이 넓기만 한 것은 아니다. 우세 자생식물인 갯대추나무(Paliurus ramosissimus)가 열을 지어 사이사이에서 자라면서 이 초원에 작은 군락을 형성하고 있다. 갯대추나무의 잎은 흔히 볼 수 있는 팽나무(Celtis sinensis) 잎과 닮았지만, 가지에는 날카로운 가시들이 가득해서 마름쇠°와 같은 천연 장벽이 되어준다. 오래전 이곳에서 농사를 짓던 농부들은 아마도 갯대추나무의 이런 특성을 이용해 논밭의 경계를 짓고, 소들이

● 도둑이나 적을 막고자 땅에 흩어두던,
  날카로운 가시가 네다섯 개 달린 쇠못.

멋대로 들어와 농작물을 망치지 못하게 했을 것이다.

홍콩 해안가에는 낙엽성 식물이 많지 않은데, 갯대추나무가 대표적이다. 겨울이 찾아온 해안가에 회색 빛깔의 마른 나무들이 숲을 이루고, 가시가 가득 돋친 나뭇가지로 기이한 경관을 연출하고 있다면 분명히 이 녀석들이다. 그때가 되면 어째서 이 녀석들이 울타리로 활용하기 적합한 식물인지 똑똑히 알게 된다. 대만에는 갯대추나무가 많지 않고, 신주(新竹) 일대 일부 산악 지역에 분포하는 정도인데, 커쟈족(客家族)도 이 갯대추나무를 울타리로 쓴다. 가시가 가득 박힌 갯대추나무가 커쟈족의 눈에 든 이유는 단지 소들의 난입을 막기 위해서만이 아니라 도둑을 막기 위해서였을 것이다.

자, 이제 마지막으로 샤프 피크에 가볼까. 샤프 피크는 해발고도가 500미터가 되지 않을 정도로 낮은 산인데도 글로 묘사하기가 참으로 어렵다. 그나마 빅 웨이브 베이 로드에 서서 멀찌감치 바라볼 때나 그 치명적인 매력이 제대로 드러난다. 홍콩의 수많은 교외 지역 산길 중에는 험준한 곳도 있고 웅장한 곳도 있다. 하지만 높고 험하면서도 고고하고 도도한, 거기에 길들일 수 없는 야성까지 갖춘 산은 아마도 샤프 피크뿐이리라. 수많은 해외 등산가들이 오로지 이 험난한 봉우리에 올라 혼탁한 세상을 눈 아래로 내려다보고 싶은 마음과, 홍콩의 교외를 한눈에 넣어 보겠다는 마음에 홍콩을 찾는다.

홍콩의 젊은 학생들도 견학 여행으로 모두 이곳에 올라, 이 위험하고 웅장한 분위기에서 자신이 사는 이 땅에 가까이 가보아야 할 것 같다. 무엇보다 그 정상에서 남방 도서(島嶼) 지역의 장엄한 아름다움을 눈으로 확인해야 하지 않을까. (2012년 11월)

쉥이우촌

(上窰村, Sheung Yiu Village)

소금논의 고향

（노선） 1. 팍탐층 → 롱항 → 쉥이우민속박물관, 약 45분 소요

2. 팍탐층 → 롱항 → 쉥이우민속박물관→ 헤이지완 → 사이쿵 만이 로드, 약 1시간 30분

（교통） 1. 사이쿵 푹만 로드(福民路, Fuk Man Road) 버스 종점에서, 94번 카오룽 버스(The Kowloon Motor Bus)를 타고 팍탐층에서 내린다.

2. 휴일에는 지하철을 타고 다이아몬드 힐 역(鐵鑽石山, Diamond Hill Station)에 있는 버스 종점에서 카오룽 버스 96R번을 타고 팍탐층에서 내린다.

난이도 ★

팍탐충을 지나 사이쿵 지역의 교외 풍광이 더 푸르러지면 쉥이우에 거의 도착한 셈이다. 지도를 보면 면적이 넓지 않은 해안가 숲들이 작은 마을 네다섯 곳에 살포시 숨어 있다. 작은 다리, 작은 길, 작은 사당, 작은 항구들이 키 작은 마을의 깊은 숲 사이에 어렴풋이 자리 잡고 있는 이곳에는 1960년대 농가의 생활 방식이 아직 남아 있다.

서로 다른 방향으로 이리저리 흩어져 있는 마을들을 들뜬 마음으로 걸어 다니는 일은 즐겁기만 하다. 하지만 사람 사는 동네이다 보니, 현지 주민들로서는 외래 여행객의 접근이 꼭 기분 좋을 리만은 없다. 주말이 되면 그런 분위기가 더 도드라진다.

오늘은 이 땅에 대한 간섭도 줄일 겸, 쉥이우민속박물관에 가보기로 했다. 이 박물관은 오래전 커쟈족의 마을 농가였다. 그러다가 버려진 뒤 전체 공사를 거쳤고, 그 자리에 옛날에 쓰던 수많은 생활 도구들을 전시했다. 옛날 사이쿵 지역 바닷가에 거주하던 농부와 어부들의 가정집 살림살이 풍경을 보고 싶다면 방문해봐도 좋다.

시멘트 다리를 건너면 다리 옆 비석에 다리 건설의 시작과 끝을 알려주는 안내문이 보인다. 다리 아래를 지나는 개천이 바로 룽항으로, 주변

시멘트 다리를 건너면 쉥이우를 향한 여정이 시작된다.

산골짝 시냇물들이 이리로 모여들어, 맑고 아름다우면서도 넓은 시내를
이룬다. 빽빽하게 들어선 홍수림이 이곳이 하구만(河口灣, 강어귀의 굽이진
곳)임을 알려주는데, 시내이면서 동시에 물이 솟아오른다. 솟아오르는 물
은 강의 지류, 즉 샛강이다. 하지만 위로 올라가는 모험을 벌이는 물도 있
다. 홍콩 지명 중에 한자 涌(샘솟을 용)을 쓴 곳이 많은데, 모두 강물이 모
여드는 하구에 자리한 곳들이다. 어떻게 설명하든 고전적이면서도 우아한
느낌의 글자이니, 별도로 사족을 붙일 필요도 없이 이 글자 하나로 눈앞에
놓인 이곳 지형의 멋이 확 살아난다.

물이 솟아나는 지형을 전형적으로 보여주는 룽항 하구　　　　길 입구에 서 있는 주민들의 우체통

　　다리를 건너면 뱀부사 스테노스타키아 하켈(Bambusa stenostachya Hackel, 홍콩과 대만 등지에서 자라는 대나무의 일종)과 비슷한 대나무들이 우뚝 솟아 있다. 마을에서 멀지 않은 곳에 작달막한 대나무들이 무성하게 우거져 있다. 홍콩의 커쟈족 마을에 가보면 가끔 이런 대나무 수풀이 보이는데, 분명 생활 도구를 만드는 재료로 쓰일 것이고, 더러는 마을 주변을 둘러치는 데 쓰이기도 할 것이다. 대만이었다면 도둑의 침입을 막기 위해 저걸로 울타리를 쳤겠지.

　　계속 걸어가다 보니 아단(Pandanus tectorius)이 눈에 띈다. 대부분 모래사장에서 자라는 판다누스 나무가 홍수림과 뒤섞여서 함께 자라고 있다는 사실은 강어귀가 훨씬 더 복잡하게 구성되어 있음을, 그곳이 모래사장과 진흙 갯벌이 만나는 환경임을 뜻한다.

　　이곳에서는 판다누스 나무가 잘 자라는데, 농민들은 그 열매를 황소에게 사료로 먹인다. 예전에 홍콩 아이들은 판다누스 잎을 따다가 가장자리의 뾰족한 가시를 제거한 뒤, 곤충 상자 안에 넣어둔 깡충거미(Salticidae)에게 먹이로 주며 남다른 애정을 보이곤 했다. 옛날 대만 시골에서는 판다누스 나무 한 그루 전체를 다 썼다. 과일은 완전히 익기 전에 따다가 약재로 썼고, 누런 빛깔을 띠며 다 익으면 이걸 끓여서 평상시에 음료로도 마셨다. 거칠고 딱딱한 잎사귀는 구부리고 찢어서 바다에 나간 어민들이 밧줄로 사용했다. 판다누스 나무를 정말 제대로 쓸 줄 아는 이들이 대만의 아메이족(阿美族)인데, 최근에는 판다누스의 여린 줄기를 따서 맛깔스러운 음식을 만들어 내놓기도 한다. 또 가시를 제거한 덩굴 잎으로 중국인들이 만든 쫑쯔와는 다른 아리펑황(阿里鳳鳳) 쫑쯔®를 만들기도 한다.

홍콩 해안가 어디에서나 판다누스 나무를 볼 수 있다. 예전 바닷가 사람들이야 주로 항해와 고기잡이에 의지해 생계를 해결했으니, 판다누스가 꽤 요긴하게 쓰였을 것이다. 다만 관련 자료가 너무 적어 아쉽기만 하다. 홍콩의 지역 생활문화를 세밀하게 조사한 자료가 터무니없이 부족하다 보니, 이전 농어민 세대의 경험이 빠른 속도로 자취를 감추고 있다.

얼마 못 가 과수원을 하나 발견했다. 각종 과일나무들이 종류별로 한두 그루씩 자라고 있었다. 플랜틴 바나나(Plantin banana), 슈가 애플(Annona squamosa), 구아바(Psidium guajava), 감귤, 잭푸르트(Artocarpus heterophyllus) 등 적게 잡아도 10여 종은 되었다. 전형적인 자급자족형 과수원으로, 직접 과일을 키우는 노동의 즐거움을 만끽하면서 본인이 식용으로 먹고, 소량은 밖에 내다 팔기도 하는 곳이다. 상업적인 수익을 올리기 위한 용도가 아니다 보니 자연히 친환경적이며 비료나 약도 거의 치지 않는다.

● 찹쌀에 대추, 팥, 고기 등을 넣고
  대나무 잎이나 갈댓잎으로 싸서 찐 밥으로,
  중국인들이 단오 때 먹는 음식이다.

용안나무 위를
줄지어 기어오르고 있는
태국 뿔매미

아단(2008년 5월)

마침 그 옆에 오래된 용안나무(Dimocarpus longan)가 한 그루 서 있는데, 몸체가 꽤 늙었다. 고개를 들어 살펴보니 늙고 병든 몸체에 기이하게 생긴 태국 뿔매미(Pyrops candelarius) 네다섯 마리가 보였다. 혼자서 나무를 기어오르기도 했고, 두세 마리가 짝을 지어 오르기도 했다. 이 곤충을 가장 많이 볼 수 있는 나무가 용안나무라서 중국어권 국가에서는 이 곤충을 '룽옌지(龍眼雞)'라고 부르기도 한다. 대만 본섬에는 없고, 진먼(金門)에만 분포 기록이 있어 대만 곤충학계에서는 신비한 곤충으로 본다.

대만 본섬에서 발견된 와타나베 뿔매미(Pyrops watanabei)*는 또 다른 종인데 역시나 매우 희귀한 곤충이라고 한다. 오구나무와 산오구나무(Sapium discolor Muell. Arg.)에 주로 서식한다. 놀라울 정도로 예쁜 녹색을 띠는 태국 뿔매미에 비하면 머리부터 발끝까지 하얀색으로 덮인 와타나베 뿔매미는 외모가 한참 떨어진다.

와타나베 뿔매미를 보호 곤충으로 지정한 나라는 대만이 유일하며, 홍콩 사람들이라고 해서 다들 태국 뿔매미를 좋아하는 것은 아니다. 태국 뿔매미를 해충으로 지칭한 온라인 사이트들도 있다. 새 천 년을 맞이하면서 홍콩에서 곤충을 주제로 한 우표를 네 장 발행했는데, 그중 하나가 태국 뿔매미였다. 상징적인 의미가 자못 컸지만, 기억하는 사람은 아마 많지 않을 것이다.

태국 뿔매미는 용안나무 말고도 여지(Litchi chinensis Sonn), 왐피(Clausena lansium), 구아바 등의 과일나무에 서식하며 그 진액을 빨아 먹는다. 태국 뿔매미 성충과 유충은 상당히 높이 뛰어오르며, 날개를 펄럭일 때 나는 거

● 'Pyrops watanabei'의 공식 한국 명칭을 찾지 못해
　부득이하게 학명을 참고해 '와타나베 뿔매미'로 표기하였다.

대한 소리로 상대에게 겁을 주어 위험을 모면할 줄도 안다.

　이후 며칠 동안 트레킹 도중 마을을 지나칠 때마다 주름이 잔뜩 진 용안나무의 몸체를 특히 주의해서 살펴보았다. 마침 용안나무 열매가 열리는 계절이었는데, 계속해서 용안나무를 찾아다니다 한 가지 깨닫게 된 것이 있다. 태국 뿔매미는 궁벽한 시골의 오래된 용안나무에 가장 자주 나타난다는 것이다. 나무의 나이가 많으면 많을수록, 나무가 뿌리 내린 땅이 황폐할수록 더 많은 태국 뿔매미를 만날 수 있었고, 10여 마리가 떼 지어 서식하는 광경을 자주 목격할 수 있었다. 너무 어린 나무나 도로, 시가지 가까이에 있는 나무에서는 찾기가 쉽지 않았다. 어쩌면 태국 뿔매미가 농촌 환경을 가늠하는 지표 역할을 할 수 있을지도 모른다. 이는 곧 쉥이우 일대의 과수원에서는 나무에 약을 많이 치지 않거나 아예 치지 않다 보니 이렇게 많은 태국 뿔매미가 집단 서식하게 되었음을 뜻하는 것이기도 하리라.

　민속박물관의 바깥 울타리 쪽에 도착했을 즈음, 마을길 앞에 일렬로 늘어선 늙은 용안나무들이 눈에 띄었는데, 집단 서식하고 있는 태국 뿔매미들의 모습이 꽤 볼 만했다. 여기서 좀 더 멀리 가니 사람이 살지 않는 커다란 정원이 딸린 가옥이 있었고, 점차 정원을 빽빽하게 뒤덮은 왐피가 눈에 들어왔다. 용안에 왐피까지, 이야말로 홍콩 시골의 전형적인 풍경 아니겠는가.

　민속박물관 앞 부두는 옛날에 해안에서 사이쿵으로 들어올 때 거치는 상륙지였다. 마을길 주변의 탁 트인 평지는 산지 사이에 자리하고 있다. 잡초가 무성해서 마치 황폐해진 논밭을 보는 듯했다. 해변에 가까이 가서 보니 뚜렷한 해수 역류 현상이 우려를 자아낼 정도였다. 아마도 땅의 소금기가 이미 심각해진 상태일 것이다. 곤혹스럽기만 했다. 여기서 정말 쌀농

홍콩 커자족의 생활 문화를 이해할 수 있는 최적의 장소, 쉥이우민속박물관

사를 지을 수 있을까? 그게 아니라면 다른 용도가 있기는 할까? 나중에 민속박물관에 가서 구경하다가 설명서를 보니 쉥이우 부근의 농지는 밭벼를 심는 땅과 소금물 벼를 심는 땅으로 나뉜다고 나와 있었다.

설명서를 읽으며 걷다 보니, 오래전 홍콩 농가의 아름다운 풍경이 조용히 머릿속에 떠올랐다. 문헌에 따르면 당나라와 송나라 때 윈롱 옛 시장(元朗舊墟, Yuen Long Old Market) 근처에 이미 상당한 면적의 농경지가 있었다고 한다. 평상시에 흔히 볼 수 있는 벼 외에, 당시 근해에 이미 소금물 벼와 게이와이(基圍)*가 있었을지도 모른다. 1920년대 선전 베이(深圳灣,

---

● 밀물과 썰물이 일어나는 곳에 수문을 설치해서 바닷물이 안으로 들어올 때를 기다렸다가 물고기와 새우를 잡는 시설. '나의 수첩 — 자주 쓰는 인기 어휘' 참조.

보루처럼 생긴 박물관 입구는
신중하고 침착한 커자인들의
성격을 짐작케 한다.

새로 지은 옛날 커자식 거실.
탁자와 의자가 진열되어 있고
주인의 사진도 걸려 있다.
거실 모퉁이 궤짝 위에 놓인 닭장이
가장 눈길을 끈다.

박물관에는 옛날에 사용했던
생활 도구들이 전시되어 있는데,
그중에서도 끽세이응아이(激死蟻)●가
가장 눈에 띈다.

● 일종의 식품 저장 항아리로, 개미 떼가 항아리 안에 들어와 음식을 모두 먹어치우지 못하도록
  항아리를 둘로 나누어 윗부분에 물을 담가두었다. 광둥어로는 '끽세이응아이'라고 부른다.

●● '직파'란 모를 길러 옮겨 심지 않고 논밭에 직접 씨앗을 뿌리는 방법을 뜻한다.

Shenzhen Bay) 연안에서 소금물 벼 농사를 지었다는 기록이 명확히 남아 있다. 그러나 어획 생산의 상업적 가치가 나날이 상승하면서 어류와 새우 양식업이 점차 활기를 띠었고, 이에 따라 게이와이와 양어장 면적도 넓어지자, 그제야 소금물 벼 농사 경작 면적이 대폭 감소했다. 1980년대에 이르러 윈룽 면적의 상당 부분이 양식어업지로 쓰이게 되었다. 게이와이와 논도 모두 양어장으로 바뀌었다. 소금물 벼 역시 이때 완전히 자취를 감추었다. 하지만 양어장도 얼마 못 가 공업화와 도시 발전에 밀려 쇠퇴하게 될 줄 그때 누가 알았겠는가.

윈룽 지역에서 소금물 벼를 재배할 때 사이쿵의 쉥이우 부근 해안가 논에서도 분명 부분적으로 소금물 벼를 심었을 것이다. 매년 4월이 되면 농민들은 제방을 쌓아 조류를 막았다. 여름비가 논밭을 씻어내면 진흙 속 염분기가 사라졌고, 6월 즈음에 파종에 들어가 3개월 동안의 성장기를 거쳤다. 10월 말이 되면 황금 들녘에서 벼를 수확할 수 있었다. 벼 이삭을 수확하고 나면, 경작하지 않고 휴지기를 갖거나 해수가 들어오도록 게이와이의 수갑을 열어놓고 어류와 생선을 건져냈다. 또 다른 의미의 풍성한 수확이었다.

쉥이우의 소금물 벼는 이런 독특한 경작 문화의 의미를 일깨워주었을 뿐 아니라 한 발 더 나아가 상상의 나래를 펼칠 수 있게끔 해주었다. 소금물 벼는 직파재배종**에 속한다. 논을 거칠게 갈고, 써레질을 하지도 그렇다고 정리를 하지도 않는다. 볏모를 옮기는 일은 더더욱 하지 않는다. 그냥 그 자리에서 벼를 키운다. 벼가 자라는 과정에서 아무리 가물어도 물이 필요 없고, 침수가 되어도 물을 빼고 제방을 트지 않는다. 바닷물을 먹은 벼라서 농민들이 해 뜨면 나가 일을 하다가 해가 져야 일을 멈추고 들어오는 고된 노동에 시달릴 필요가 없었다. 다만 그렇다 보니 수확량은 분명 많지 않았을 것이다.

청나라 도광제(道光帝) 시기의 관원이었던 포세신(包世臣)은 당시 상황을 이렇게 언급하고 있다.

"광둥성 동쪽에만 소금물 벼가 있다. 해변 모래사장에 뿌려놓으면 일을 하지 않아도 수확할 수 있다."

이곳의 소금물 벼는 윈롱의 소금물 벼와는 달리 개발에 밀려 사라진 게 아니라 대부분은 교외공원이 세워지면서 자취를 감추었다. 소금논은 소택지 생태 환경의 한 종류로, 다양한 어류와 새우에 서식 공간을 제공했다. 그런 소금논을 묵히다가 풀밭이 되어버렸으니 아쉬움을 금할 길이 없다. 교외공원의 일부를 개방해서 소금물 벼를 시범 경작할 수 있는 환경을 조성해 대학의 관련 학과 강의에 활용하는 방안도 고려해볼 수 있지 않을까. 홍콩의 젊은 세대도 이 특수한 볍씨를 새롭게 이해하고 미래에 이런 논 경작을 활용할 가능성을 적극적으로 연구해야 한다. 전 세계 곳곳이 가뭄에 시달리는 상황에서 소금물 벼와 밭벼를 경작하는 방식은 문제를 해결할 열쇠가 될 수 있을 것이다.

그렇게 되면 홍콩은 육종 연구의 실험실 같은 역할을 할 수 있을 것이다. 중국 대륙의 방대한 인구는 어마어마한 면적의 경작지를 필요로 하지만, 수자원을 충분하게 공급할 수 있느냐가 우려되는 지점이다. 대만도 마찬가지다. 대만 서해안에서는 심각한 지하수 유출로 지반 침하가 일어난다. 해수가 유입되면 고속철도 운영에 어떤 영향을 미칠지 걱정이 크다. 지하수 사용량을 줄이면 논농사에 영향을 줄지도 모르니, 이런 때에 밭벼와 소금물 벼로 바꿀 수만 있다면 토지의 심각한 염화(鹽化)를 해결하고,

국부적으로 다시 경작지로 활용할 수도 있을 것이다.

무엇보다 소금물 벼를 재배해서 괜찮은 수확량을 올리는 데 성공하면, 염분과 침수를 견뎌내는 그 성질 덕분에 토질 악화의 위기도 극복할 수 있을 것이다. 그뿐만 아니라 생태 환경을 풍성하게 하고, 파도를 막아 제방을 보호하고 모래사장을 녹화할 수도 있다.

나는 이렇게 해안 주변을 살펴보며 돌아다녔다. 바닷바람이 서서히 불어오는 가운데, 눈을 감고 명상에 잠겼다. 묵은 논에 난 모초(茅草)가 쏴쏴 소리를 내자 순간 소금물 벼가 돌아온 것만 같은 착각에 빠졌다. 눈을 뜨면, 그 앞으로 교외 공원의 황폐한 개간지 일부가 이어지리라는 것을 나도 알았다. 하지만 머릿속으로는 미래의 아름다운 그림이 한 장 떠올랐다. 전 지구적 식량 위기가 심각해질수록 이 상상이 현실이 될 가능성은 높아만 갈 것이다. 나는 언젠가는 홍콩에서 다시 벼농사를 짓는 풍경이 나타나리라 믿어 의심치 않는다. 그건 이 대도시도 식량 문제를 해결하기 위한 행렬에 적극적으로 가담하게 될 것이라는 뜻이기도 하다. (2011년 4월)

대지를 스치듯 지나가는 솅이우의 마을길

한때 바쁘게 타올랐을 불로 구운 석회 가마

융팍 고도

내게 문을 열어준
아득히 먼 길

삼충
深涌,
Sham Chung

융쉬오
榕樹澳, Yung Shue

수이룽워
水浪窩, Shui Long Wo 방향

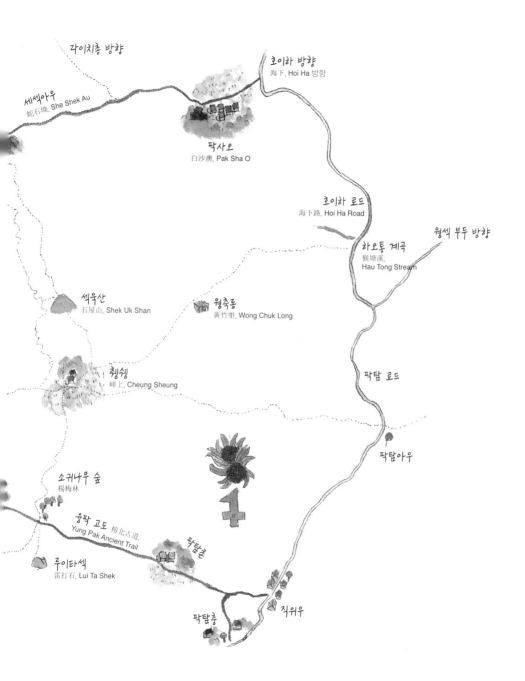

라이치충 방향

로이하 방향
海下, Hoi Ha 방향

세섹아우
蛇石坳, She Shek Au

팍사오
白沙澳, Pak Sha O

로이하 로드
海下路, Hoi Ha Road

하오통 계곡
猴塘溪,
Hau Tong Stream

웡섹 부두 방향

섹욱산
石屋山, Shek Uk Shan

웡축롱
黃竹坜, Wong Chuk Long

쳉쉥
嶂上, Cheung Sheung

팍탐 로드

팍탐아우

소귀나무 숲
楊梅林

융팍 고도 榕北古道
Yung Pak Ancient Trail

팍탐춘

루이타섹
雷打石, Lui Ta Shek

팍탐충

직위우

노선 팍탐충 또는 직위우 → 팍탐촌 → 용쉬오 → 삼충 → 세섹아우 → 팍사오,
약 5시간

교통 1. 사이쿵 푹만 로드 버스 종점에서, 94번 카오룽 버스를 타고 팍탐충이나 직위우
에서 내린다.
2. 휴일에는 지하철을 타고 다이아몬드 힐 역 버스 종착역에서 96R번 카오룽 버스
를 타고 팍탐충이나 직위우에서 내린다.

난이도 ★★

동쪽 교외의 빅 웨이브 베이와 견주어 사이쿵 서부 교외 지역은 전부터 여
행객이 뜸하고 트레킹 흔적도 드물어 교외 공원의 여백 같은 곳이다.

매번 지도를 펼칠 때마다 이런 생각에 빠져들지만 한쪽에서는 낭만적
인 생각이 똬리를 튼다. 이 삼림 구역에 발을 들여놓으면 첵켕에서처럼 마
을을 누비는 경험을 할 수 있지 않을까? 아니면 함틴완에서처럼 아름다운
해안과 마주할 수 있지 않을까?

지도 위의 융팍 고도가 바로 이 산간 지역의 중심을 지나간다. 그러다
보니 옛날 서로 다른 동네에 살던 주민들이 융쉬오와 팍탐충 두 지역 사이
를 왕래했으리라는 데 자연스레 생각이 미쳤다. 이렇게 즐거운 상상에 빠

져 있던 나는 결국 기분 내키는 대로 장거리 도보 여행 노선을 그려보았다.

직위우에서 시작된 이 여정은 삼충을 넘어 다시 머나먼 곽사오까지 이어지는, 15킬로미터에 이르는 기나긴 여행길로, 콘크리트 숲이 전혀 보이지 않는 홍콩을 감상할 수 있다.

여러 곳을 거쳐 미니버스를 탄 뒤 직위우에서 내리니 멀지 않은 곳에 고도와 이어지는 다리가 있었다. 작은 다리를 건너자 휴양지에 휴가를 보내러 온 여행객들의 웃음소리가 이따금 들려왔다. 하지만 내가 이미 또 다른 홍콩에 와 있음을, 숲과 나무의 녹음이 가득한 교외에 완전히 둘러싸여 있음을 확실히 알 수 있었다.

대나무가 빽빽이 들어찬 작은 산을 넘으니, 작은 길과 시내가 은밀하면서도 서늘한 숲속을 구불구불 엇갈리며 지나가고 있었고, 바깥과는 달리 여름의 무더운 열기가 전혀 느껴지지 않았다. 얼마 지나지 않아 아름답기 그지없는 곽탐촌에 도착했다. 맞은편에 '크리스천 뉴빙 펠로십(The Christian New Being Fellowship)'이라는 비영리 복음 기구에서 가꾸는 농장과 채소밭이 보였다. 잘못된 길로 빠져든 마약 흡입 청소년들은 모두 이곳의 입원식 재활 훈련장에서 새로운 삶을 꾸려나간다. 옆에는 또 언제 등장했는지 알 수 없는 개 사육장이 눈에 들어왔다. 유명한 개들이 각각 큰 상자에서 사육되고 있었다. 그 뒤 몇 차례 이 길을 지나갈 때마다 이 녀석들이 어쩌나 사납고 크게 짖어대는지 그 소음과 스트레스가 이만저만이 아니었다.

거대한 대나무 숲을 몇 곳 지나치며 위로 향하자 바로 융팍 고도가 나왔다. 한 단계 한 단계 밟아 올라가니 산 위 평지가 나타났고, 시멘트 길은 흙길로 바뀌었다. 가는 도중 풀로 덮인 옛날 산전(山田)을 어렵지 않게 찾아볼 수 있었는데, 그 당시 여기서 뭘 주로 키웠을지는 모를 일이다. 그 이후에는 위로 뻗은 산길이 계속 이어졌다. 반 시간 뒤 루이타섹 아래로 난 고갯길을 내려가니 탁 트인 맥리호스 트레일이 금빛 찬란한 흙길의 모습으로 앞을 지나쳐 갔다.

십자로에는 소귀나무(Myrica rubra) 열 몇 그루가 집단 서식하고 있었다. 모두 나이 든 나무들이었는데, 상업적 목적을 이유로 사람이 심은 것이 분명했다. 소귀나무 열매는 맛이 상당히 좋은 산열매인데, 홍콩에서는

맑은 날에는 흙으로 덮인 산길 식물들 위로 광채가 내려앉은 것만 같다.

소귀(2012년 5월)

많이 나지 않는 까닭에 도심 상점가에도 파는 집이 거의 없다. 그런데 이 소귀나무가 여기 이렇게 모여 있다니, 그것도 고도 바로 옆에 자리하고 있다니 상당히 뜻밖이었다. 예전에 대만에서 산을 타다가 소귀나무 열매를 발견하면 드디어 갈증을 풀 수 있다는 생각에 흥분하곤 했다. 그래서 그 뒤로 산을 탈 때는 언제나 소귀나무의 위치를 기억해두곤 했다.

이후 이 십자로 입구는 내게 더 특별한 인상을 남겨주었다. 언젠가 휴일을 맞아 이곳을 찾았다가 길 입구에서 잠시 쉬던 참에 허둥지둥 산길을 찾는 중학생 몇 명을 만났더랬다. 다들 손에 지도와 나침반을 들고 들판에서 길 찾는 연습을 하고 있었다. 비슷한 기회조차도 얻지 못하는 대만 중학생들과는 달리, 홍콩 중학생들은 이런 교외 활동을 통해 야생 환경에서 필요한 기술과 지식을 습득하곤 한다.

이 청소년들은 맥리호스 트레일을 따라 쳉쳉으로 향했다. 안전하면서도 탁 트인 산길이기는 했지만, 한편으로는 이 학생들이 역사와 지역의 생태 환경을 결합한 프로그램이 아니라 그냥 흔한 보이스카우트 식 야외 활동을 하고 있다는 걸 알 수 있었다.

사실 홍콩 중학생들이 자연환경을 체험해볼 기회가 적지는 않으니, 홍콩 청소년들이 홍콩의 자연에 더 큰 애정을 느껴야 마땅한데, 어째서 그렇지 않을까? 나는 산천과 토지에 대한 귀속감을 강조하지 않는 교육과 전통적인 삶을 문화적으로 계승하는 것에 대한 무관심이 가장 근본적인 이유라고 생각한다. 청소년들이 산과 숲을 찾는 과정에 심신 자극과 모험, 단체 협력 훈련만 들어 있으니 말이다. 그래도 생태 환경을 보호하려는 최근의 다양한 움직임을 보면 자신이 나고 자란 이 땅에 대한 홍콩 사람들의 친밀감이 빠르게 형성되고 있음을 분명히 확인할 수 있다.

융쉬오 방향으로 고도를 따라 내려가니 깊은 삼림이 계속해서 이어졌고, 융팍 고도에서도 가장 원시적인 자연이 남아 있는 길이 서서히 모습을 드러냈다. 돌층계 길이 유난히 많았는데, 대부분은 나무 그늘 사이에 놓여 있었다. 가끔 시내가 길동무가 되어주기도 하고, 수량이 풍부한 계곡이 두세 개 나타나기도 했다. 나도 모르게 발길을 늦추고 즐거운 마음으로 빈터 한두 곳을 찾아가며 휴식을 취했다. 그런데 이렇게 유유자적 한가롭게 길을 거닐다가 갑자기 들려오는 멧돼지 소리에 소스라치게 놀라고 말았다. 심지어 문착(Muntiancus muntjac)의 분비물까지 발견했다.

주변 나무를 자세히 살펴보니, 그곳엔 또 다른 세상이 펼쳐져 있었다. 그중에서도 바닥에 열매가 한가득 떨어져 있는 자바플럼(Syzygium cumini)이 인상적이었는데, 나무 몸체가 악어가죽처럼 이런저런 색깔로 얼룩덜룩

뿔축(2009년 11월)

봄이 되면 새로 돋아난
절강 호박나무의 초록 잎들로
산비탈이 밝게 빛난다.

했다. 가시가 잔뜩 난 능당화초(Zanthoxylum avicennae)는 다른 산간 지역에서 자라는 것보다 눈에 띌 정도로 크고 굵직했다. 또 몸체가 누런색에 가까운 황우목(Cratoxylum cochinchinense)이 수시로 거대한 자태를 뽐냈다. 습기가 가득한 움푹 파인 지형의 산골짜기에 놀랍도록 눈부신 자줏빛 상산(Dichroa febrifuga)이 자리하고 있었다. 하루 종일 햇볕이 내리쬐는 곳에 홍콩 4대 독초 중 하나인 단장초(Gelsemium elegans)가 여기저기 열매를 맺고 있었다. 어두운 곳에서 나뭇잎 사이사이 틈으로 바라보니 푸르스름한 절강 후박나무(Machilus chekiangensis S. Lee)*의 아름다운 연녹색 빛깔이 수려한 산비탈을 물들이고 있었다.

길을 따라 쭉 내려가다가 탁 트인 계곡을 건너 다시 물길을 따라 내려가니 융쉬오였다. 마을 앞에 나 있는 평탄한 차도는 수이롱워로 이어졌다. 이 산길 덕에 근처에 사는 거주자도 적지 않았다. 마을 한구석에 청고벽돌로 지은 옛 가옥 한두 채가 남아 있어 그 옛날의 풍경을 상상케 했다. 융쉬오에도 주로 마을 사람들이 작은 배를 타고 근처 바다의 위파이(魚排)**를 오갈 때 이용하는, 여객선은 들어오지 않는 작은 부두가 있었다. 근처 만의 조밀하면서도 넓은 홍수림에는 백로 등 많은 조류가 서식하고 있었다.

융쉬오를 벗어난 지 얼마 되지 않아 삼층으로 이어지는 가늘고 구불구불한 마을길을 발견했는데, 그 주변이 온통 버려진 땅인 걸 보면 옛날에는 아마 모두 경작지였을 것이다. 한 저지대 소택지에는 수십 그루의 오래된 수옹나무가 자라고 있었다. 혹타우 저수지(鶴藪水塘, Hok Tau Reservoir)를

● 공식 한국 명칭을 찾지 못해 부득이하게 학명을 참고해 '절강 후박나무'로 표기하였다.
● ● 바다에서 양식 어망을 고정하기 위해 설치하는 시설. '나의 수첩—자주 쓰는 인기 어휘' 참조.

융쉬오에서 삼충으로 가는 길. 황폐한 경작지가 눈에 많이 띈다.

청고벽돌로 지은 융쉬오의 오래된 가옥
마치 한 시대를 응집해놓은 것만 같다.

제외하고는 오래된 수옹나무가 이렇게 빽빽하게 들어선 곳을 본 적이 없다. 멀리 뚜렷하게 보이는 큰 덩어리의 산봉우리는 아마 카이쿵산(雞公山, Kai Kung Shan)일 것이다. 더 멀리 움푹 꺼진 형태의 높은 산맥은 멀리 우뚝 솟아 있는 마온산이었다.

평탄하게 뻗은 마을길을 따라 가벼운 걸음으로 한두 시간 걸어가니 삼충에 닿았다. 마을길을 제외하면 삼충에 갈 수 있는 다른 육로는 없었고, 마을 전체는 이미 오래전에 쇠퇴했다. 요새는 대부분 수로(水路)를 이용해 이곳을 찾는데, 하루에 서너 차례 마리우수이(馬料水, Ma Liu Shui)와 윙섹 등 인근 만을 향하는 배들이 오간다. 작은 여객선이 정박하는 부두에는 원래 비를 피할 목적으로 만든 정자가 있지만, 오랫동안 버려진 상태다. 사실 이런 정자가 있다는 걸 알려드려도 마을에 워낙 사람이 없다 보니 비 피할 작은 공간도 관리하지 못하고 포기한 실정이었다.

마을 어귀 앞 물길 근처 사립문은 이쪽으로 들어오는 바닷물의 양을 조정해주는 역할을 했다. 예상컨대 그 옛날 물고기와 새우 잡이용 또는 경작용으로 사용하던 게이와이가 아니었을까 싶다. 물길을 따라가다 길가에서 자라는 프루쉐어 인디카(Pluchea indica) 군락을 여럿 발견했는데, 반가우면서도 놀라웠다. 이 나무의 잎으로 떡을 만들기도 하는데, 옛날 펭차우섬에서는 석가탄신일 같은 명절이 되면 아낙네들이 이 떡을 만들었다. 등반가인 찬윅밍 말로는 어렸을 때 마카오에서 이 떡을 먹어본 적은 있지만 홍콩에서는 오랫동안 본 적이 없다고 하니, 아마 이런 전통 간식도 사라졌나 보다.

시내를 따라 계속해서 앞으로 나아가니 점차 넓고 탁 트인 산과 계곡 풍경이 펼쳐졌다. 삼충에는 습지가 많다. 섹타우켱촌(石頭徑村, Shek Tau

Keng Tsuen), 바우네이차이촌(包尼仔村, Bau Nei Chai Tsuen), 싱카우토촌(聖教堂村, Shing Kau To Tsuen), 투이민촌(對面村, Tui Min Tsuen), 완차이촌(灣仔村, Wan Chai Tsuen) 등 작은 마을 다섯 곳이 자리하고 있는데, 요즘 사람들이 아는 곳은 삼충뿐이다. 그중에서도 완차이촌은 건륭(乾隆) 황제 때 리(李)씨 가문이 우카우탕(烏蛟騰, Wu Kau Tang)에서 갈라져 나와 이동해서 정착한 곳이다. 삼충은 소금논이 많아 경작이 쉽지 않다. 리씨 가문의 조상은 가까운 바다에 바닷물을 가로막을 제방을 쌓고 소택지에 누런 진흙을 채워 농업으로 생계를 이어나갔다.

그 옛날, 바다를 메워 만든 밭은 삼충 거주민들이 외지로 나가면서 황폐해져, 지금은 넓고 평평한 들판이 되었다. 가운데 연못이 있다 보니 얼핏 보면 정원 같고, 또 단조로운 골프장 잔디밭처럼 보이기도 하는데, 가옥들은 대부분 산기슭 옆에 자리하고 있다.

삼충을 한 바퀴 돌아보니 들판 옆 습지와 시내, 소택지 등 다양한 생태 환경에 적잖은 나비와 잠자리들이 날아다니고 있었다. 곤충학회가 조사한 내용에 따르면, 이 부근에 약 30여 종의 잠자리와 60종이 넘는 나비가 서식하고 있는데, 대부분은 도시에서 거의 볼 수 없는 종들이라고 한다. 나는 연못에서 얼굴을 드러낸 물뱀도 봤다. 이렇게 거대한 파충류 동물이 있는 걸 보면 분명 개구리류와 곤충류도 적잖을 것이라는 생각이 들었다. 밤에 와서 탐사를 해보면 분명 다양한 야행성 동물을 발견할 수 있을 것이다. 호저(Hystrix cristata), 문착 또는 멧돼지 등 포유류 동물들 말이다.

이 평평한 풀밭의 등장으로 이곳에서도 빅 웨이브 베이의 사이완에서 일어났던 일이 똑같이 일어났다. 사람들이 마을을 버리고 떠나자 모 부동산 개발 대기업에서 마을 사람들에게 땅을 하나, 둘 사들여 이 동네에 고급 휴양지와 골프장을 세울 준비를 시작한 것이다. 아예 풀밭을 전문적으로 관리할 마을 사람을 고용하기도 했다.

새 천 년이 시작되던 그해, 해당 부동산 개발 업체가 토지 용도 변경을 신청했지만, 다행히 도시계획위원회(城市規劃委員會)가 이를 거부했다. 그러나 과거 환경보호 의식이 희박했던 탓에 이런 전면적인 파괴의 장면이 펼쳐지고 말았다. 이는 빅 웨이브 베이의 사이완과 대비된다. 만약 부호가 사이완에 들어가 그곳을 골프장으로 개발하도록 내버려두었다면, 아마 이곳처럼 단조롭기 그지없는 풀밭이 되어버렸을지도 모른다.

삼충의 가옥들은 대부분 두 구역에 나뉘어 있고, 남쪽과 북쪽 산기슭에 집중되어 있었다. 어느 날인가 이곳에 왔다가 시들어버린 잡초 수풀 속에서 홀로 외롭게 무너져 내린 성당을 발견했다. 예전에는 이곳이 천주교 포교의 요충지였음을 분명히 알려주는 것이리라. 남쪽 산기슭에 작은 구멍가게가 둘 있는데, 음료 외에도 궁자이면 등 익힌 음식도 팔고 있었다. 처음 갔을 때, 대만에서 왔다고 얘기하니 다들 당황하면서 이런 반응을 보였다.

"선생님이 아마 여기 온 첫 대만 분이실 걸요."

북쪽 산기슭에는 집도 많고 학교도 있지만, 버려지고 황폐해진 지 오래라 사람이 살지 않는다. 붉은색으로 글자를 크게 써넣은 대련만이 이 마을을 떠난 사람들이 지금도 이따금 조상들을 모시러 돌아오기도 한다는 걸, 자신들의 뿌리를 잊지는 않았다는 걸 알려준다.

황폐한 이 마을 학교 앞은 고도의 또 다른 끝으로 이어진다. 위로 뻗은 마을길을 따라 올라가면 또다시 황량한 숲으로 들어가게 되는데, 그래봤자 해발 100미터 정도라 올라가는 기분이 즐겁기만 하다. 홍콩에서 가장 매력적인 도보 여행길은 대부분 이렇다.

세섹아우를 지나면서 그 근처를 몇 번이나 돌았건만 뱀의 형상을 한 바위를 찾지는 못했다. 그 뒤에도 여러 차례 그곳을 지나갔지만 마찬가지였다. 그 커다란 바위 표면에 구불구불 기어가는 뱀의 형상을 닮은 무늬가

삼층의 가옥은 최근 여행자들이
잠시 묵어가는 휴식처가 되었다.

보여 부근 산모롱이에 다 이런 이름이 붙었다고 한다.[●]

밤 바위를 찾아 돌아다니다가 무심결에 높은 곳까지 올라가서 서니, 삼충의 아름다운 전경이 한눈에 바라다보였다. 오른쪽 길로 들어가 울창한 숲을 여러 차례 지나쳤지만, 그 길을 지나는 내내 여행객은 단 한 명도 보지 못했다. 여기저기서 들려오는 흰눈썹웃음지빠귀(Garrulax canorus) 등의 지저귐 소리만이 느릿느릿 걸으며 도보 여행의 즐거움을 만끽하던 내게 화답해주었다. 그야말로 산과 계곡 주변을 한가로이 거닐 수 있는 축복받은 땅이었다.

작은 시멘트 길로 접어들어 가벼운 발걸음으로 남산퉁(南山洞, Nam Shan Tung)에 도착했다. 마을 어귀의 작은 다리에 1963년 다리를 세우고 길을 닦기 위해 모금을 했음을 알리는 안내판이 서 있었다. 글자는 이미 희미해질 대로 희미해졌지만, 파운드화로 모금했다는 기록은 확인할 수 있었다. 계속해서 앞으로 가니 꽉사오 마을이 나왔다. 거기엔 1959년에 세운 돌비석이 있었는데, 착한 일을 하면 복을 받는다는 뜻으로 '복유유귀(福有悠歸)'라는 문구가 새겨져 있었고, 그 위에는 카도리농업보조회(嘉道理農業輔助會, The Kadoorie Agricultural Aid Association)의 약칭인 'KAAA'라는 명칭도 보였다.

외국인 몇 명이 조심스레 내 옆을 스치고 지나갔는데, 그제야 갑자기 이곳이 꽉탐 로드의 코퉁(高塘, Ko Tong)과 닮았다는 생각이 머리를 스쳤다. 둘 다 도심에서 멀리 떨어진, 외국인들이 선호하는 거주지다. 집집마

● 세섹아우는 한자로 '蛇石坳'로 쓴다.
뱀의 형상을 닮은 바위가 있는 곳이라는 뜻이다.

다 문 앞에 독특한 장식이 있어 마치 홍콩이 아닌 듯했다. 적잖은 빈터가 채소밭으로 개간되어 있어, 도시에서 벗어나 자연 속의 삶을 추구하고자 하는 이곳 사람들의 마음이 느껴졌다. 하지만 역시나 가장 눈길을 끄는 건물은 호(何)씨 가문이 살던 오래된 가옥과 갱루(更樓, 마을을 공동으로 관리하는 일종의 망루)로, 전하는 바에 따르면 둘 다 100년도 더 된 건물이라고 한다. 하지만 아쉽게도 이 마을에 사는 외국인들이 모두 사생활에 민감한 편이라 가까이서 마을을 돌아보기는 어려웠다.

곽사오를 떠나 몇 분 더 걸어가 습지를 지나가니, 자그마한 자홍색 화봉선(Impatiens chinensis) 꽃이 청록색의 습지를 아름답게 물들이고 있었다. 이렇게 아름다운 기억을 가지고 호이하 로드에 도착했다. 도심지까지는 한참 더 가야 했다. 사방에 차라고는 없었고, 내게는 아직도 걸어가야 할 길이 한참 더 남아 있었다. (2012년 3월)

라이치총

지도 위의 여백으로 남은 곳

지진공원

버려진 계단논

라이치총
荔枝莊,
Lai Chi Chong

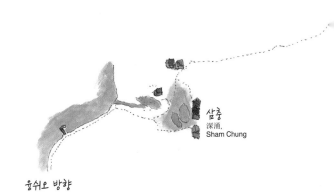

삼총
深涌,
Sham Chung

운쉬오 방향

호이하 방향
海下, Hoi Ha 방향

파탐아우 방향
北潭凹,
Pak Tam Au 방향

남산퉁
南山洞,
Nam Shan Tung

파사오
白沙澳,
Pak Sha O

세섹아우
蛇石坳,
She Shek Au

호이하 방향

하오퉁 계곡
猴塘溪, Hau Tong Kai

파탐아우 방향

섹육산
石屋山,
Shek Uk Shan

웡축롱
黃竹里,
Wong Chuk Long

쳉쉥
嶂上,
Cheung Sheung

파탐아우, 응아우이섹산 방향
牛耳石山, Ngau Yee Shek Shan

융쉬오 방향
榕樹澳, Yung Shue O 방향

노선　라이치총 부두 → 라이치총 → 세섹아우 → 쳉쳉 → 호이하 로드(하오퉁 계곡),
약 4시간 소요

교통　지하철 홍콩대학 역에서 내린 뒤 역을 나와 육교를 건너 마리우수이 부두까지 걸어
간 다음, '마리우수이-탑문' 여객선을 타면 라이치총에 도착한다.

여객선 운행 시각 및 요금
평일(월~금) : 오전 8시 30분, 오후 3시 출발/18HKD
주말(토, 일) : 오전 8시 30분, 오후 12시 30분, 오후 3시 출발/28HKD

난이도 ★★

이른 아침, 마리우수이에서 출발한 물총새 깃으로 장식한 자그마한 배가
또 한 번 정시 출항하며 타이드 코브(沙田海, Tide Cove)를 벗어났다.

이 부두에서 출항하는 여객선들은 목적지가 어디든 하나같이 시끌벅
적한 도심지를 떠나 머나먼 작은 산골로 향한다. 홍콩 사람들조차 낯설어
하는 해안에 배가 정박하면, 탑승자들은 느리고 고요한 또 하나의 홍콩과
마주하게 된다.

탑문으로 향하는 항로를 가장 좋아하는데도 지금껏 단 한 번도 탑문에
서 내려본 적이 없다. 매번 유혹을 견디지 못하고 도중에 삼충이나 라이치
총에서 내려버린 탓이다.

1950년대 이전에는 사이쿵 북부에 있는 이 해안가 마을의 교통 상황이 너무나 열악해, 마을 주민들이 대부분 나룻배를 타고 타이포를 오갔다. 배는 작은데 파도는 높다 보니 뜻밖의 사고가 자주 일어났다. 그러다가 1950년대 이후 각지에 부두가 세워지고 뱃길이 열리고 나서야 주민들이 농산물을 사고팔고 생활용품을 구매하는 데 따르던 어려움도 겨우 해결되었다.

이제는 사이쿵 교외공원(西貢郊野公園, Sai Kung Country Park)에 조용히 내려앉아 있는 몰락한 마을에 버려진 논밭의 아름다운 풍경, 옛날 그 시절의 가옥과 숲까지 더해져 관광객들의 발길을 계속해서 끌어모은다.

지금은 좋은 휴식 공간과 캠핑 장소로 자리매김한
라이치총의 옛 계단식 밭

이른 봄, 다정큼나무(Rhaphiolepis indica var. umbellata)의 하얀 꽃이 밝게 빛날 즈음이 되면, 이 산촌 뒤편의 너른 들판에는 꽃들이 지천으로 피어오른다. 그 유혹을 견디지 못한 나는 결국 또다시 배에 몸을 싣고 천천히 지도 위의 이 여백 속으로 들어설 채비를 한다. 느릿느릿 서너 시간 발걸음을 옮기다 보면 사람이라고는 그림자도 찾을 수 없는, 오직 자신과의 외로운 대화만이 허락된 그곳으로 간다.

이번 도보 여행의 중심지는 라이치충이다. 호기심을 불러일으키는 이 지명은, 혹시 광둥어로 라이치라고 불리는 과일 '여지'를 이곳 어디에서나 볼 수 있는 까닭에 붙여진 게 아닐까? 라이치충 주변에 마치 거미줄처럼 빽빽하게 들어선 이름 모를 수많은 들판과 산길을 보며 또 한 번의 도보 여행에 대한 기대감에 벅차오른다.

반 시간 정도 지나 배가 삼충에 도착했다. 여러 차례 걸으며 아름다운 경험을 한 곳이다. 부둣가에는 누렁이 한 마리뿐, 배를 기다리는 사람도 배에서 내리는 사람도 없다. 배는 정박도 하지 않고 곧바로 라이치충을 향해 떠난다.

라이치충의 옛 가옥,
사당을 돌보는 사람은
딱 한 사람이다.

정각에 맞춰 라이치총 부두에 도착하는 여객선

라이치총은 사이쿵 교외 북단에 자리한다. 지도를 보며 머릿속으로 상상하는 아름다운 도보 길을 그려 넣고, 이전에 한 번도 걸어보지 못한 산길을 시험 삼아 걸어보았다.

이번에는 라이치총에서 곧바로 쳉쉥으로 올라가 다시 팍탐아우까지 걸어보려 한다. 이곳의 최정상을 가로지르며 쳉쉥이 어떤 환경에 둘러싸여 있는지 알고 싶다. 여러 번 이곳에서 산행을 했지만 매번 옆으로 난 옛길을 맴돌며 멀리서 바라보기만 했는데, 드디어 올라가서 보고 싶은 갈망이 생겼다.

배가 정박한 곳에서 오른쪽으로 가면 바로 라이치총의 유명한 지질공원이 나타난다. 밀물이 아닐 때는 해안을 따라가다 나오는 오솔길로 들어서서 3~4킬로미터 걸어가면 퇴적암이 연출한 장관을 마음껏 감상할 수 있다. 이 암층(岩層)은 마시 차우(馬屎洲, Ma Shi Chau, 2억 8000만 년 전에 형성됨)의 퇴적암과 통 핑 차우(東平洲, Tung Ping Chau)* 바위의 생성 연대 사이에 형성되었는데, 돌줄기가 층층이 쌓여 있고, 색상은 선명한 대조를 이룬다. 물이 들어오고 빠져나가며 물결이 격렬하게 출렁이는 와중에도 고요하게 그 자리에 가로놓인 이 암층은 홍콩에서 가장 오래된 지질이 분포된 곳 중 한 곳이다.

　부둣가의 왼편을 따라가면 마을로 이어지는 길이 있다. 이곳 바닷가에서는 하늘을 가르는 흰배바다수리(Haliaeetus leucogaster)를 종종 볼 수 있는데, 오늘은 모습을 드러내지 않았다. 눈앞에 드넓고 평탄한, 우아한 초원이 펼쳐졌다. 예전에는 분명 비옥한 계단식 논이었을 텐데 사람이 떠나고 나니 그 비옥한 논도 폐허가 되어 이제는 예전 논두렁의 흔적만 남아 있었

라이치종 뒤의 산길
이곳 산길은 대부분 풍경이
아름다운 작은 흙길이다.

다. 누런 소들이 여기저기 하릴없이 어슬렁거리고, 학생들 두세 팀이 야영하고 있었다. 내가 중학교 선생님이라도 분명 이곳을 최고의 자연 학습장으로 삼았으리라.

초원 한가운데를 흐르는 고요한 실개천을 중심으로 논이 둘로 나뉘는 걸 보면, 이 실개천이 예전에 논밭에 물을 대던 주요 수원이었음이 분명하다. 개울가로 내려가 보니 오래된 수옹나무와 로즈애플이 많아 분위기가 어두컴컴하다. 이 개울 옆에 난 작은 길로 들어가면 바로 자그마한 마을에 닿는다.

라이치총은 리씨와 찬(陳)씨 성을 가진 이들의 집성촌이었다. 인터넷에서 알려진 바에 따르면, 예전 이곳에 아무도 찾아가지 않는 시신을 보관하는 이총(義莊)＊＊이 있었고, 매일 어두운 밤이 되면 부서진 관에서 쏟아져 나온 시신이 이곳저곳을 떠돌았다고 한다. 원래 20~30여 가구가 살던 마을에는 이제 리씨 집성촌의 후손 한 사람이 관리하는 사당만 하나 쓸쓸히 남아 있다. 왼편의 오솔길은 산골로 이어지며, 로즈애플과 왐피가 적지 않다. 가면서 사방을 다 찾아봤지만, 전설로 전해지는 거대한 여지 고목 세 그루는 어디에서도 볼 수 없었다. 다리를 건너니 옆에 맷돌이 하나 버려져 있다. 이걸로 사탕수수를 눌러 짰을 테지. 벼를 제외하고 이 지역에서 광범위하게 재배하던 작물이 사탕수수였을 테니까.

● 　홍콩에서 가장 동쪽에 위치한 섬. 특이한 바위들을 볼 수 있는 곳으로도 잘 알려졌다. 이 바위들은 5,500만 년 전에 생겨난 것으로 추정된다.
●● 시신이 안치된 관을 잠시 보관하는 곳. 중국인들은 고향을 떠나 홍콩에서 혹은 다른 외지에서 살았더라도 죽은 뒤에는 고향에 돌아가 묻히고 싶어 했는데, 세상을 떠난 조상을 고향 땅에 묻기 전 그 자손들이 시신이 안치된 관을 보관할 수 있는 장소를 이총이라고 불렀다. 객사했거나 사망한 뒤에도 아무도 거두지 않는 시신은 이총에 잠시 보관했다가 달리 방법을 찾는 경우도 많았다고 한다.

깊고 은밀한 곳에 자리한 수옹나무 숲속 시내

썰물일 때 배에서 내렸다면
라이치총지질공원도
돌아볼 만하다.

콘크리트가 깔린 마을길을 따라가면 키 낮은 덤불이 계속 이어지는데, 직박구릿과 새들이 적잖이 나타났고, 사이사이에서 흰눈썹웃음지빠귀의 울음소리가 울려 퍼지더니, 조용한 시골 길이 축제라도 벌어진 듯 시끌벅적해졌다. 그리고 15분도 걸리지 않아 곽사오로 이어지는 갈림길에 이르렀다.

오른쪽으로 가면 삼충으로 이어지는데, 들어서자마자 바로 나오는 진흙 산길은 평평하고 쾌적하다. 사이쿵도 플로버 코브(船灣, Plover Cove)처럼 산과 계곡, 개울이 아니면 대부분 키 낮은 수풀이 들어서 있고, 심지어 로포스테몬(Lophostemon confertus)과 같은 조림수종(造林樹種) 식물도 적잖다. 끝없이 펼쳐진 이 수풀 사이에서 사람 흔적은 거의 찾을 수 없어 걷는 행복감에 푹 빠져들게 된다.

세섹아우에 도착하자, 다시 한 번 궁금증이 고개를 들었다. 도대체 뱀 무늬 바위는 어디 있을까? 여기 한두 번 와본 게 아닌데 여태껏 한 번도 그 바위를 보지 못한 탓이다. 이곳에서 곧장 췡솅으로 올라가면 산길이 두 개 나타나는데, 이곳 지리에 밝은 길동무 찬웍밍마저 뱀 무늬 바위를 찾지 못했고, 심지어 위쪽 능선으로 이어지는 산길은 아예 보지도 못했다. 분명 치도 않은 산 중턱의 작은 길을 따라 은밀하게 숨어 있는 수풀 속을 고생스럽게 가로질러 나아갔다. 다행히 한 시간쯤 뒤에 능선에 닿았다. 그러자 스코틀랜드 고지대에 서기라도 한 것처럼 시야가 넓어졌고, 마지막에는 기지국이 있는 산꼭대기에 다다랐다.

이곳이 바로 섹웅산이라 불리는 사이쿵의 최정상으로 거대한 바위 수십 개가 겹겹이 쌓여 있다. 산봉우리에서 바라다보니 시야가 확 트여, 산세가 높고 험한 동부의 샤프 피크까지 미쳤다. 그러다 산봉우리에 있던 두

금감(Fortunella hindsii) 두세 그루가 눈에 띄어 들여다보니 구슬만 한 산귤이 올망졸망 매달려 있었다. 예전에는 사람들이 먹고 남긴 귤 씨앗에서 자란 열매인 줄 알았는데 나중에야 그게 아니라 야생에서 난 작은 귤이라는 걸 알았다. 산을 좀 안다는 이곳 산행객은 다들 와서 이 귤을 따 먹는다.

내려가는 길 여기저기에는 널브러진 돌들이 한가득 쌓여 있었고, 땅 표면은 생명이라고는 하나도 살지 않는 황폐한 행성 같았다. 홍콩에는 고지대 풍경을 볼 수 있는 산악지대가 워낙 없기도 하거니와, 이렇게 광활한 풍경은 더더욱 찾기 힘들다. 쳉쳉의 맨 앞 자인 쳉(Cheung, 嶂)은 커쟈 말로 '높고 험준한 장벽이 있는 땅'이라는 뜻이라 하니, 어쩌면 이곳 지표면을 보고 지은 이름이 아닌가 싶기도 하다.

섹욱산 산꼭대기는 사이쿵 교외공원의 정상으로, 해발 500미터도 채 되지 않지만 시야가 아주 멋진 곳이다.

자갈이 많은 석욱산 산꼭대기

쵤쵕의 풀밭 평지
옛날 이곳에 어떻게 밭벼를 심었을까?

　　쉬지 않고 산에서 내려가다 옛날에 마을이 있었던 평탄한 산 중턱에
이르렀다. 그 옛날 시골 학교가 있던 흔적은 여전한데, 경작지는 그만 늪
이 되어버렸다. 일제강점기 항일 유격 기지이기도 했다는 현지 구술 기록
이 이곳의 전설을 더해줄 뿐이고, 지금은 딱 한 가구만 남아 손바닥만 한
구멍가게를 열고 있다. 평상시에는 할머니 한 분이 홀로 지내시면서 궁자
이면과 다우푸롸를 만들어 소소하게 장사를 하신다. 관광객들이 먹고 싶
어 하는 게 있으면, 할머니의 부탁을 받은 친척이나 친구들이 산 아래서
짊어지고 올라온다.

　　휴일에는 산에 오르는 여행객들이 많아 장사도 잘돼서 쵕쵕도 휴양지
처럼 변하고, 산 아래 사는 가족들이 올라와 일손을 보태기도 한다. 할머
니는 버려진 병이나 캔을 주워서 평상시에 모아두셨다가 휴일이 아닌 때
를 이용해 멜대에 지고 산에서 내려가 고물상에 팔아넘기고 용돈도 버신
다고 하는데, 그 덕에 할머니가 계신 쵕쵕은 늘 깔끔하다. 우리가 도착했

원래 쳉쉥에 있던 초등학교가 사라진 자리를 한가로이 노니는 황소들

을 때는 목초지를 어슬렁거리던 누런 소 몇 마리가 먹이를 찾아 외양간으로 들어서려던 참이었다.

산에서 내려가는 길은 여러 갈래로 나뉜다. 삼충으로 이어지는 구름다리도 있고, 직위우로 내려가는 맥리호스 트레일, 현지인들이 쳉쉥 컨트리 트레일(嶂上郊遊徑, Cheung Sheung Country Trail)이라고 이름 붙인, 호이하 로드로 이어지는 탁 트인 산길도 있다. 쳉쉥 고원 할머니는 늘 쳉쉥 컨트리 트레일로 내려간다 하셔서 우리도 이 길로 가보기로 했다.

막 출발하려고 하니, 일흔을 훌쩍 넘기신 할머니께서 마침 그간 주워 둔 폐지와 고물을 메고 산에서 내려가실 참이란다. 결국 할머니께서 선두에 서게 되셨는데, 어깨에 메신 멜대 양쪽에 온갖 빈 병과 캔이 가득해 적잖이 무거웠다. 그런데도 발걸음이 어찌나 가볍고 빠른지 할머니는 순식간에 수풀 사이에서 사라져버렸다. 어떻게든 바짝 뒤쫓아 가보려고 했지만, 끝까지 따라잡을 수가 없었다.

내려갈 때 밟은 길은 탁 트여 있어 걷기도 좋았고, 나무들이 무성하게 숲을 이루고 있었다. 드넓은 초원을 지나다가 옛날에는 마을 산업의 현장이었다가 버려진 논밭이 적지 않다는 걸 깨달았다. 곧바로 거의 사라져버린 웡축롱촌을 지나쳤다. 경작지마저 버려져 쓸쓸함을 더했다.

호이하 로드로 이어지는 하우퉁카이 부근에는 버스도 다니지 않고 사람 그림자도 찾을 수 없어 팍탐 로드까지는 걸어갈 수밖에 없다. 어깨에 멜대까지 메고 내려가신 할머니는 산에서 내려온 뒤 도대체 어떻게 가신 것인지 알다가도 모를 일이다. (2013년 3월)

버려진 음료수 캔을 커다란 봉지에 가득 넣어
양어깨에 짊어지고 내려가시는 쳉쳉 할머니

뉴테리토리
북부 지역

룩켕

그 옛날 풍요로웠던 작은 땅

사타우콕 방향

양씨 마을
楊屋, Yeung Uk

젠씨 마을
鄭屋, Cheng Uk

러어씨 마을
羅屋, Lo Uk

남충
南涌

남충 컨트리 트레일
南涌郊遊徑,
Nam Chung Country Trail

노선 남충 → 에드워드 유드 기념 정자 → 찬씨 마을 → 윙씨 마을 → 룩켕, 약 2시간 소요

교통 지하철 판렝 역 C번 출구로 나와서 녹색 56K 미니버스를 타고 남충에서 내린다.

난이도 ★★

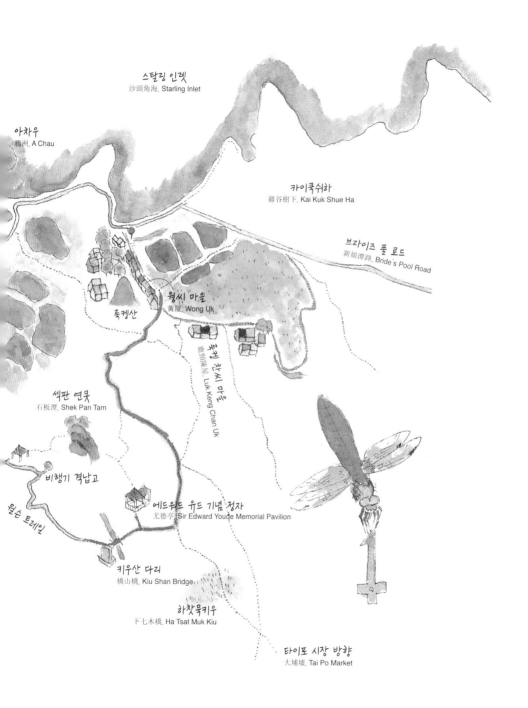

스탈링 인렛
沙頭角海, Starling Inlet

아차우
鴉洲, A Chau

카이쿡쉬하
雞谷樹下, Kai Kuk Shue Ha

브라이즈 풀 로드
新娘潭路, Bride's Pool Road

웡씨 마을
黃屋, Wong Uk

룩켕산

룩켕 찬씨 마을
鹿頸陳屋, Luk Keng Chan Uk

섹판 연못
石板潭, Shek Pan Tam

비행기 격납고

윌슨 트레일

에드워드 유드 기념 정자
尤德亭, Sir Edward Youde Memorial Pavilion

키우산 다리
橋山橋, Kiu Shan Bridge

하챗묵키우
下七木橋, Ha Tsat Muk Kiu

타이포 시장 방향
大埔墟, Tai Po Market

"내일 어디 갈까? 홍콩에서 가장 아름다운 습지와 풍수림에 가보자!"

학생들을 뉴테리토리 동북부 지역의 룩켕과 남충 여행에 끌어들이고자, 강의 시간에 이런 문구를 칠판에 써놓아 보았다.

사실 나는 이 자그마한 두 산골짜기를 이미 여러 차례 가봤다. 하지만 이 둘을 한꺼번에 연이어서 제대로 돌아본 적은 한 번도 없었다. 25,000분의 1로 축적된 지도를 보면 이 두 산이 양쪽에 나뉘어 서 있다. 산 정상에 올라 수려한 아름다움을 자랑하는 작은 산과 습지의 기막힌 풍경을 충분히 만끽해보라며 나를 부추겼다. 그래서 시험 삼아 이 노선을 타보기로 했다.

늘 그렇듯 판렝 역 앞에서 학생들을 기다렸다가 56K 녹색 미니버스에 올랐다. 승객 열여섯 명을 태운 녹색 미니버스가 민첩한 문착처럼 순식간에 판렝 거리를 뚫고 나아갔고, 곧 사타우콕과의 경계 지역으로 돌진했다. 갑자기 한 바퀴 돌더니 양어장이 있는 룩켕 로드 들판으로 굽어 들어갔다.

남충에서 내리니, 행불 연기가 가득 올라오는 텐휴궁(天后宮, 바다를 관장하는 여신을 모시는 사원)이 고요한 스탈링 인렛을 향해 있었고, 오래된 녹나무와 용수나무가 영험한 노 사찰의 곁을 지키고 서 있었다. 그 앞 숲이 무성한 작은 섬에는 황혼이 질 무렵이면 늘 백로 여러 마리가 여유로운 날갯짓으로 날아 돌아와 숲속에 숨어 쉬곤 한다. 이 원시적인 자연에 이끌린 여행객들이 자주 이곳을 찾는다. 그런데 보이는 건 백조뿐이고 까맛귓과 새들은 보이지도 않는데, 까마귀의 섬이라는 뜻으로 아차우(鴉洲)라는 이름이 붙었다. 남충 입구에는 넓고 곧게 쭉 뻗은 도로가 이어지는데, 가끔 토종개 두서너 마리가 눈에 띄거나 황소 똥 일고여덟 더미가 발견되기도 한다. 길 양쪽에서 안쪽 깊은 곳을 향해 물러나기라도 한 듯 양어장과 습지가 숨어 있고, 길가에는 들풀이 가득하다. 오래전 남충 주민들은 양어장에서 물고기를 낚고 농사를 지으며 생계를 이었다는데, 어찌하랴. 이제는 시대가 변해 사람들이 다 외부로 빠져나가고 그 바람에 대다수 양어장과 경작지는 버려진 땅이 되었으니 말이다. 그중 유기농장으로 변신했다는 곳을 『홍콩 최고의 농작물(香港正菜)』을 쓴 레일라 찬(陳曉蕾)과 함께 따라가 본 적이 있다. 덕분에 지금도 여전히 세 마을이 남아 있는 남충의 풍수림과 아름다운 게이와이를 둘러보며 견문을 넓힐 수 있었다.

세 마을은 양욱(양씨 마을), 젠욱(젠씨 마을), 러어욱(러어씨 마을)이다. 학생들을 데리고 지나가는데 마을 아주머니가 언제나 그렇듯 마른 빨래를 걷으며 이쪽을 내려다보셨다. 주민들은 외부인들의 간섭을 몹시 꺼린다. 외부인은 출입을 금지해달라는 팻말이 마을 입구를 우두커니 지키고 선 모습이 눈길을 끈다. 수백 년 동안 해적에 대한 두려움 속에 황무지를 개간하고 살았던 성격과 고집스레 이어온 생활 방식을 이 팻말이 모두 보여주는 듯하다.

남충 컨트리 트레일을 지나 댐에 도착하니, 윌슨 트레일의 종착역과 기념비가 똑똑히 서 있었다. 가는 도중, 빨갛고 어여쁜 홍콩 로즈 (Rhodoleia championii)와는 적잖이 마주쳤는데, 홍콩등대진달래(Enkianthus

양어장에서 본 남충의
촌락 풍경이
아름답기만 하다.

쇠백로만 찾아오는 섬, 아차우

처음 남충에 갔을 때 가장 인상적이었던 건
외부인을 반기지 않는 마을 분위기였다.

quinqueflorus)는 멀찍이서 한 그루 본 게 다였다. 콘크리트 산길을 따라 올라가다가 쉬어 갈 공원에 들어섰다. 공원 맞은편 숲속에 보일 듯 말 듯 난 작은 길이 홍콩에서 가장 큰 규모의 돌개구멍(하천 바닥에 생긴 원통형의 깊은 구멍)이 있는 카룽 연못(嘉龍潭, Ka Lung Tam)으로 이어져 있었다.

계곡을 따라 내려가면 그 끝에서 거대한 석벽이 느닷없이 등장하고, 콸콸 막힘없이 흘러가는 계곡물이 여러 돌개구멍을 재빠르게 가득 채우며, 이곳을 '섹판 연못', 즉 섹판탐이라고도 부른다('섹판탐', 즉 '섹판 연못'은 앞서 나온 '카룽 연못'의 또 다른 이름이다). 어떤 돌개구멍은 크기가 사람 몸만 하다. 폭포에서 떨어진 폭포수가 석벽의 움푹 팬 곳에서 부딪쳐 소용돌이치면 그 영향으로 돌과 자갈이 회전한다. 이런 작용이 오랜 세월에 걸쳐 일어나면서 지반이 마모된 결과 돌개구멍이 생겨난다. 돌개구멍 지형이 보이는 곳이 딱 한 곳에 불과하지만, 대만 핑시(平溪) 지역의 돌개구멍보다 더 장관이었다.

그날은 학생들을 데리고 간 터라 안전을 고려해서, 버려진 공원관리처를 돌아 곧바로 비행기 격납고로 갔다. 올라가서 보니 과연 예상대로 고지대인지라 그 아래의 남충과 룩켕이 훤히 들여다보였다. 작은 습지 두 개가 연결된 뒤쪽에 있는 풍수림은 그 옛날 쌀과 고기가 많이 나던 비옥하고 자그마한 지대로, 한 폭의 시화(詩畵)처럼 발아래를 구불구불 완만하게 지나갔다. 학생들은 이 아름다운 풍경을 보고 감탄을 금치 못했다. 대부분 홍콩 출신이었는데도 이곳에 와본 적이 없다는 말이 놀랍게만 들렸다. 오랫동안 홍콩의 산을 누비고 다닌 몇몇 홍콩 친구들은 이곳에 서면 걱정스러운 표정을 짓는다. 비관적인 생각이 드는 거다. 이 풍경도 앞으로 오래가지 못할 거라고, 두서너 세대만 지나면 바다 건너 맞은편의 사타우콕처럼 아파트만 쭉 늘어선 콘크리트 숲이 될지 모른다고 한숨짓는다.

　　이곳에서 내 마음을 가장 사로잡은 나무는 어골목(Canthium dicoccum)이다. 예술 작품 조각용으로 많이 쓰이는 이 나무는 물이 없는 산비탈을 좋아한다. 비행기 격납고에 서니 덤불이 무성한 와중에도 그 주변을 빙 둘러친 어골목이 10여 그루 보였다. 산불이 난 뒤에 흔히 볼 수 있는 흑사초(Gahnia tristis), 강송(Baeckea frutescens), 도금양(Rhodomyrtus tomentosa), 발풀고사리(Dicranopteris pedata) 등을 동무 삼아 함께 어울려 있었다.

　　흑사초가 마침 막 열매를 맺고 있기에 다가가서 자세히 보니 과일 자체에서 빛이 나는 듯 반짝반짝 윤이 났고, 꼭 속이 꽉 찬 알짜배기 참깨 같았다. 대만에도 이 흑사초가 자라기는 하지만 기름을 짜서 비누로 만들어 쓰기만 하니 아쉬울 따름이다. 예전에는 초가집 지붕을 덮을 때 이 풀을 쓰기도 하고 벽을 바르는 재료로도 썼다고 들은 적 있어서, 나무줄기 전체에 어떤 특징이 있는지 궁금하기만 했다.

비행기 격납고에서 내려다본 남충. 넘치는 곡식과 물고기로 풍요로웠던 이 땅이 한눈에 들여다보인다.

남충의 유기농 경작지

룩켕의 찬씨 마을이 습지 안쪽 끝자락에
아름답게 내려앉아 있다.

계속해서 천천히 걸어 '키우산 다리'까지 갔다. 이름이 아주 특이한 다리인데, 돌비석에 쓰인 안내문에 따르면 1995년 윌슨 트레일을 만들 때 현지 주민들이 예전 이곳 네 마을에 있었던 '키우산 초등학교'에서 이름을 따왔다고 한다. 다리 아래로는 표면이 넓게 탁 트인 핑카 연못(屏嘉石澗, Ping Ka stream)이 지나간다. 핑카는 홍콩의 유명한 등반가였던 고(故) 리꽌아이(李君毅)가 이곳 경치를 보고 직접 지은 이름이기도 하다. 나 같은 후배들은 이 연못에서 배 타고 산행을 즐기던 그 시절의 소박함을 좇아갈 수가 없어 그저 경치를 바라보며 그 정취를 그려볼 뿐이다.

그런데 아까 그 마을 네 곳은 어디 어디를 말하는 것일까? 안내표지에도 설명이 모호해서 아쉽기만 하다. 내 생각에는 여기서 좀 더 앞으로 가면 있는 왕찻 고도(橫七古道, Wang Tsat Ancient Trail) 위의 버려진 지 오래된 네 마을, 왕산켁상촌(橫山脚上村, Wang Shan Keuk Sheung Tsuen)과 왕산켁하촌(橫山脚下村, Wang Shan Keuk Ha Tsuen), 쉥찻묵키우촌(上七木橋村, Sheung Tsat Muk Kiu Tsuen), 하찻묵키우촌(下七木橋村, Ha Tsat Muk Kiu Tsuen)이 분명한 듯하다. 예전에 팟신렝에서 산을 내려가는 길에 앞 두 마을에 들른 적이 있는데, 풍경이 어찌나 아름다운지 떠나기가 아쉬워 한동안 자리를 뜨지 못했다.

원래 있던 이 네 마을 중 하찻묵키우촌이 규모도 가장 크고 가장 번성했다. 아주 옛날 이곳에 수이윗궁(水月宮, 관세음보살과 땅의 신을 모시는 사당)이 하나 있었는데, 나중에 이 네 마을의 아이들이 다니는 학교로 변신했다. 이 학교에 학생이 가장 많았을 때는 아이들이 한 60~70명 정도 되었다고 하니, 네 마을 주민들이 당시 이 깊은 산중에서 생활하며 이런저런 산업을 일구었을 것이 분명하다.

다 버려지긴 했지만 그래도 마을에는 옛날 이곳의 사람살이를 보여주는 흔적들이 지금도 남아 있다. 이 네 마을이 자리한 팟신렝 북쪽은 울창한 삼림지대이기도 해서 동물들의 움직임이 유난히도 활발하다. 생각이 여기에 미치자 다시 한 번 가보고 싶은 마음에, 나는 또 아름다운 상상의 나래를 펼쳤다. 언젠가 날을 잡아 꼭 다시 이 길에 오르리라.

다리를 건너니 산비탈 경사에 촘촘히 잎을 늘어뜨린 금털강아지고사리(Cibotium barometz)가 보였다. 어여쁘게 넓게 퍼져 있는 모습이 꼭 사람의 손길이 닿은 화원 같아 그만 발길을 멈추고 보다가 일정이 또 늦어지고 말았다. 발걸음을 계속 이어 가는데 땅 위로 용안같이 생긴 과실이 연이어 나타났다. 예전에 타이포카우(大埔滘, Tai Po Kau)에서 특히나 많이 본 과실인데 여기서 다시 만났다. 잘 보니 톱니 모양의 꽤 커다란 마른 잎들이 적잖이 땅 여기저기에 잔뜩 흩어져 있었다.

순간, 4월이면 노란 꽃을 가득 피우는 떡갈밤나무(Castanopsis fissa)가 떠올랐다. 주위를 자세히 살펴보니 서 있는 나무들이 죄다 이 녀석들 아닌가. 한 3~4미터 정도 되는 작은 교목들이 돌계단 양쪽에 늘어서서 이 근방의 우세 수종을 이루고 있었다. 땅에 가득 흩어져 있던 마른 잎과 과실들은 모두 이 녀석들이 떨어뜨린 것들이었다.

작년 10월 라이치워 삼림에 갔다가 그 고목을 본 까닭에 이 나무의 생김새를 똑똑히 알아볼 수 있었는데, 적잖은 나무가 열매를 맺어 고개를 들어 쳐다봤다. 그 뒤로 줄곧 '봄이 오면 다시 가봐야지, 가서 주울 밤이 떨어져 있는지 살펴봐야지' 생각하고 있었는데, 생각지도 못하게 여기서 이렇게 풍성하게 열매를 맺은 광경을 목격하게 될 줄 어찌 알았을까.

제2차 세계대전 당시 일본에 점령당한 탓에 이곳 주민들은 모든 생활

물자를 일본군에 몰수당했고, 식량난도 심각했다. 전하는 바에 따르면 당시 주민들이 이 나무의 열매를 모아다가 가루로 빻아 죽을 끓여 먹었다고 한다. 꽤 믿을 만한 설명인 게, 이 나무를 포함한 대다수 참나뭇과 식물의 열매는 먹을 수 있다.

나중에 몇 개를 주워 집에 가져가서 물에 넣고 끓여보았는데, 껍질을 벗기니 안에 호두를 닮은 열매가 들어 있었다. 시험 삼아 한번 먹어보니 전분 맛이 났다. 먹을 수는 있겠으나 맛이 약간 쓴 데다가 과실치고는 너무 작아서 껍질을 벗기기도 어려웠다. 맷돌로 살짝 간 뒤 오래도록 삶아서 다시 껍질을 걸러내면 또 먹을 만할지도 모르겠다. 물론 이 열매를 먹어보는 게 핵심은 아니었고, 이렇게 해서라도 심각한 식량난으로 고통받은 당시 사람들의 고단한 일상을 느껴보고자 한 것이었다. 나중에 먹어본 경험에 따르면, 물에 넣고 오래 끓여 죽을 만든 뒤에 다른 재료를 첨가해야 그나마 요즘 사람들 입맛에 맞을 성싶다.

에드워드 유드 기념 정자는 중국 전통의 팔각 정자로, 예전에 이곳에 자주 나들이를 오곤 하던 전 홍콩 총독 에드워드 유드를 기념하기 위해 세워졌다. 이곳에 서면 시야가 탁 트여 남충과 룩켕이 더 아름답게 보인다. 가운데 자리한 작은 산을 세칭 코퉁(高崠, Ko Tung)이라고 부르는데, 이 산이 바로 해발 100미터가 약간 넘는 룩켕산이다. 앞쪽으로 멀지 않은 곳에 고층 빌딩이 숲을 이룬 사타우콕과 선전의 옌톈항(鹽田港) 컨테이너 부두가 있다. 더 내륙으로 들어가면 어떤 홍콩 산보다도 높고 거대한 우퉁 산(梧桐山)이 있다. 1930년대 홍콩에 살았던 영국인들이 그렇게 정상을 밟아보고 싶어 한 산이라는데, 현재 삼림 보호 상태는 그다지 좋지 않다. 겨울이 되면 잦은 안개와 구름 때문에 그 전경을 보기도 힘들다. 정자 주변 작은 산에는 새로 난 떡갈밤나무가 여기저기서 자라고 있었다. 내 생각에는 과거 홍콩 정부가 삼림 보호를 위해 홍콩 내 주요 보호 수종으로 지정해 일부러 키운 게 아닌가 싶다. 하지만 이렇게 산 정상 가까이에서 자라는 녀석들은 산불이 난 뒤에 자생한 나무들일 것이다.

돌계단을 내려가 두 습지 사이에 있는 룩켕산을 따라 가로질러 가는데 마을 뒤 옹벽에 심어놓은 뱀부사 스테노스타키아 하켈이 많이 보였다. 이 대나무와는 두 번째로 만나는 셈이다. 지난번 우카우탕에서 봤을 때는 마을 바깥 울타리에 심어져 있었는데, 방어용으로 심은 것인지는 알 수 없었다. 오른쪽 산허리에는 황등(Daemonorops jenkinsiana)이 상당히 많았다. 대만에서 흔히 볼 수 있는 민속 식물인 데 반해 홍콩에서는 긴요하게 쓰였다는 기록이 없다.

룩켕에는 찬욱(찬씨 마을)과 윙욱(윙씨 마을), 두 마을이 있다. 찬씨 마을은 남쪽에 있는데 앞뒤에 다 관우를 모시는 사당이 있고, 구부러진 길 하나가 거대하고 평평한 습지를 끼고 돈다. 룩켕의 수원(水源)이 끊기고 논도 버려진 지 오래라고는 하지만 근본적인 원인은 시대가 변한 탓이다. 마을 끝자락에 가보니 마을 사람들이 관우 사당 옆에 해적을 막을 용도로 세워놓은 포대가 있었다. 이걸 보면 옛날 이 마을의 치안이 그다지 좋지는 않았다는 걸 알 수 있다.

무너져 내린 옛 가옥 안에 있던 낡은 탈곡기와 대나무로 만든 생활 도구는 눈앞의 들판이 원래는 벼농사를 짓던 논이었음을 알려준다. 함께 간 학생들이 마을에 사시는 커쟈족 할머니께 여쭤본 결과, 할머니도 옛날에 이곳에 소금논이 있었고 1년에 두 번 농사를 지었다고 정확히 알려주셨다. 지난번 사이쿵에 있던 커쟈족의 쉥이우민속박물관에는 1년에 한 번 지었다는 기록이 남아 있었는데 말이다.

과거에는 벼를 재배하는 논이었다가 버려진 이곳은 이제는 담함수(淡鹹水)가 모여드는, 산골짝 시냇물과 소택지, 홍수림과 재생림이 섞인 그야말로 생물 서식의 천국이 되었다. 아마 밤에 관찰하면 반딧불이도 많고 청개구리 등의 양서류도 꽤 많을 것이다. 낮이야 더 말할 것도 없는 게, 예전에 어떤 사람이 이곳에서 50여 종의 잠자리를 봤다고 기록한 적도 있는데, 그렇다면 홍콩에 사는 잠자리의 종류 중 반이 여기 모여 있다는 이야기다.

마을 끝자락에 펼쳐진 들판에서 야생 토마토 군락도 봤는데, 나무의 키가 아주 작았다. 영양부족 때문인지 아니면 원래 야생 방울토마토 나무가 그런지는 모르겠으나 전에 대만의 들판에서 본 것과 비슷했다. 잎을 문질러 보니 야생의 풋내가 나서 타임머신을 타고 과거 어느 때인가로 돌아간 듯한 기분이 들었다. 어린 시절이었는지 그것도 아니면 대만 동부의 어느 들판에 도보 여행을 갔던 때였는지 모르겠지만 말이다. 이런 야생의 과실을 맛볼 수 있으니, 일순간 여행은 참으로 풍요로운 경험이라는 생각이 들었다.

만약 내가 본 토마토가 방울토마토가 아니고 일반 토마토라면 이는 꽤 흥미로운 메시지다. 사람에게 버려진 토마토가 밖으로 대량 쏟아져 혼자 자라났다는 뜻이니 말이다. 사람의 손길이 닿지 않으면 알찬 토마토가 되기 어려운데, 이렇게 스스로 자연 상태를 회복했다니 어찌 흥미롭지 않겠는가. 일전에 타이포 농부 시장(大埔農墟, Tai Po Farmers' Market)에서 유기농 과일을 사면서 이와 비슷한 크기의 방울토마토를 본 적 있는데, 빛깔과 광택이 아주 다양했다. 미국 품종이라고 했다.

웡씨 마을은 아름다운 룩켕산에 기대어 있었다. 사람이 없는 집이 많앉지만, 처마를 아름답게 장식하고 벽을 정교하게 꾸민 가옥들이 상당히 많았다. 조상의 신주를 모신 사당은 더욱 정교하고 아름다웠다. 그중 '황춘유사당(春儒黄公祠)'이라는 곳이 있는데, 듣자니 이 사당을 지을 때 벽돌이며 기와며 하나하나 다 멀리 동관(東莞)에서 실어왔다고 한다.

윙씨 마을 가옥들을 한 채 또 한 채 돌아보며 구경하다 보니, 그 쇠락한 풍경이 찬씨 마을보다 훨씬 더 안타깝게 다가왔다. 옥상에서 꽃을 피우고 열매를 맺은 금접(Bryophyllum tubiflora)도 찬씨 마을보다 훨씬 더 많았다. 찬씨 마을의 황폐한 풍경이 마을이 지나온 파란만장한 풍파를 덮어버렸다면, 빛바랜 윙씨 마을은 부유하고 고귀했던 마을의 쇠퇴를 느끼게 했다.

논이 사라지고 게이와이도 자취를 감춘 이곳은 이제 룩켕의 일부 양어장에 사람들이 고기를 낚으러 오거나, 학교 선생님이 학생들을 데리고 야외 수업을 하러 오거나, 그것도 아니면 관광객들이 옛 추억을 되새기러 오는 곳이 되었다. 오래된 용안나무 아랫마을 입구에 있는 구멍가게 두 곳은 늘 손님으로 붐빈다. 우리는 거기 있다가 미니버스를 타고 판렝 역으로 돌아왔다. 이따금 환호성을 지르며 모터사이클을 타고 도로 외곽을 질주하는 젊은이들이 아무것도 모른 채 이 아름답고 작은 세계를 스쳐 지나갔다.

(2013년 4월)

윙씨 마을의 사당

이 룩켕 스토어에서 이곳을 오가는 버스를 여러 차례 기다렸다.

룩켕산으로 향하는 능선 오솔길

쇠퇴한 윙씨 마을의 버려진 가옥에서는 지금도 휘황찬란했던 과거의 흔적이 느껴진다.

남충 컨트리 트레일

숲 지나 계곡 건너
마주한 푸른 산

탄축항
丹竹坑, Tan Chuk Hang

산욱차이
新屋仔, San Uk Tsai

콰이타우렝
雞頭嶺,
Kwai Tau Leng

남산
南山, Nam Shan

(노선) 탄축항 → 산욱차이 → 콰이타우렝 → 핑텡아우 → 핑남 연못, 약 2시간 30분 소요

(교통) 지하철 판렝 역 C번 출구로 나와서 녹색 56B 미니버스를 타고 탄축항에서 내린다.

난이도 ★★

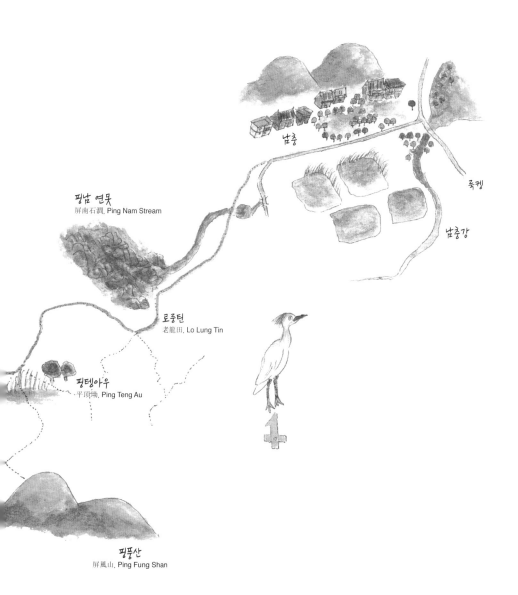

핑남 연못
屏南石澗, Ping Nam Stream

남충

룩켕

남충강

로충틴
老龍田, Lo Lung Tin

핑텡아우
平頂坳, Ping Teng Au

핑풍산
屏風山, Ping Fung Shan

가을이 되어도 홍콩섬은 도서(島嶼) 지역의 울창한 삼림을 유지하지만, 이 계절 북쪽 뉴테리토리의 산과 들에는 높은 하늘과 가없이 아득한 땅 사이로 여행의 운치가 느껴진다.

구불구불 이어지는 작은 산길은 이 계절이 되면 늘 한층 더 또렷해진 모습으로 외롭고 여윈 형상을 한 채 산꼭대기를 넘어간다. 산과 들이 붉게 물들고 나무가 누런빛을 띠어가는 와중에, 활짝 열린 하늘과 탁 트인 땅 위를 지나가는 사람들의 물결은 꼭 개미 떼를 닮았다. 광활함과 외로움이 하나로 이어지는 풍경이다.

그런데 유독 산골짜기로 내려가기만 하면 열대로 돌아가기라도 한 듯, 산과 계곡을 넘나드는 순간순간 따뜻한 청록빛의 또 다른 풍경이 나타난다. 홍콩섬의 울창한 삼림과는 전혀 다른 녹음이다. 높다란 절벽과 깊은 산골짜기 안에 탁 트인 계곡이 은밀하게 몸을 숨기고 있는 그런 풍경이다.

뉴테리토리에서 만나는 이런 종류의 산길 중에는 해안으로 뻗은 길도 있고 두 마을 사이를 이어주는 작은 길도 있다. 요새 사람들은 대부분 이런 길을 고도라고 부른다. 하지만 오늘 내가 걸어보려고 하는 남충 컨트리트레일은 그 역할이 고도와는 다르다. 이 길은 교외공원에서 구획한 새로운 도보로, 핑텡아우라고 불리는 들판을 통과해 탄축항과 원래 남충에 있던 오래된 산속 경작로를 유기적으로 연결한 길이다.

우리는 탄축항에서 출발해 컨트리 트레일 위에 자리한 산욱차이로 걸어 들어갔다. 마을 입구에는 망고나무, 용안나무, 팽나무와 왐피나무가 서 있었다. 홍콩 시골 마을의 바깥 울타리에는 대개 이런 과일나무들이 심어져 있다. 나무 아래에는 마침 오래전에 버려진 우물이 있었는데, 수호신을 모시는 사당 역할도 겸하고 있었다. 그 단순한 정경을 보고 있노라니 옛날 시골 마을의 전형적인 이미지가 그려지는 듯했다.

광야를 건너가자 작은 개울이 나왔다. 개울가 주변은 온통 야생 긴잎 백운풀(Hedyotis diffusa) 천지였다. 평상시 시장에 가보면 여러 할머니들이 이 민간 약초를 한 무더기 들고 길모퉁이에 쪼그리고 앉아 팔고 계신다. 눈앞에 이렇게 무성한 풀들을 보고 있자니, 할머니들 몇 분이 오셔서 오랫동안 뜯어도 충분하겠다는 생각이 들었다. 그런데 물이 적고 건조한 비탈에 선씀바귀(Lxeris chinensis)가 같이 자라고 있어서 좀 놀랐다. 홍콩 사람들은 이 선씀바귀에 별 관심이 없는 모양이다. 대만에서는 이런 야생식물을 약용은 물론 산나물로 먹기도 하는데 말이다.

토종개 몇 마리가 사납게 짖어대며 앞을 가로막아 섰다. 몰려다니며 이렇게 사납게 으르렁거리는 개들을 통해 외부 등산객들에 대한 이 지역 주민들의 경계심을 감지할 수 있었다. 그래도 쪼그리고 앉아 녀석들과 주거니 받거니 어울렸더니, 으르렁거리며 사납게 굴던 녀석들이 점차 긴장을 풀고 적의를 누그러뜨렸다. 녀석들이 다음에 올 등산객들에게 거리감도 덜 느끼고 적의도 좀 누그러뜨려주었으면 하는 바람이다.

이 컨트리 트레일을 걷다 보면 중간에 물가를 지나치기도 하고 돌다리

장에 나오신 할머니들이 직접 뜯어 오신
긴잎백운풀을 늘어놓고 팔고 계신다.

선쏨바귀(2003년 11월)

를 건너기도 하는데, 그 외에는 처음부터 끝까지 흙길의 본모습이 그대로 이어진다. 콘크리트를 깐 길이나 여기저기 덕지덕지 시멘트를 바른 돌계단은 거의 없다. 남충 컨트리 트레일에는 이처럼 자연의 활력이 가득하고, 인공적인 시설은 거의 눈에 띄지 않는다. 다만 길 자체가 좀 외진 곳에 있다 보니 손에 들고 간 등산 안내 책자 중 이곳을 소개한 책이 없는 점이 아쉽기만 하다.

한쪽으로 쭉 올라가다 보니 개맥문동(Liriope spicata)이 피운 보랏빛 꽃이 지천이다. 곱디고운 보라색 작은 꽃이며 가지, 줄기가 하나로 묶여 수풀 사이로 난 한구석에 이리저리 흩어져 있는 풍경이 눈길을 사로잡는다. 경사스런 날이라도 된 듯 초롱 달고 오색 끈으로 장식한 채 환영해주는 것만 같다. 이 계절에 홍콩 시골의 수풀 길을 걷다 보면 이렇게 작고 어여쁜 꽃들이 나와 동무가 되어주곤 한다.

아래쪽을 바라보면 탄축항이 주가 되는 하곡평야(河谷平野, 하천이나 빙하에 의해서 골짜기 안에 평탄지가 만들어진 곳)가 보인다. 평야 위로 꽃생강(Hedychium coronarium)이 점점이 피어 있는 걸 보니 습지 환경이라는 걸 대번에 알겠다. 남산의 수려하고 높낮이가 다양한 산세 아래 아기자기한 원주민 딩욱(丁屋, Small House)과 천욱(村屋, Village House)˙이 몇몇 마을에 여기저기 점점이 흩어진 채 사이사이를 아름답게 수놓고 있다. 그 모습이 꼭 북유럽을 연상시키지만, 이곳은 브로콜리의 검푸른색과 엇비슷한 단조로운 색으로 덮인 풍경이 아니라 북유럽의 풍경에 담녹색의 따뜻한 색감

● 홍콩 정부는 뉴테리토리 지역 원주민들이 직접 집을 지을 수 있도록 허가하고 있다. '천욱'은 보통 2층 높이의 가옥이고, '천욱' 중에서도 홍콩 정부가 만 18세 이상의 남성 1인이 최고 3층 높이까지 직접 지을 수 있도록 허가한 가옥이 '딩욱'이다. '나의 수첩-자주 쓰는 인기 어휘' 참조.

을 몇 겹 더 겹친 그런 풍경이다. 관광객은 말할 것도 없고 아마 홍콩 사람들조차 자신들이 나고 자란 땅의 시골 풍경이 이렇게 수려하다는 걸 상상도 못할 것이다. 하지만 나는 익숙하다. 이게 바로 홍콩의 뉴테리토리 지역이다. 홍콩에서 산을 돌아다닌 덕에, 이 외진 시골구석에서 홍콩을 바라본 덕에, 대다수 홍콩 사람들이 보지 못하는 홍콩과 마주했으니 나는 참 운이 좋은 사람이다.

여기 콰이타우렝이라는 높은 고개가 있는데, 대부분 초원으로 이루어져 있다. 겨울이면 분명 뼛속까지 시리게 만드는 북풍이 세차게 불어닥쳐 대두차(Gordonia axillaris)조차 덤불처럼 비쩍 여윈 채 낮게 자라날 곳이다. 고개 정상에서 멀리 바라다보니 탄축항 산골짜기가 더 아름답다. 뉴테리토리 산간 지역에 가면 흔히 보기 어려운 덤불 가득한 초원이나 벌거숭이 돌덩어리가 가득한 능선이 많지만, 바람을 막아주는 산골짜기가 종종 울창한 삼림을 이룬 모습도 자주 볼 수 있다. 멧돼지, 사향고양이, 호저 같은 홍콩 산간 지역에 사는 주요 포유동물들이 모두 이곳에 서식하고 있다. 문착은 말할 것도 없다. 전에도 여러 번 문착의 울음소리를 들은 적이 있으니 말이다. 한번은 굵고 탁하게 울어대는 문착의 울음소리를 연이어 몇 번이나 들었는데, 위험한 상황에라도 빠졌던 것일까.

콰이타우렝을 넘으니 세 갈래 길이 하나로 모여드는 핑텡아우다. 앞서 간 두 팀이 왁자지껄하게 떠들며 모여 있었다. 한 팀은 막 남충에서 올라왔다고 하고, 다른 한 팀은 이제 팟신렝에 오를 참이란다. 구성원들을 자세히 살펴보니 대부분 중년의 등산객이다. 휴일이면 친구들과 함께 산에 오르며 건강을 챙기나 보다. 대만도 마찬가지다. 시끌벅적한 도시를 좋아하는 젊은이들은 자연에 안겨 일상을 정리하고 도시에서 받은 스트레스

콰이타우렝에서 멀리 탄축항 산골짜기를 바라보니, 녹음에 뒤덮인 시골 인가들이 눈에 들어온다.

탄축항의 옛 가옥
문틀은 좀 더 단단한 청고벽돌로 지었고,
벽은 흙벽돌로 쌓았다.

핑텡아우로 가는 길 위는 온통 풀밭이다.

를 푸는 묘미를 아직은 잘 이해하지 못한다.

　핑텡아우 꼭대기에는 강송이 지천이다. 산불이 쉽게 나는 능선은 딱 봐도 수풀의 키가 작고, 수관(樹冠, 나무 몸통 위 나뭇가지와 잎이 무성한 부분)을 봐도 층이 많지 않은데, 다음에 찾아올 또 한 차례의 산불 세례를 영원히 기다리고 있는 것만 같다. 핑텡아우 주변에는 골풀(Juncus effusus) 말고도 메이창(Litsea cubeba)이 유난히도 많다. 아마 홍콩에서 메이창이 가장 많은 곳이 여기일 것이다. 이 녀석들은 산길 옆에서 자라는데, 처음에는 작아도 나중에는 그 자리에서 선구식물종(先驅性樹種)[*]의 위치에 올라서고, 심지어 우세수종이 되기도 한다. 확실히 이런 산에서는 영남산죽자(Garcinia oblongifolia)나 소엽매마등(Gnetum parvifolium)이 맺은 열매를 홍콩 섬에서보다 훨씬 보기 어렵다.

예전 메이창의 습성을 잘 이해한 중국 남부 지역 주민들은 그 가지와 잎을 따다가 비누를 만들고, 수술과 암술로 차를 달여 마셨으며, 그 열매로 음식에 맛을 내기도 했다. 대만의 타이야족(泰雅族)도 메이창을 다양한 용도로 사용하는데, 이들은 이 식물을 마가오(馬告)라고 부른다. 대만에서는 이 식물을 보통 산후쟈오(山胡椒)라고 부르는데, 메이창이 음식에 들어가면 후추 같은 역할을 하기에 붙인 이름이란다. 최근 타이야족 원주민들은 이 마가오로 마가오 소시지, 마가오 커피도 개발했다. 전통적인 향료작물인 마가오를 제대로 발전시켜 지역 문화산업으로 전환하려는 시도다. 홍콩 등산객들이 대만에 산행을 왔다가 원주민 음식을 맛볼 때가 있는데, 어쩌면 많은 홍콩 사람들이 대만에 와서 맛본 이 작은 열매를 실은 홍콩 뉴테리토리 지역에서도 많이 볼 수 있다는 걸 모를지도 모를 일이다.

핑텡아우에서 내려와 남충으로 향하는 길에 작은 돌다리를 건너고 나니 끝없이 탁 트인 산골짝 시냇물이 눈앞에 나타나며, 주변이 순식간에 정원 풍경으로 바뀌었다. 이상에 집착하는 조각가라도 된 듯 대자연은 수십만 년에 걸쳐 산과 물이라는 소재로 험하고 단단한 잿빛 암석을 조각해놓았다. 한 줄 한 줄 시끌벅적한 폭포와 괴이한 모양의 돌개구멍을 칠해놓았다. 세차게 흘러내리는 급류 소리와 얼음같이 차갑고 음산한 한기가 대자연을 대신해 자신의 예술관을 쉬지 않고 풀어놓는 것만 같다. 판판한 암석 위에 올라 그 소리를 듣고 있으면, 누구든 자신이 얼마나 작고 미미한 존재인지 충분히 그리고 아주 구체적으로 느끼게 된다. 무의식중에 자연에

● 나지(裸地)나 초원에 먼저 침입하여 정착하거나 미리 정착하고 있던
  다른 식물의 군락에 침입하여 정착하는 식물.

핑남 연못을 보고 있으니,
해발고도가 중간 정도 되는
대만의 삼림 계곡에 와 있는 듯한
기분이 든다.

메이창(2003년 6월)

대한 경외심이 생겨난다.

　다시 주변을 자세히 살펴보니, 점점이 보이는 붉은 나뭇잎 사이사이로 다양한 빛깔의 야생 열매가 나무에 주렁주렁 달려 있어 마치 일본의 정교한 꽃꽂이 예술 작품을 거대하게 확대해놓은 것만 같다. 붉은 나뭇잎의 생김새를 자세히 들여다보니 단풍나무도 낙엽교목도 아닌 현지 검양옻나무와 산오구이고, 야생 열매는 수옹 열매, 영남산죽자 열매들이다. 전체적으로 아주 전형적인 중국 남부 지역 풍경인 동시에 아주 전형적인 홍콩 폭포 주변 풍경이다. 일전에 홍콩의 10대 폭포 경관 중 하나로 이곳이 뽑히기도 했는데, 분명 '웅장한 산과 거대한 폭포'라는 이미지 덕분일 것이다. 하지만 내가 사실주의 화가라면 이런 섬세한 풍경을 바탕으로 폭포를 좀 더 제대로 그려보고 싶다.

　이곳이 바로 펑남 연못이다. 끊임없이 물이 솟아나는 핑풍산에서 발원하여 이곳에서 산길과 뒤엉키며 흘러가다가 마지막에 가서 남충강으로 흘러들고 거기서 다시 스탈링 인렛으로 진입하는 까닭에 펑남 연못이라는 이름이 붙었다. 이렇듯 우아한 북국의 풍경으로 단장하고 무대에 올랐건만, 홍콩에서는 가장 쓸쓸하고 처량한 곳에 지나지 않는다.

　폭포에서 멀지 않은 산길 옆에 옹벽 흔적이 남아 있었다. 이걸로 추측해보건대 오래전 남충 주민들도 산에 올라 경작을 했던 게 아닐까 싶다. 평지에 있는 경작지는 벌써 오래전에 황폐해졌고, 아마 이 삼림에도 꽤 오랫동안 사람의 손길이 닿지 않았을 것이다.

　로룽틴을 넘어 계속해서 아래로 걸어 내려가니 남충 평원이다. 남충은 뉴테리토리 지역의 옛 마을로, 도로 끝을 따라 마을 입구를 향해 걸어가면 과수원과 잡목림이 뒤섞여 있고, 점차 평지의 소택지가 나온다. 소택지

앞으로는 양어장을 보고,
뒤로는 풍수림과 푸른 산을
등진 남충은
풍수가 좋은 곳이다.

뒤로는 천욱이 있고, 천욱 뒤에는 울창한 풍수림이 둘러싸고 있다. 반년 전에 홍콩 작가 레일라 찬과 함께 이곳에 온 적이 있다. 양씨 마을과 젠씨 마을, 러어씨 마을 등 커쟈족 마을이 아주 고요하게 이 산기슭에 내려앉아 있는 곳이다. 저수지에 서서 멀찍이 바라보니 배산임수 지형에 일종의 연립 주택인 파이욱(排屋)●이 늘어선 풍경이 아름답게 펼쳐지고, 마을의 영묘한 기운이 풍경에 모여들어 홍콩 자연의 아름다움을 극대화하고 있다.

하지만 이건 겉으로 보이는 이미지일 뿐이고, 사실 이 중 몇몇 마을은 이미 쇠락한 지 오래로, 젊은이들은 대부분 외지에 나가 일을 하며 산다. 버려진 농지는 이제 아예 외지에서 오는 여행객들이 유유자적 낚싯대를 드리우고 고기를 낚는 장소가 되어버렸다. 홍수림 습지에 지금도 수갑(水閘, 물의 흐름을 막거나 유량을 조절하기 위해 만든 수문)이 남아 있는 걸 보니 옛날 옛적 이곳의 생활이 어림짐작된다. 밀물 때가 되어 주민들이 수갑을 열면, 물고기와 새우가 해수를 타고 수갑 안으로 한꺼번에 밀려들어왔을 테

● 〈나의 수첩─자주 쓰는 인기 어휘〉 참조.

지. 수갑이 닫히고 나면 물고기와 새우가 지천인 양어장이 되었을 테니, 백로들도 신이 나서 먹이를 구하러 이곳에 달려들었을 게다. 이 풍요롭던 전통적인 삶은 이제 자취를 감추고 말았다. 요즘 논리로 따지면 마땅히 개발해야겠지만, 다행히 동네 분위기가 소박해서 현지 주민들이 시끄럽고 귀찮은 걸 싫어하는지라 관광지가 되기를 거부하고 조용하고 단순한 마을 원래의 모습을 지키고 있다.

남충에 서서, 이 울창한 풍수림 앞에 서서 사치스런 상상에 젖어본다. 이 아름다운 과거가 오늘날에도 지켜질 수 있기를 바란다. (2011년 11월)

남충 습지는
산을 끼고 바다와 만난다.
무수한 변화가 이어지는 이곳.
영묘한 기운이
흘러넘치는 것 같다.

사로퉁

홍콩에서 가장 넓은 산간 습지

(노선) 흑타우 저수지 → 사로퉁 → 풍원, 약 3시간

(교통) 지하철 판렝 역 C번 출구로 나와서 녹색 52B 미니버스를 타고 흑타우 저수지에서 내린다.

난이도 ★★

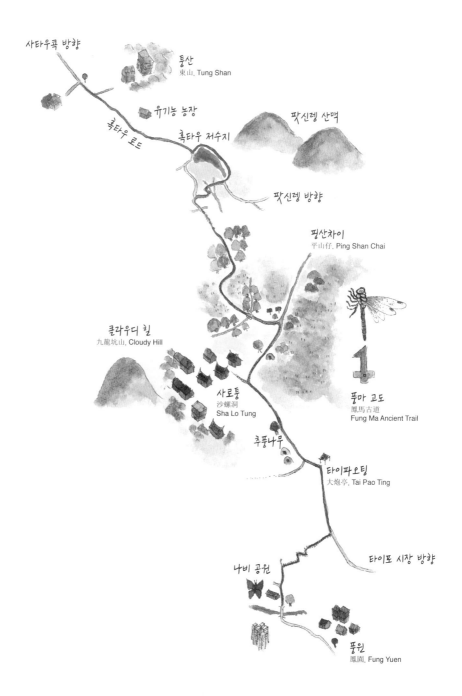

사타우콕 방향

퉁산
東山, Tung Shan

유기농 농장

흑타우 로드

흑타우 저수지

팟신렝 산맥

팟신렝 방향

핑산차이
平山仔, Ping Shan Chai

클라우디 힐
九龍坑山, Cloudy Hill

사로퉁
沙螺洞
Sha Lo Tung

풍마 고도
鳳馬古道
Fung Ma Ancient Trail

추풍나무

타이파오팅
大炮亭, Tai Pao Ting

나비 공원

타이포 시장 방향

풍윈
鳳園, Fung Yuen

사로퉁에 가게 된 건 정말 우연이었다. 멋대로 돌아다니다가 뜻밖에 이런 곳을 만나는 건 아마 홍콩 교외의 산에서나 가능한 일일 것이다.

말하자면 이렇다. 추석이 지난 어느 날 혹타우 저수지로 향했다. 물가 왼쪽으로 걸어가다 보니, 호반(湖畔) 가득 수옹나무가 울창하게 자라 있는 모습이 아주 인상적이었다. 게다가 저수지 끝자락 산골짜기에서는 시내가 졸졸 흐르고 있었다. 더 오래되고 거대한 수옹나무가 자라고 있었고, 켜켜이 쌓인 두꺼운 나뭇잎들이 해를 가려 시원한 그늘을 드리우며, 어둡고 습한 삼림을 형성하고 있었다. 주렁주렁 매달려 늘어진 밝은 진홍빛 수옹나무 열매는 크기가 작은 것이 산앵두를 닮았지만, 이 녀석이 실은 왁스애플(Syzygium Samarangense)의 가까운 친척 격으로, 도금양과에 속한다는 사실이 확실히 기억났다.

널따란 아스팔트 도로 위에는 수옹나무 열매가 더 많이 떨어져 있었다. 그중 검붉은 빛깔을 띠는 놈을 하나 주워 먹어보니 맛이 시고 떫었다. 친구 말로는 어렸을 때는 시면서도 단맛이 나는 이 열매로 배를 채우고는 했단다. 옛날에야 먹고사는 게 궁핍하다 보니 무슨 과일을 먹어도 달고 맛이 있었겠지. 요즘 사람들은 맛있는 음식에 길든 탓에 이런 과일을 즐기기는 어려울지도 모르겠다. 그런데 이게 사람이 심은 수옹나무인지 아니면 자연 천이(遷移) 과정을 거치며 홍콩 교외 계곡 환경을 빛내는 독특한 숲을 이룬 것인지가 더 궁금했다.

저수지 끝을 따라 천천히 걸어가며 보니, 수없이 많은 작은 물줄기가 이리저리 교차하며 세차게 흘러가고 있었다. 거칠 것 없이 호방한 정원이 떠오르는 경치였다. 잠시 위로 올라가니 갈림길이 나왔는데, 표지판에는 두 지명이 표시되어 있었다. 오른쪽으로 가면 흑타우고, 왼쪽으로 가면 사로통이다.

흑타우 저수지에서 출발할 때 본 바에 따르면, 남산 아래 퉁산하(東山下, Tung Shan Ha)라는 작은 마을이 있었다. 멀리서 바라보니 고요하고 우아한 풍경이 그림 같아서 가보고 싶은 마음이 굴뚝같았으나, 그렇다고 요란한 소리를 내며 모여든 이 여러 물줄기를 눈앞에 두고 가기도 아쉬워서 되돌아가고 싶은 마음을 과감하게 접고 곧바로 사로통 방향으로 내달았다.

발걸음을 옮기니 과연 예상한 대로 시내가 하나 나타났다. 시내 위로는 돌을 쌓아 만든 작은 돌다리가 놓여 있었다. 그 광경을 보고 즐거워하는데, 그때 바로 눈앞에 거무스름한 숲이 보였고, 그것도 모자라 돌계단 산길이 깔려 있는 것 아닌가. 옛날 방식으로 쌓은 돌계단이었고, 구석구석 밟히지 않은 곳 없이 제대로 다 밟혀 있는 것이 시멘트로 반듯하게, 너무 반듯해서 어색한 느낌이 나게 만든 다리가 아니어서, 이 돌계단 길이 고도일 것이라는 생각이 들었다.

작은 다리에 고도까지, 곧 만나게 될 사로통 앞에서 나는 점점 행복한 상상에 빠져들었다. 손에 쥔 『행복한 여행기(樂行手記)』를 열어 보니, 지도에 황색으로 표기된 거대한 장소가 얼핏 흑타우 저수지의 7~8배는 돼 보

혹타우 저수지의 물은 주로 관개용으로 이용된다.

였으므로 호기심을 멈출 길이 없었다. 도착하면 어떤 풍경이 펼쳐질지 너무나 궁금했다.

　고도 옆에 조용히 숨어 있는 수량이 풍부한 개울이 그늘진 숲의 동무가 되어주었다. 길 내내 돌계단을 밟아 올라가야 했는데, 계단 위를 덮은 흙이 대부분 보드랍고 폭신폭신했다. 사향고양이나 호저가 눈앞에서 순식간에 스치고 지나가도 하나 이상할 게 없는 숲이었다. 어떤 때는 나뭇잎을 스쳐 지나가는 햇빛이 밝게 빛나는가 하면, 확 트인 시야가 눈에 들

저수지 끝의 수풀가에
물이 졸졸 흘러가는 풍경이
꼭 정원 같다.

이 돌다리 고도에 발을 디디니
곧 멋들어진 풍경이
나타나리라는 감이 왔다.

어왔고, 거대한 팟신렝과 핑풍산이 먼 곳에 웅장하게 솟아 있었다. 하지만 대부분은 개울을 힘차게 흘러가는 물소리만이 들려올 뿐 숲은 정적에 휩싸여 있었다. 아직도 한참이나 더 가야 한다는 생각에 난감해하던 바로 그 순간, 갑자기 숲이 끝나버렸다. 광활한 초원이 눈앞에서 청록빛으로 밝게 활짝 열리니, 마치 아름다운 신들의 나라에 발을 들여놓는 듯했다.

아마 여기가 사로퉁이겠거니 추측했다. 초원 끝자락에는 여러해살이 풀류의 거대한 볏과 식물이 가득했고, 청록색의 긴 잎이 달린 식물이 여기 저기서 하얀 꽃을 피워 올리고 있기에 가까이 가서 보니 꽃생강이었다. 곳곳에 자리한 꽃생강은 이곳이 습한 환경임을 말해준다. 아마 오랫동안 비가 내리지 않은 탓에 땅이 이토록 건조해졌을 것이다. 초원 사이로 유일하게 난 작은 길이 구불구불 이어졌다. 앞을 향해 천천히 걸어가는데, 새들의 지저귐 소리가 여기저기서 들려왔다.

왔다 갔다 날아다니는 잠자리 10여 마리와 실잠자리가 주변에 수역(水域)이 많다는 걸 알려주었다. 숲과 초원이 이어진 모퉁이에 가보니 꽃생강 군락이 더 많았다. 습한 늪지가 곤충들이 번식하고 대를 이을 장소가 되어주는 듯했지만, 사람은 쉽게 접근할 수 없었다. 그러다가 갑자기 어두운 녹색 수종이 떼 지어 나타났는데, 자세히 보니 역시나 수옹이었다. 아마 근처에 분명 개울이 흐를 것으로 생각했는데, 아니나 다를까 작은 길을 따라 앞으로 걸어갔더니 산 개울이 나타나 동행이 되어주었다.

이 개울을 따라 빼곡하게 난 수옹이 성벽처럼 두터운 수림대(樹林帶)를 형성하고 있었다. 오래전 광둥(廣東)과 광시(廣西) 일대의 농가에서는 수옹이 경제작물이었다. 늦봄 무렵 핀 수옹화를 꺾어다가 말려 차를 끓여 마시거나 24가지 약재를 넣어 만든다는 야쎄이메이(二十四味)를 만들었다. 그렇다면 수옹이 오래전 이곳에서도 중요한 작물 아니었을까?

나중에 홍콩의 어류 전문가인 총디화(莊棣華) 씨가 알려준 바에 따르면, 수옹은 개울을 따라 자라면서 자연 천이를 거쳐 수풀을 이루는 식물이므로, 일부러 재배하지는 않았을 것이라고 했다. 하지만 우리 둘 다 농가에서 일부러 이 수옹림을 자연 그대로 보존해 경제작물로 활용했으리라 추측했다.

내가 걷던 작은 길이 드디어 개울 위를 넘어갔다. 다리 밑 개울물은 천천히 흘러 깊은 못을 형성하고 있었다. 집게손가락만 한 물고기 10여 마리

수옹(2011년 9월)

깊고 조용한 사로퉁 습지에서는
나비를 찾아볼 수 있다.

가 물속에서 움직였다. 나중에야 버들붕어(Macropodus)에 속하는 작은 물고기 두 종이 이곳에 서식하고 있음을 알게 되었다.

수면 위의 나비 여러 종이 경쾌한 움직임으로 날아올라 수관(樹冠) 윗부분을 춤추듯 돌아다녔다. 홍콩의 다른 산간지대에 가보면 가끔 산길에 모습을 드러낸 수십 혹은 수백 마리의 나비를 볼 수 있다. 하지만 이렇게 다양한 나비를 볼 수 있는 곳은 그리 많지 않다.

곧이어 이리저리 왔다 갔다 날아다니는 잠자리도 여러 마리 볼 수 있었다. 실잠자리도 가벼운 날갯짓으로 짧게 날아올랐다. 빅 웨이브 베이의 사이완에서 본 조그만 파란색 잠자리를 열심히 찾아봤지만 안타깝게도 찾지 못했다. 대만에서는 본 적 없는 녀석이었다. 몸체가 얼룩 고양이를 닮은 중간 크기의 청록색 잠자리만이 헬리콥터처럼 재빨리 이리저리 날아다녔다.

개울을 떠난 뒤에도 넓디넓은 초원이 계속 이어졌다. 카우룽항(九龍坑, Kau Lung Hang) 산기슭 초원 끝자락에 옛날 느낌이 물씬 풍기는 오래된 가옥이 서너 채 자리하고 있기에, 높고 깊은 수풀에 가려진 마을일 것으로 생각했다. 원시림에서 나와 먼 곳으로 시선을 던지니 산기슭에 마을이 또 하나 눈에 띄었다. 그야말로 옛날 문인들이 남쪽 지방의 산수를 돌아다니던 때의 정취가 느껴졌다.

이렇게 기분 좋게 발걸음을 옮기고 있는데 갈림길이 나왔다. 걸음을 멈추고 바라보니 세상에나, 교외공원 세 곳의 안내판이 나란히 서 있는 그 중간에 화강암으로 만든 만로섹(間路石)*이 떡하니 서 있는 것이다. 태산석감당(泰山石敢當)**처럼 꼿꼿이 서 있는 모습을 흥분을 감추지 못하고 바라보다가 만로섹을 자세히 뜯어보았다.

요즘 세운 비석과 옛 만로섹이 갈림길에 함께 서 있다.

만로섹 위에는 간단하게 글자 몇 자가 크게 쓰여 있었다.

왼쪽 **사로퉁**   오른쪽 **핑산차이**(坪山仔, Ping Shan Chai)

자세히 해독해보니, 혹타우를 지나 산 아래로 내려가면 바로 사로퉁이라는 의미였다. 그렇다면 내가 밟고 있는 이 길이 고도가 맞다는 이야기다. 지도에서도 핑산차이의 중심부에 평평한 지대가 있는 걸로 보였는데, 사로퉁의 경작지보다는 많이 작아 보였다.

● 　장방형의 돌에 앞으로 갈 곳의 방향과 여정, 지명을 간단히 적어놓은 청나라 때 비석.
　　〈나의 수첩 ─ 자주 쓰는 인기 어휘〉 참조.
●● 옛날에 풍수가 좋지 않은 곳에 악귀를 쫓기 위해 세운 돌비석, '석감당'이라고도 부른다.

만로석을 보다가 서하객과 동시대를 살고 있는 듯한
착각에 빠져들었다.

흥분을 감출 수 없게 만드는 돌층계 고도
많이 밟아서 그런지 계단 귀퉁이가 반질반질하다.

　만로석 맞은편은 마을이었다. 옛날 마을 주민들이 사로통에서 출발한
여행객들에게 앞으로 가야 할 방향을 알려주기 위해 만로석을 세운 듯했
다. 그러면서 생각에 잠겨 있는데, 사로통에서 한 팀이 걸어왔다. 뭘 좀 물
어보려고 가서 보니, 모두 어두운 녹색 등산복을 걸치고 있었다. 가슴께에
망원경을 건 사람도 있고, 렌즈가 긴 카메라를 늘어뜨린 사람들도 적잖았
다. 남녀노소 다 있었다. 취미로 자연을 관찰하러 다니는 사람들이라는 걸
단박에 알 수 있었다. 천천히 걸어가는 모습이 자연이라는 나라로 성지 순
례를 떠나는 이들 같았다. 삼삼오오 팀을 이루어 다니면서 시시때때로 무
릎을 꿇고 사진을 찍거나 생물들을 관찰하곤 했다.

　나와 스치며 지나간 그들의 다음 목적지는 분명 사로통의 장씨 마을일
것이다. 오래된 녹나무 앞까지 걸어가서 주변을 다시 돌아보니, 과연 광활

했다. 핑풍산을 제외하면 다른 한쪽은 클라우디 힐이었다. 이 두 산에 둘러싸인 초원이 분지 지형을 이루고 있었다. 오래전 마을 사람들은 바로 물이 풍부한 이곳에서 농사를 지었다.

얼마 지나지 않아 조금 높은 고지대에 들어섰고, 눈앞에 마을이 더 또렷한 모습으로 나타났다. 20여 가구 뒤편에는 초목이 무성한 풍수림이 자리하고 있었다. 그 옛날 이곳이 어쩌면 고지대에 자리한 무릉도원이었을지도 모를 일이다.

마을 입구에 서 있는 안내판에는 '산수이다우푸퐈 농부 냉차 장원'이라고 쓰여 있고, 아래쪽에는 '커쟈 가정식, 모임 환영' 등의 문구가 보이는 걸로 보아 이 오래된 마을 안에 조그만 식당이 영업 중인 듯했다. 앞으로 더 가니 칼라만시(Citrus microcarpa)가 작은 길 위에 늘어서서 손님을 맞이해주는 모양새였다. 안에서는 서너 명이 바삐 땔감을 때며 음식을 준비하고 있었는데, 곧 많은 손님들이 식사하러 들이닥칠 모양이었다. 어쩌면 방금 만난 그 팀인지도 모르겠다. 하지만 그 옆에 홀로 서 있는 집 입구에는 커다란 글자로 들어오지 말아달라는 문구가 쓰여 있었다.

오래된 가옥의 무너진 기와 담장을 보다 보니, 산과 들에서 쓰는 적잖은 가재도구들이 여기저기 드문드문 쌓여 있었다. 인(人) 자형 지붕 가옥의 양측 벽면 꼭대기가 꼭 우뚝 솟은 험한 산처럼 보였고, 벽 안쪽에는 진흙이 발려 있었는데 경작지의 진흙을 가져다가 건축자재로 쓴 게 분명했다. 집으로 돌아가 자료를 찾아보고 나서야 알았는데, 사로퉁의 장씨 마을은 400여 년의 역사를 가진 동네로 이 마을 주민들의 선조는 당나라 때 시인인 장구령(張九齡)까지 올라간다고 했다. 그들이 400여 년 전에 이곳에 와서 정착해 이 지역 최초의 커쟈족 마을 중 하나를 일군 것이다.

다시 만난 청고벽돌과 붉은색 기와, 인(人) 자형 지붕. 흔히 볼 수 있는 것들인데도 질리지 않는다.

　　다음 해 무더위가 기승을 부리던 여름, 클라우디 힐 방향에서 다시 이 동네를 찾아왔다. 마을 사람들은 칼라만시를 졸여서 만든 즙을 여행객에게 음료로 팔고 있었다. 마을 사람들에게 장구령에 관해 물어보니, 어르신들이 모두 맞는 말이라고 맞장구를 치시면서 본인들 모두 장구령의 후손이라고 자랑스레 얘기하셨다. 이곳을 두 번인가 찾아왔는데, 그때마다 마을 사람들이 항의의 뜻으로 걸어놓은 하얀색 천을 볼 수 있었다. 이곳을 교외공원 구역으로 묶어 개발을 제한하지 말고 어서 고층 아파트를 세워 개발하라고 정부에게 요구하고 있었다. 수백 년 된 고도를 바라보며, 나는 이 상황에 대해 뭐라고 말해야 할지 할 말을 잃고 말았다.

홍콩의 고도를 거닐면서 보게 되는 가장 재미있는 광경은 중간 아니면 길 끝에 숨어 있는 산 위의 이런 마을이다. 옛날 이곳에 주둔하며 땅을 개간하던 사람들은 해적의 침략이 두려워 고생스럽게 산에 올라가 경작할 수 있는 땅을 찾아다녔다. 먹고살 만한 땅을 찾아다닌 것이다. 그 뒤편에는 마을 사람들이 산 아래를 왕래하기 편하도록 손질한 산길이 놓여 있었다. 초기에는 흙길이었지만 나중에 다시 돌을 깔아 돌계단 길을 만들었다. 내가 걸은 이 작은 구간을 요즘은 풍마 고도라고 부른다.

1938년 등산 애호가였던 영국인 헤이우드(G. S. P. Heywood)는 사토우콕을 향해 가던 중 이곳에 들렸다가, 이곳을 홍콩에서 가장 아름다운 산길 중 하나라고 묘사했다. 마을 앞에 다른 곳과의 경계를 알리는 소나무가 있었다는데, 내 눈에는 보이지 않았다. 녹나무와 추풍나무뿐이었다.

사로퉁의 장씨 마을. 외부 여행객을 반겨주는 듯!

이런 간판을 보면 오래 머물러 있어줘야 한다.

장씨 마을은 매력적인 역사 유적일 뿐 아니라, 더더군다나 홍콩에서 면적이 가장 넓은 산악지대 습지에 자리하고 있으며, 어류는 물론 잠자리에게도 천국이다. 이 습지에 조그만 파란색 잠자리 매크로미디어 앨라네(Macromidia ellanae)가 나타나주기를 기대했건만, 그때는 알지 못했다. 홍콩에서도 이 녀석을 자주 보기 어렵다는 사실을 말이다. 어쩌면 그날 내 눈앞을 재빨리 스쳐 지나간 녀석이 홍콩의 작은 패왕, 매크로미디어 앨라네였는지도 모를 일이다.

올해 여름 다시 찾았을 즈음, 사로퉁에 사향고향이가 두 차례 등장했다는 뉴스가 나왔다. 등산객 말로는 흔히 보기 힘든 헨스 바이버넘(Viburnum hanceanum Maxim)도 이곳에 가야만 볼 수 있다고 했다. 수많은 생물 종의 보고인 이곳이 홍콩에서 중요하면서도 유일무이한 자연환경 보유지임이 분명했다.

바다 옆에 자리한 현대적인 대도시에 넓디넓은 해안 습지가 있다는 사실이 요즘에 와서 보면 그렇게 이상해 보이지도 않지만, 장씨 마을의 주민들은 홍콩 정부가 땅을 팔아 건물을 올리지 못하게 한다고 원망한다. 그런데 아파트촌이 하나 생긴다 한들 손상되지 않은 완벽한 자연만 할까. 산 위의 널따란 비호박형(非湖泊型) 습지에 풍수림에 둘러싸인 옛 촌락까지 더해진 풍경이 마치 당나라와 송나라 때의 여의(如意, 스님들이 설법이나 법회를 할 때 쓰던 막대 모양의 물건)에 박힌 옛 마노(瑪瑙, 단백석과 옥수, 석영이 섞인 보석) 같았다. 이야말로 대도시 홍콩의 가장 자랑스러운 부분 아닌가. 홍콩 정부가 어떤 지혜를 발휘해 이 곤경을 헤쳐 나갈지 모를 일이다.

장씨 마을을 떠나니 넓고 평탄한 대로가 동쪽으로 나 있었다. 산악자전거를 타고 들판을 넘어 올라와서 곧바로 초원으로 직진하는 사람이 보였는데, 저러다가 습지가 파괴되지나 않을까 걱정스러웠다. 이 길을 따라 산에서 내려가서야 산 아래 평원촌이 여기와 연결되어 있다는 걸 알았다. 평원촌은 타이포 나비보호구역이 있는 곳이다. 하지만 그 옆에 세워지고 있는 고층빌딩이 나비보호구역으로 내리쬐는 햇볕을 가리고 있었다.

이 나비보호구역에서 자라는 식물은 대부분 성충이 꿀을 빨아 먹는 흡밀식물(吸密植物)과 유충들이 먹는 식물인데, 오랫동안 고층 빌딩 때문에 햇빛이 가려지다 보니, 식물들이 자라지 못하는 실정이라 보호구역이 식물들을 지키지 못할까 걱정스럽기만 하다. 그저 이곳에서 흔히 보기 힘든 용꼬리나비(Lamproptera curius)가 이렇게 멸종의 운명을 맞이하지 않기만을 바랄 수밖에. (2013년 11월 수정)

조용한 곳에 자리한 평원

들어가서 보니
흡밀식물이 적지 않았다.

뉴테리토리
중부 지역

마온산

급한 발걸음으로 찾아간
진달래의 연회장

(노선) 마온산 바비큐장 → 헌치 백스 → 마온산 → 마온산 산촌, 약 3시간 30분

(교통) 지하철 마온산 역(선샤인 시티) 또는 이우온 공공아파트 단지(耀安邨)에서 NR 84
마을버스를 타고 마온산 산촌으로 가다가 바비큐장에서 내린다. 또는 헝온 역(恆安
站)에서 택시를 타고 바비큐장에서 내린다.

난이도 ★★★

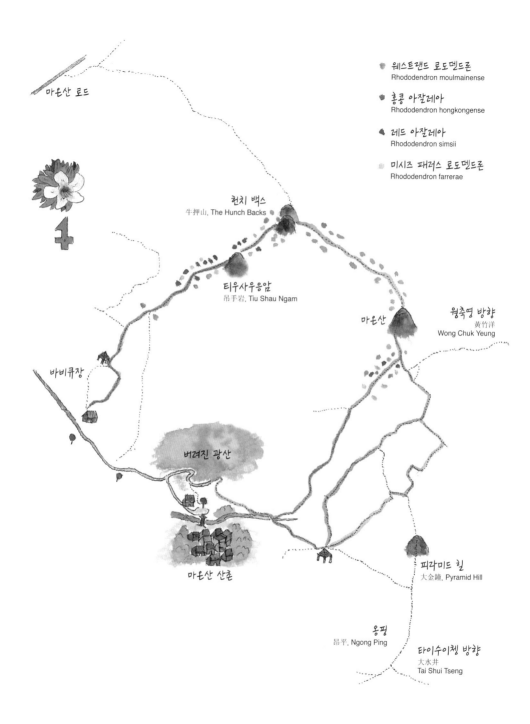

마운산 로드

웨스트랜드 로도덴드론
Rhododendron moulmainense

홍콩 아잘레아
Rhododendron hongkongense

레드 아잘레아
Rhododendron simsii

미시즈 패러스 로도덴드론
Rhododendron farrerae

헌치 백스
牛押山, The Hunch Backs

티우사우응암
吊手岩, Tiu Shau Ngam

마운산

원축영 방향
黃竹洋
Wong Chuk Yeung

바비큐장

버려진 광산

마운산 산촌

피라미드 힐
大金鐘, Pyramid Hill

옹핑
昂平, Ngong Ping

타이수이쳉 방향
大水井
Tai Shui Tseng

여기가 헌치 백스인가? 어둑어둑한 산 구름이 벼랑 아래서 끊임없이 떠오르며, 시시때때로 산 전체를 감쌌다. 세찬 산바람이 차가운 안개와 함께 빠른 속도로 불어닥쳤다. 설상가상으로 우뚝 선 산꼭대기에는 산 이름을 알려주는 표지판도 없고, 거기선 다른 산도 보이지 않았다.

가랑비는 흩날리고 산길은 미끄러웠다. 우리는 이미 거의 두 시간째 산에 오르는 중이었고, 다들 피로에 젖어 있었다. 마지막 산꼭대기에 올랐는데도 짙은 안개는 여전히 가시지 않은 상태였다. 이럴 줄은 정말 생각지도 못했다. 며칠 전, 곧 진달래가 만개한다는 소식을 들은 참이었다. 기상청에서 오늘 날씨가 좋다고 하기에 우아하게 꽃구경이나 나서볼까 하는 마음으로 아침 일찍부터 마온산에 오르기로 했건만, 이렇게 날씨가 엉망일 줄 누가 알았겠는가.

젊은 학생 일곱 명이 내 결정을 기다리고 있었다. 학생들에게는 지도를 꺼내 보여주고, 나는 산꼭대기를 잘 관찰해보았다. 주변에 있는 거라곤 금속제 경고 표지판뿐이었다.

"티우사우웅암과 마온산은 위험하니 출입을 절대 삼가시기 바랍니다."

보통 산꼭대기에는 다 이름이 붙어 있거나 삼각기둥형 표식이 세워져 있다. 그런데 여기는 아무것도 없었다. 만약 갔다가 헌치 백스가 아니면 어떻게 해야 한단 말인가?

왼쪽으로 능선이 하나 있고, 산꼭대기는 살짝 높아 보였다. 여기로 가면 마온산으로 이어질까? 가파르게 아래로 이어지는 오른쪽 길은 어쩐지 마온산으로 이어지는 능선같이 보였다. 그런데 길이 왜 이렇게 급경사로 내려 떨어질까? 만약 길을 잘못 들었다가는 고생길이 훤했다. 지금으로서는 예측할 수 없는 위험한 상황에 빠질지도 모를 터였다.

어쩔 수 없이 학생들에게 기다려달라고 말하고 혼자서 왼쪽 능선을 따라 올라가며 길을 살펴보기로 했다. 미시즈 패러스 로도덴드론이 가득 핀 꽃밭을 지나갔건만 꽃을 감상하고 싶은 마음은 조금도 들지 않았다. 정상

오르는 길 내내 가장 흔히 볼 수 있었던 미시즈 패러스 로도덴드론

가까이에서 계속 앞으로 나아갔다. 발아래는 한 길 낭떠러지로, 아까 본 오른쪽 길보다 훨씬 더 위험해 보였다. 자욱하게 낀 구름과 안개 속에서 깜짝 놀라 숨을 몰아쉬었다. 이제는 이 길이 정말 마온산으로 이어지는 능선이라고 해도 가고 싶지 않았다.

높은 곳에 서서 고개를 돌려 학생들이 있는 방향을 향해 소리쳐보았다. 하지만 구름과 안개가 자욱하게 껴 아무리 크게 소리를 질러보았자 바람에 묻혀버린다는 걸 누가 알았겠는가. 학생들은 고작 10미터 떨어진 거리의 나를 알아보지 못했다. 그나마 학생들은 무리 지어 있어 다행이었고, 나는 산세를 똑똑히 비교해볼 수 있었다. 다시 걸어 돌아가서 등산 지도를 살펴보았다. 지도 위쪽에 헌치 백스의 왼쪽 능선에서 멀지 않은 곳이 살짝 높게 표기되어 있었다. 내가 관찰한 그대로였다. 드디어 내 발아래가 헌치 백스임이 분명하다는 확신이 들었다.

그런데 도대체 어느 방향으로 가야 한단 말인가? 겨우 한두 가지 실마리를 갖고는 판단을 내릴 수 없는 중요한 문제였다. 나는 휴대전화기로 전화를 걸어 곧 진달래가 핀다는 소식을 알려줬던 친구 찬윅밍에게 도움을 청했다. 다행히 휴대전화기가 터졌다. 친구는 출근해서 일하고 있었다.

"헌치 백스에 표지판이 있어?"

"없지."

친구는 대답했다. 다시 한 번 이렇게 물어보았다.

"헌치 백스에는 혹시 경고 표지판이 하나뿐이고, 왼쪽 멀지 않은 곳에 있는 산꼭대기가 헌치 백스보다 더 높나?"

친구는 정확히 그렇다고 대답했다. 이제 산 정상이 어디인지는 확신할 수 있었지만, 시선은 여전히 불분명했다. 아득한 산안개에 쉭쉭 바람 소리까지 들려왔다. 눈앞에 보이는 마온산으로 향하는 능선은 익숙지 않은 길이었다. 더군다나 따라온 학생들의 체력이 받쳐줄지도 걱정이었다. 나는 학생들에게 날씨가 좋지 않으니, 원래 올라왔던 길을 따라 티우사우웅암으로 내려가 안전을 도모하자고 완곡하게 설명했다.

학생들도 별 이의 없이 내 뜻을 받아들였다. 어쨌든 꽤 여러 종의 진달래를 보기는 했으니. 게다가 한 학생이 아침부터 몸 상태가 좀 좋지 않아서 반도 오기 전에 산행을 포기하고 내려가버린 상황이었다. 생각지도 못하게 아침부터 이런 일이 있었던 데다가 산안개까지 자욱하게 긴 탓에 다들 올라오는 내내 고생이 이만저만이 아니었고, 마음은 자연스레 불안해졌다. 이러니 나도 점점 부담이 커져 결국 부득이하게 이런 명령을 내릴 수밖에 없었다.

이 계절이면 이른 아침 마온산에 흔히 안개가 낀다지만, 정오가 다 되어가는데 주변 15미터 정도조차 눈으로 볼 수 없으니, 그저 하느님이 원망스러울 뿐이었다.

우리는 이른 아침 항온 역에서 택시를 타고 바비큐장에 도착해, 패밀리 워크(Family Walk)를 따라 산에 올랐다. 이곳이 현재 진달래를 감상할 수 있는 가장 빠른 지름길이었다. 학생들이 오후에는 강의가 있었기에 이른 아침부터 서둘러 출발한 참이었다. 게다가 내일이면 한랭전선이 넘어온다고 들었으므로, 첫 번째 진달래꽃 시즌을 놓칠지도 모른다는 생각에 서둘러 산에 오르기로 했던 것이다.

처음에는 평범한 산길이 이어졌다. 그러다 얼마 못 가 줄을 잡고 암벽을 타야 하는 높은 산벼랑에 도착했다. 험준한 산이 별로 없는 홍콩에서 마온산은 예외다. 출발 며칠 전, 학생들이 산길 상태가 어떤지 내게 물어

마온산 광산에는 채굴의 흔적이 남아 있다.

마온산 산행이 위험하다고
알려주는 표지판

이번 산행의 마지막 종착점이었던 마온산 산촌

홍콩 마사회(The Hong Kong Jockey Club)가
제공하는 마을버스

왔다. 나는 학생들에게 목장갑을 준비하는 게 좋겠다고 일러주었다. 아니나 다를까, 초보자가 목장갑도 없이 여기서 위로 올라가기란 너무나 어려운 일이었다.

고생, 고생해서 산을 타며 고개를 돌려 아래를 내려다보니 바비큐장이 똑똑히 내려다보였다. 멀지 않은 곳에 채굴 뒤 남은 마온산 광산이 적나라한 모습을 드러냈다. 옆에 있는 마온산 산촌도 자세히 보였다.

반세기 전, 마온산에서 난 자철광은 거의 전량 일본으로 수출되었다. 광산업이 최고조에 이르렀을 때는 산촌 부근에 수천 명이 살았다고 하니, 엄연한 공업 소도시였던 모양이다. 그러나 1970년대 이르러 석유 위기와 신도시 계획이 이어지고, 채굴 원가가 급상승하면서 광산업은 마침표를 찍게 되었다. 이제는 백 명도 안 되는 사람이 작은 산골 마을에 둥지를 틀고 단순한 삶을 이어가고 있다. 마사회가 제공하는 마을버스를 타고 오가면서.

첫 번째 암벽에서 미시즈 패러스 로도덴드론이 갑자기 튀어나왔을 때, 나중에 산행을 포기하게 된 한 학생이 몸 상태가 좀 안 좋다고 했다. 밤새 우는 걸 좋아하는 젊은이이다 보니 몸도 마음도 지쳐 있었던 것 같고 그 상황에서 갑자기 높은 산에 오르려니 적응이 안 된 게 아닌가 싶었다. 다 같이 걸음을 멈추고 5~6분 정도 쉬면서 호전되는지 살펴보았다.

본인 때문에 다른 이들에게 민폐를 끼치는 건 아닌지 걱정하던 학생은 결국 산행을 포기했다. 나는 괜찮다고 위로해주면서 조심해서 천천히 내려가라고 일러주었다. 바비큐장에서 얼마 멀지 않은, 오가는 등산객들과도 쉽게 마주칠 수 있는 곳이었고, 딱 하나 나 있는 산길만 따라 내려가면 되는 곳이었다. 헤어진 뒤에도 시시때때로 휴대전화기로 그 학생과 연락을 주고받았다.

위로 올라갈수록 산안개가 짙어지고 바람도 거세졌다. 나는 계속해서 휴대전화기로 전화를 걸어 우리와 헤어진 학생이 잘 내려가고 있는지 확인했다. 학생이 바비큐장에 도착했다는 걸 알고 난 뒤에야 마음속의 돌덩이를 내려놓을 수 있었다. 하지만 눈앞의 안개는 더 큰 난관이었다. 안개에 강풍, 그 사이사이로 가랑비까지 흩날리기 시작했다. 계속해서 이렇게 안 좋아졌다가는 입고 있는 옷들도 죄다 젖어버릴 터였다.

그래도 험준한 산길 옆으로 진달래가 시시때때로 나타나 아름다운 빛깔을 한껏 열정적으로 드러내자 마음에 드리운 먹구름이 자취를 감춰버렸다. 멀리 보이는 험준한 산벼랑은 놀라울 정도로 멋졌고, 구름과 안개가 살짝 걷히는 그 2~3초 사이, 안개가 긴 듯 가신 듯한 그 짧은 순간, 진달래 꽃들이 빛나는 아름다움을 드러내다가 다시 깊은 안개 속으로 모습을 감추곤 했다. 이렇게 나타났다 사라지는 모습이 발묵(潑墨, 먹에 물을 섞어 윤곽선 없게 그리는 화법)으로 표현한 산수화 속 풍경 같았다.

진달래는 추위에 강하고, 대부분 고산지대에 살며, 동시에 대가족을 이루며 사는 습성이 있는데, 중국에서 피는 진달래만 500여 종이 넘는다. 요즘은 진달래도 원예화가 되어 도시에서도 대량으로 재배하지만, 전 세계적으로 봐도 70퍼센트 이상은 여전히 도시가 아닌 교외 지역에 있다. 홍콩의 야생 진달래는 여섯 종으로, 홍콩 아잘레아, 레드 아잘레아, 미시즈 패러스 로도덴드론, 챔피온스 로도덴드론(Rhododendron championae), 사우스 차이나 로도덴드론(South China Rhododendron), 웨스트랜드 로도덴드론 등이다. 이 중 가장 유명한 진달래는 홍콩 아잘레아로 1851년 홍콩섬에서 발견되었으나, 처음에는 신종 진달래임을 몰랐다가 1930년에 이르러서야 신종으로 정식 명명되었다. 재배종만큼 화려하지는 않지만 자연 그대로의 아름다움을 발산한다. 산에 핀 녀석을 정면으로 마주해야만 그 아름다움을 제대로 느낄 수 있다.

이 길에서는 독특한 분홍색의 미시즈 패러스 로도덴드론이 가장 자주 눈에 띄었다. 네다섯 걸음만 가면 진달래꽃 군락이 하나씩 나타났고, 그게 아니어도 곱고 어여쁜 진달래 서너 송이가 길가에서 우리를 기다리곤 했다. 때때로 눈처럼 새하얗고 밝은 홍콩 아잘레아도 수풀 끄트머리에서 화려한 자태를 뽐내며 멋대로 솟아올랐다. 곧 꽃을 피울 레드 아잘레아만이 아직 꽃잎을 벌리지 않은 채 조심스레 얌전을 떨고 있었다. 이 녀석은 꽃이 피어오르면 불타오르는 화염처럼 가장 눈부신 아름다움을 뽐낸다. 이런 까닭에 옛날에는 '산을 벌겋게 비춘다'는 뜻으로 '영산홍(映山紅)'이라는 좀 섬뜩한 이름을 얻기도 했다. 꽃봉오리를 감싼 채 필 날을 기다리는 진달래가, 다음 달에 다시 오면 꽃들의 화려한 축제가 또 한 번 열릴 거라고 미리 알려주는 듯했다.

어느 틈에 끼어들었는지 백합처럼 우아한 웨스트랜드 로도덴드론도 나타나 흥을 북돋웠다. 이쪽 군락 또 저쪽 군락, 이 무리 또 저 무리, 분홍빛과 붉은빛 여러 종류의 진달래가 뒤섞여 수놓은 듯한 모습이 마치 폭죽이 터진 듯했다. 녹음이 울창한 산속에서 구름과 안개가 일어났다 내려앉는 가운데, 진달래가 온 산을 불꽃으로 찬란하게 물들였다.

티우사우옹암에서 헌치 백스까지 올라가는 길에서 이 여섯 종의 진달래를 모두 찾아볼 수 있다. 홍콩의 다른 산에서도 이 꽃들을 만날 수 있는데, 특히 레드 아잘레아와 미시즈 패러스 로도덴드론이 많다. 그런데 왜 이렇게 많은 종류의 진달래가 마온산에 모여 장관을 이루고 있을까? 내게 꽃이 필 것이라는 소식을 알려준 찬웍밍에게 좀 알려달라고 하니 몇 가지

헌치 백스 근처까지 올라가야 볼 수 있는 웨스트랜드 로도덴드론

미시즈 패러스 로도덴드론의
꽃받침에 보이는
붉은 반점들

최고의 명성을 자랑하는 홍콩 아잘레아

가장 붉게 타오르는 레드 아잘레아

요인을 이야기해주었다.

첫째, 지형에서 그 원인을 찾을 수 있다. 진달래는 그늘진 삼림을 좋아한다. 산세가 험준한 환경에서는 인공적인 파괴도 상대적으로 덜하다. 둘째, 진달래는 산성 토양을 좋아한다. 마온산은 예전 홍콩의 철광 산지였다. 산성 마그마의 일부가 탄산칼륨을 함유한 암석에 침입해 변질암이 되었다. 이렇듯 척박한 환경은 진달래의 대량 생장에 적합하다. 셋째, 진달래는 습도가 높으면서도 살짝 서늘한 환경을 좋아한다. 마온산은 혼자 한 귀퉁이에 우뚝 솟아 있는데, 그 주위를 안개와 구름이 빙빙 둘러싸고 있다. 이 역시 진달래가 이곳에 모여 있는 중요한 요인일 것이다.

이제는 매년 3, 4월이 되면 야생 진달래의 자태를 보려고 홍콩에서 산을 타는 사람은 하나도 빠지지 않고 떼 지어 몰려와 이 진달래꽃 성지를 돌고 간다. 산 아래 마온산 도심에서도 각지의 시민들이 산에 핀 각종 진달래를 감상할 수 있도록 매년 진달래꽃 축제를 열고 있다.

뜻밖에 나타난 짙은 안개가 진달래꽃 바다의 독특한 아름다움을 돋보이게 해주었고, 그 덕에 줄곧 행복한 산행을 이어갔다. 하지만 가랑비가 함께 흩날린 탓에 이런저런 보이지 않는 위험이 도사리고 있었다. 산길이 점점 더 질척해져서, 실수로 미끄러지기라도 하면 크게 다칠 게 분명했다. 학생들이 이 세찬 바람과 짙은 안개 속에서 헌치 백스까지 잘 올라갈 수 있을지 마음이 좀 흔들렸다.

구름과 안개가 겨우 걷혔다. 고개를 들고 앞을 바라봤다. 높고 높은 산들이 끝도 없이 줄지어 늘어서 있었다. 그러고 나서 내려다보니 100층이나 되는 고층 빌딩에라도 올라선 듯 오금이 저렸다. 학생들에게 가능하면 앞을 보면서 가라고, 돌아보지 말라고 격려해주는 수밖에 없었다. 잠시 쉴

때도 산꼭대기에서 불어오는 바람을 피할 수 있도록 숲속의 은밀한 장소를 찾아서 쉬었다. 험준한 암벽에 다다르자 학생들 하나하나가 강풍 속에서 줄을 당겨가며 위로 올라갔다. 올라가는 시간은 길어졌고, 그에 따라 우리의 일정도 점점 늦어졌다. 이렇게 고생스럽게 산에 오르는 학생들을 바라보며 다시 한 번 고민에 빠졌다. 학생들을 데리고 꽃구경 삼아 산에 오른 게 너무 성급한 처사였을까? 하지만 모두 꽃을 보고 싶은 마음은 조금도 변함이 없어 보이는데, 여기서 내가 그만 포기하자고 말해야 할까? 이 와중에 우리는 이보다 더 높을 수 없을 정도로 높은 산꼭대기에 도착했다. 왼쪽과 오른쪽에 각각 능선이 있었다. 짙은 안개 속에서 나는 이곳이 분명 헌치 백스일 것이라고 짐작했다.

그런데 여기가 정말 헌치 백스일까? 갖은 방법을 동원해 확신을 내린 뒤에도 자욱하게 낀 안개가 내 확신을 뒤흔들었다. 안전이 제일이라는 생각에 학생들에게 올라왔던 길을 따라 내려가자고 하고 있는데, 마침 산길 표지판 수리공 몇 분이 올라왔다. 10년에 한 번꼴로 산을 돌아다니며 표지판을 새로 칠하고 말뚝을 고정한다는데, 공교롭게도 오늘이 바로 10년에 한 번 올라온다는 그날이었다.

이분들은 산길을 돌아다니며 여기저기 걸려 있는 등산 리본을 걷어내고 길가에 세워진 표지판들의 손상 여부를 확인했다. 중간 즈음에서 우리가 이들을 앞질렀는데, 이번에는 이들이 우리를 앞지르게 된 것이다. 나는 때를 놓칠세라 급히 마온산으로 가는 능선의 상황을 물어보았다.

이렇게 알아낸 내용을 비교해보니, 마온산에서 내려가는 게 티우사우 응암에서 내려가는 것보다 수월할 듯했다. 마온산 산촌에 도착할 시각이면 마을버스 시간에도 댈 수 있었다. 그래서 다시 생각을 고쳐먹었다. 안개가 얼마나 꼈든 상관없이 원래 계획에 따라 능선을 넘어가기로 말이다.

마온산에는 산봉우리가 두 개 있는데, 그중 가장 높은 봉우리를 마타우풍(馬頭峰, Ma Tau Fung)이라고 부르며 높이는 700미터가 조금 넘는다. 나머지 봉우리가 바로 헌치 백스로, 마온메이(馬鞍尾, Ma On Mei)라고도 부른다. 이 둘 사이는 길고 아름다운 곡선으로 이어져 있으며, 산 아래에서 멀리 바라보면 그 생김새가 말안장을 닮았다. 마온산이라는 이름이 여기서 나왔다.

붉은색과 흰색이 엇갈린
진달래꽃을 두른 듯
홀로 높이 서 있는 산꼭대기

헌치 백스와 마온산의 가장 높은 봉우리들
왼쪽 봉우리와 오른쪽 봉우리가
말안장처럼 연결되어 있다.

헌치 백스에서 다시 출발해 아래로 10미터도 못 내려간 지점에 이르니 온 산비탈을 뒤덮은 미시즈 패러스 로도덴드론이 보였다. 여기저기 무리를 지어 꽃을 피우며 분홍빛 꽃 바다를 이룬 모습이 '화려한 진달래'라 불리는 꽃다웠다.* 능선 전체가 신선들이 모여 꽃을 구경하는 신의 화원 같았다. 좁고 긴 능선이 이어지는 가운데, 조심조심 발걸음을 옮기던 학생들은 자욱한 안개와 구름 덕에 아랫녘의 시끌벅적한 세상이 눈앞에서 사라지자, 높고 험준한 산에 대한 두려움을 잊은 채 눈앞을 수놓은 아름다운 꽃의 바다에 마음을 빼앗기고 말았다.

분홍색 진달래꽃 바다가 왼쪽에도 한가득, 오른쪽에도 한가득 펼쳐진 모습이 경사진 산비탈을 따라 점점이 밝혀진 등불 같았다. 다른 진달래도 먼 절벽에 자리를 잡고 한껏 피어올라 있었다. 이젠 구름과 안개도 더는 성가시지 않았다. 오히려 자욱한 안개가 곧장 내리쬐는 정오의 뜨거운 햇볕을 가려준 덕에 꽃과 풀의 따뜻한 색감이 한껏 도드라졌다.

이렇게 기쁨과 감탄에 젖은 채 길을 걷다 보니 어느새 길이 다 지나갔다. 신선들이 사는 낙원도 이 정도가 아닐까 싶은 착각까지 드는데, 그렇다면 우리는 겨우 짧디짧은 아침 시간을 들여 이 아름다운 꿈을 이룬 것 아니겠는가. 가장 높은 봉우리에 올라서니 홍콩 지하철역에서 볼 수 있는 표어가 보였다.

"다리를 뒤로 빼고 똑바로 서주세요(縮腳仔企定定)."

홍콩 산간지대에서 가장 아름다운 능선을 돌아보고 있자니, 위산(玉山, 대만의 명산)의 가장 높은 봉우리에서 북쪽 봉우리까지 걸어가며 진달래꽃

● 이 진달래의 중국 정식 명칭이 '화려두견(華麗杜鵑)'이다.

분홍빛 꽃의 바다가 왼쪽에도 오른쪽에도 가득 펼쳐진다.

이 이룬 바다에 놀라움을 감추지 못했던 예전 기억이 떠올랐다.

　아름다운 경치에 경탄하며 학생들에게 이렇게 말해주었다.

　"여러분들은 정말 운이 좋네요. 홍콩에서는 한나절이면 마온산에 올라 다양한 진달래꽃이 핀 절경을 볼 수 있으니 말입니다. 앞으로 이런 거 보겠다고 대만 위산(玉山, 대만의 명산) 같은 데까지 고생스레 멀리 갈 필요 없어요. 위산에 올라도 이런 기회를 잡으란 법은 없거든요."

　마온산은 700미터밖에 되지 않는다. 홍콩의 산 중에서도 높이로는 3등 안에도 들지 못한다. 하지만 바로 이곳에 홍콩의 다양한 진달래꽃이 모여 활짝 피어 있다. 게다가 놀라움을 선사하는 희귀한 생물 종도 가득하다.

6년 전, 처음 홍콩에 왔을 때는 이곳이 이런 특색이 있는 곳인 줄 몰랐다. 처음에는 그저 인연이 닿아 이곳에 왔더랬다. 피라미드 힐에서 건너와 어쩌다 보니 얼떨결에 산꼭대기에 올랐다. 그때는 사람 사는 곳은 우습게만 보일 정도로 이곳 산세가 험하다는 것만 알고 갔다. 이제 와 돌이켜 보니, 오늘 이곳에 오르기로 한 내 선택이 헛되지는 않았다는 생각에 감동이 밀려왔다.

가장 높은 봉우리에서 내려오는 길에 보니 진달래꽃 바다는 여전했다. 수직으로 높이 솟은 암벽에 무성하게 피어 있거나, 그것도 아니면 검푸른 차이니스 스케일시드 세지(Lepidosperma chinense) 초원에 기이한 모습으로 피어 있었다. 무수한 능선이 밀집된 산은 아니지만 그와는 또 다른 색다른

대형 무당벌레를 닮은
피라미드 힐

맛이 있다. 거대한 산과 웅장한 산비탈이 보여주는 광활하고 드넓은 풍경 사이에서 이 산은 또 다른 차원의 자연미를 보여준다.

피라미드 힐에 도착하기 전 한 등산 고수를 만났다. 그분은 여기서 계속 내려가면 경사가 급한 작은 길과 이어지는데, 그 길을 타면 마온산에 더 빨리 도착할 수 있다고 귀띔해주었다. 그 말을 듣고 그대로 내려가서 조용히 숨어 있는 도랑을 지난 뒤 다시 고개를 넘어갔다. 그러자 흔히 볼 수 있는 돌계단 산길로 이어졌고, 과연 마온산 산촌이 바로 지척에 있었다.

마온산 산촌이 가까워지자, 무의식적으로 고개를 돌려 망원경을 들고 마치 붉은색과 흰색이 뒤섞인 진달래꽃을 두른 채 홀로 높이 솟아 있는 것만 같은 산꼭대기를 자세히 살펴보았다. 마침 1년 중 진달래꽃의 아름다움이 절정에 이른 시기였다. 그러다 퍼뜩 조금만 더 지나면 레드 아잘레아가 산꼭대기를 우아하고 기품 있게 가득 비추겠다는 데 생각이 미쳤다. 2~3주 뒤에 무슨 일이 있어도 꼭 다시 찾아와야겠다는 마음이 확고해졌다. 학생들도 흥분하며 본인들이 나고 자란 이 땅에서 가장 아름다운 이 산에 다시 오르고 싶다고 장단을 맞춰주었다. (2012년 5월)

차이니스 스케일시드 세지
초원에서 우회하는 산길

사이쿵 고도

졸졸 물을 흘려보내는
수원(水源)의 메시지

카우친욱
較剪屋, Kau Tsin Uk

타이람우
大藍湖, Tai Lam Wu

팍파람
百花林, Pak Fa Lam

쑨원 孫文
모친 양씨 묘지

웡켕차이
黃麖仔, Wong Keng Tsai

카오룽 피크
飛鵝山
Kowloon Peak

쳉란
井欄
Tseng Lan Shu

클리어 워터 베이 로드
清水灣道, Clear Water Bay Road

카이함 방향
界咸, Kai Ham

체궁묘
車公古廟
Che Kung Temple

사이쿵 방향

호충
蠔涌, Ho Chung

히비 헤이븐
白沙灣, Hebe Heaven

호충강
蠔涌河, Ho Chung River

카오룽, 다이아몬드 힐 방향

🔵 노선   챙란쉬 → 웡켕차이 → 타이람우 → 호충, 약 3시간

🔵 교통   다이아몬드 힐 버스 종점에서 카오룽 버스를 탄다. 91번, 91M번, 92번 모두 가능
하다. 챙란쉬에서 내린다.

난이도 ★★

초봄이 되자 쳉란쉬에서 호충으로 걸어가서 사이쿵에서 카오룽으로 이어
지는 옛길을 탐방해보고 싶다는 생각이 들었다. 그냥 작은 시골길에 불과
해서, 사틴에서 카오룽으로 이어지는 길과는 달리 마을 사람들이 물건을
사고팔면서 교역하던 길이고, 더더군다나 침향을 옮기던 산길이기도 하
다. 하지만 사이쿵과 카오룽 그리고 사틴 이 세 지역 사이를 넘어가는, 매
력 만점의 길이다.

쳉란쉬에서 한참을 찾아다닌 뒤에야 월슨 트레일이 어디를 지나가는
지 확실히 알 수 있었다. 등산 루트가 명확히 표시되어 있지 않아 어찌나
난감하던지. 함께 간 친구 찬윅밍 말로는 등산길을 마을 안에 명확히 표시
해두려면 반드시 그 마을의 승낙을 받아야 한다고 했다.

이런 걸 보면 쳉란쉬 주민들은 이 길이 대중적인 도보 여행길이 되는
게 달갑지 않은가 보다. 그러니 명확하게 표기한 표지판도 없는 것이다.
노선을 확정한 뒤에야 이 길에 딱 하나 있는 누런색 월슨 트레일 표지판을
겨우 발견했는데, 잘 보이지도 않는 도랑벽에 붙어 있었다.

등산 입구를 찾아냈건만 처음부터 잘못된 길로 접어들고 말았다. 평평
하고 널찍한 돌층계를 따라 카오룽 피크로 걸어 들어갔다. 한 6~7분 정도

등산길 표지판이 불명확해서 쳉란쉬를 한참 돌아다녔다.

걸어가서 보니까 이 길이 방향을 바꿔 사이쿵으로 이어지는 게 아니라 계속 앞을 향해 직선으로 뻗어 있었다. 지도를 보고 확인해보고 나서야 우리가 지금 팍파람으로 이어지는 길을 걷고 있다는 걸 알았다. 팍파람에는 쑨원의 모친 양씨 묘지가 있다. 이곳이 최고의 명당이라는 설이 나온 것도 쑨원이 나중에 중화민국 국부가 되었기 때문이다.

잘못 접어들기는 했지만 그런 곳에는 늘 예상하지 못한 풍경이 기다리고 있게 마련이다. 이 길은 탁 트인 타원형 산꼭대기를 삥 둘러싸고 있었고, 습지에서 자라는 풀과 나무, 꽃들이 가득했다. 울창한 풍수림에 둘러싸여 녹음이 무성하면서도 아름다웠다. 그 안의 수생식물들을 다시 자세히 살펴보니 다른 곳에서는 접하기 힘든 물고사릿과 식물이 가장 많았다. 아마 내가 홍콩에서 물고사릿과 식물을 가장 많이 본 곳일 게다. 야생 꽃생강과 종려방동사니(Cyperus alternifolius L.)도 적잖았다. 아마 옛날에 벼를 심거나 양어장이었던 곳이 버려지면서 이런 환경이 조성되지 않았나 싶다.

마을 끄트머리로 되돌아가다가 '야우야우 농장(Yau Yau Farm)'을 지나는데, 울타리에 이런 문구가 쓰인 팻말이 걸려 있었다.

"도시인 여러분, 이곳에서 자작농이 되어보세요."

그 옆으로 난 돌층계 산길은 사이쿵 고도로 이어져 있었다. 이 길을 따라 들어가면 외래 수종이라고는 없는 울창한 숲으로 접어든다.

찬란하게 빛나는 봄날이 지나간 숲에는 무성한 잎들이 조밀하게 자리하고 있었고, 빛깔도 짙은 녹색으로 변해 있었다. 산길로 들어갈수록 울창하면서도 어두컴컴한 숲이 이어졌다. 판근(板根)을 드러낸 커다란 나무들이 많았는데, 그중에서도 황동이 가장 인상적이었다. 황동은 풍수림에서

'휴식과 한적함이 있다'는 이름 그대로
유유자적한 분위기가 느껴지는 '야우야우 농장'

한데 모여 있는 농가의 우체통들

쉽게 볼 수 있는 우세 수종으로, 몸체가 곧고 굵으며 단단한데 고도 옆에 우뚝 서 있다. 이때도 여전히 황색의 커다란 마른 잎이 바람에 나부끼며 떨어지고 있었다. 모퉁이 옆길에 빽빽하게 들어선 청록색 데모노롭스 젠킨시아나 덤불도 장관을 이루고 있었다. 대만에서 본 것보다 더 무성했다.

옛날 대만 산간지대에 살던 중국인들은 주로 장목(樟木)을 뽑고, 등나무를 잘라서 생계를 이었다. 여기서 장목이란 녹나무를, 등나무는 데모노롭스 젠킨시아나를 말한다. 홍콩에서는 데모노롭스 젠킨시아나를 사용했다는 이야기를 거의 듣지 못했지만, 숲속에 남아 있는 옹벽 흔적을 보면, 예전에 이곳을 개간하며 숲을 최대한 이용했을 것이 분명해 보인다. 그러니 바로 옆에 있는 데모노롭스 젠킨시아나를 가져다가 엮어 쓰지 않았을까?

기분 좋게 웡켕차이까지 걸어가니 사이쿵 고도가 나타났다. 이 고도는 응아우치완(牛池灣, Ngau Chi Wan), 호충과 맞물려 있는데, 옛날 사이쿵 주민들은 이 길을 따라 카오룽으로 나갔다. 오늘날 카오룽 피크 아래 팍파람 근처 산길은 대부분 시멘트 도로가 되었고, 원래 카오룽을 지나던 이 고도의 뒷부분은 이미 모습을 감춘 지 오래로 남아 있는 곳은 여기뿐이다.

길옆에 자리한 경계석에 웡켕차이(王麖仔)라는 이름이 명확히 표시되어 있었다. 여기서 웡(王)은 웡(黃)을 뜻한다. 아마 옛날 이곳에 문착이 적잖았을 것이다. 문착을 '웡켕(黃麖)', 즉 아기 사슴으로 오인하는 바람에 이런 이름이 생겨난 것이다. 그리 멀지 않은 과거에도 사람이 살았고, 산 아래로 이어지는 산업도로도 깔려 있지만, 버려진 집들이 눈에 띄게 늘어나 있었다. 고도를 따라 이어지는 널따란 돌층계를 내려가면 옆에 낡은 수도관이 나란히 깔려 있다. 옛날에 물을 끌어오던 통로다. 이 고도 주변에 줄곧 이 수도를 쓰는 사람이 있었다는 이야기이다.

드디어 사이쿵 고도에 발을 디뎠다.

　　얼마 가지 않아 콘크리트 길과 이어지는데, 타이람우로 이어지는 길
이다. '타이람우'라는 이름은 중국 남부와 대만에서 아주 흔히 볼 수 있는
염료용 식물인 마람(Strobilanthes cusia)에서 나왔다. 이곳은 분명 예전에 염
료를 생산하던 지역이었을 것이다. 나중에 문헌을 찾아보니, 아니나 다를
까 과거에 이곳 주민들이 이 식물을 심어서 천을 염색할 때 염료로 썼다고
한다. 마람은 주로 음습한 환경에서 많이 자란다. 이 주변 숲에 정말 마람
이 자라는지 찾아보았지만, 심하게 건조한 탓인지 전혀 눈에 띄지 않았다.
전에 소로푼(鎖羅盆, So Lo Pun)과 응퉁차이 폭포(梧桐寨瀑布, Ng Tung Chai
Waterfall) 등 음습한 곳에 갔을 때는 곳곳에서 빽빽하게 자라고 있었다.

　　데리고 간 학생들 모두 '타이람우'라는 지명을 낯설어하지 않았다. 염

경계석 속 지명
이런저런 사연 끝에
의미가 바뀌었다.

료용 식물 마람 때문은 아니고, 실은 예전에 입소문이 나쁘지 않았던 독립
영화 〈타이람우〉(이 영화의 한국 제목은 '대람호'이다)의 촬영지가 바로 이곳
이었던 까닭이다. 홍콩영화금상장(香港電影金像獎)에서 신임감독상을 받은
제시 쩡(曾翠珊) 감독이 메가폰을 잡은 작품인데, 감독은 자신이 자란 호충
을 배경으로, 외국에서 살다 일과 사랑 모두를 잃고 고향인 호충으로 돌아
오는 여성의 이야기를 담아냈다. 고향으로 돌아온 여주인공은 마침 역시
고향으로 돌아와 있던 어린 시절 친구와 다시 만나게 되고, 두 사람은 변
해버린 고향을 바라보며 옛날 타이람우의 모습을 되살려보고 싶은 마음
을 품게 된다.

이렇게 고향의 옛 모습을 찾아가는 과정을 통해 그들은 이런 생각을
한다. 젊은 시절에는 다들 화려한 바깥세상에 이끌려 고향을 떠나갔지만,
현대 도시들이 점점 더 획일적으로 변하면서 번화한 곳들은 하나같이 명
품 매장과 체인 레스토랑으로 가득 차 버렸다는 것. 그런데도 자기가 살던
고향은 점점 더 멀게만 느껴진다는 것.

오늘날 타이람우는 산비탈에 반쯤 걸쳐진 3층짜리 딩욱들이 주를 이루는 작고 아름다운 마을이다. 마을 바깥쪽 큰길을 타면 금세 바깥으로 나갈 수 있지만, 옛날에 깐 좁고 긴 마을길이 지금도 마을에 자리해 있고, 새나 드나들 정도의 좁은 길이 계속 이어지다가 산골짜기 숲으로 연결된다. 거기서 비옥한 들판을 구불구불 지나가다가 산 아래 호충을 향한다. 이 길을 따라 내려가면 광활한 땅 여기저기에 밭두렁들이 버려져 있다.

이렇게 끝없이 아득하게 펼쳐진 푸른 산과 벌판은 도보 여행에 더없이 잘 어울리고, 저 멀리로는 타이노(大腦, Tai No), 카이함 등 아름다운 산골 마을들이 눈에 들어온다. 논밭 여기저기에 봄이면 지천으로 자라는 까마중(Solanum nigrum), 쇠별꽃(Myosoton aquaticum), 주홍서나물(Crassocephalum crepidioides) 같은 산나물이 가득했다. 나중에는 무성하게 자란 좀명아주(Chenopodium ficifolium)도 보았는데, 결국 나도 모르게 발걸음을 멈추고 새싹과 어린줄기, 잎을 따보았다. 쌀알처럼 생긴 이 식물의 화수(花穗)는 먹을 수도 있다.

이곳 학자의 연구에 따르면, 호충이 홍콩에서도 사람이 가장 먼저 정착해서 살기 시작했을 땅일 가능성이 있다고 한다. 수천 년 전, 호충강이 제공하는 풍부한 담수 자원에, 소금기가 있는 물과 없는 물이 섞이는 곳에서 사는 굴, 기타 조개류 등 해산물이 많이 나면서 사람들이 이곳을 정착지로 정해 살며 농지를 개간했다는 것이다.

얼마 가지 않아 '밀크 앤드 허니(MILK & HONEY)'라는 팻말이 걸린 유기농 농장을 지나쳤다. 길옆에 철조망으로 짠 울타리가 쳐 있었는데, 같이 간 학생들과 함께 쭈뼛거리며 머리를 쭉 내밀어보았다. 안에서 뭘 키우는지 궁금했다.

'밀크 앤드 허니' 유기농 농장은 타이람우 마지막 농가의 풍경을 이어가고 있다.

마침 키가 큰 외국인 한 사람이 잡초를 정리하고 있었다. 채소밭 한쪽에서 삿갓을 쓴 부인이 이리저리 두리번거리는 우리를 보더니 아예 문을 열어주며 들어와서 보라고 환영해주었다. 이렇게 외부 손님을 환영해주시는 분들이 왜 울타리를 쳤는지 궁금해 물어보니 사람을 막으려고 친 울타리가 아니라 키우고 있는 작물을 모조리 엉망으로 만드는 멧돼지를 막으려고 친 울타리란다.

여럿이서 왁자지껄 떠드는 와중에도 부인은 차분하게 본인의 농장에서 어떤 작물을 심고 키우고 있는지 설명해주었다. 우리가 유기농작물에

타이람우를 가리키는 비석

타이람우에는 3층짜리 딩욱들이
여러 채 자리하고 있다.

어느 쪽으로 가야 타이람우로 이어질까?

관심이 있다는 사실을 재빨리 눈치챈 부인은 임시로 간단하게 지어놓은
작업실에 들어가더니 『홍콩유기농장가이드(香港有機農場指南)』라는 책을
가져와 나누어주었다. 농장에서 책을 받다니, 책을 좋아하고 새로운 지식
을 적극적으로 섭렵하는 유기농 농민들의 특징이 여기서도 느껴졌다.

　여주인의 이름은 '메이(May)'. 사이쿵에서 땅을 가진 이들은 보통 대지
주이거나 세를 받는 금수저거나 둘 중 하나라서 이 농장도 여주인이 소유
한 땅인 줄 알았는데, 뜻밖에도 여주인 역시 우리와 똑같은 외지인이었다.

아주 싼 값에 이 농지를 빌렸다고 했다. 커쟈족 와이췬(圍村, wall village)* 주민들이 보통은 상당히 폐쇄적인데 어떻게 이 농지를 빌릴 수 있었을까? 원래 그녀는 이 동네 할아버지와 할머니들을 도시의 병원으로 모시고 가는 자원봉사자였다. 그런데 할머니 한 분이 농사를 짓고 싶어 하는 메이의 바람을 알고는 버려진 땅을 세주겠다고 해서 생각지도 못하게 이곳에서 농지를 빌릴 수 있었단다.

그때부터 메이와 외국인 남편은 소원대로 유기농 농사를 짓는 전원생활을 하며 논밭을 개간해 10여 종의 농작물을 키우고 있다. 도대체 물을

'밀크 앤 허니' 농장 안주인 '메이'　　　'메이'의 남편

● 홍콩 뉴테리토리 지역에서 많이 볼 수 있으며, 일종의 집성촌이다. 옛날에 바닷가 마을에 도적이 들끓자 이를 막기 위해 주민들이 집 주변을 낮은 돌담으로 둘러친 데서 '와이췬'이라는 이름이 유래했다.

165

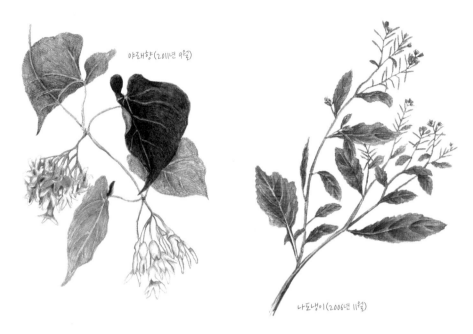

야래향(2011년 9월)

나도냉이(2006년 11월)

채소밭에서 키우는 10여 종의 작물

어디서 얻는지 너무 궁금했는데, 몸집이 집채만 한 외국인 남편이 특별히 나를 데리고 아직 물이 남아 있는 작은 도랑을 보여주며 그 김에 50년 전 이곳의 경작 풍경을 설명해주었다.

예전 호충 산골짜기에는 물이 많아서 벼를 심은 경작지가 상당히 넓었다고 한다. 요즘은 이런 물들이 대부분 공업용으로 사용되는 데다가 인구가 외부로 빠져나가면서 전원의 삶이라는 건 한낱 꿈이 되어버렸다. 내 발 아래 이 작은 도랑마저 없으면 부부는 아예 농사를 지을 수도 없을 것이다. 남아 있는 산골짜기의 물에 기대 이곳에서 마지막으로 농가를 일구는 부부의 모습에 영화 〈타이람우〉가 전하는 메시지까지 겹쳐져 우리의 걱정은 더 깊어졌다.

계속해서 앞으로 가니 호충 스토어가 자리한 마을이 예전 그대로 조용히 모습을 드러냈고, 마을 바깥에는 체궁묘가 더 고풍스럽게 자리하고 있었다. 겉보기에는 그냥 어디서나 볼 수 있는 시골처럼 보이고, 호충강은 여전히 시원스레 흘러가고 있지만, 사실 산골짜기는 옛 모습을 잃어버린 지 오래다. 호충은 한때 사이쿵의 3대 쌀농사 지역이었지만 이제는 다 사라지고 남은 땅 몇 뙈기에는 그나마도 과일과 채소, 원예식물을 키우고 있다. 황량함만 가득한 산골짜기 앞에서 탄식이 그치지 않았다.

영화 〈타이람우〉는 막을 내렸지만, 물이 시작된 곳을 찾아가는 영화의 메시지는 어쩌면 이제 막 시작되었는지도 모른다. (2012년 4월)

라이언 락

라이언 락 위에서 바라보는
인간 세상

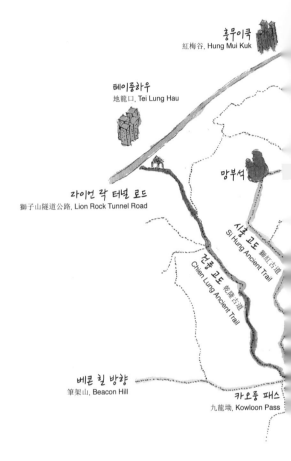

홍무이쿡
紅梅谷, Hung Mui Kuk

테이룽하우
地龍口, Tei Lung Hau

라이언 락 터널 로드
獅子山隧道公路, Lion Rock Tunnel Road

망부석

시훙 고도
獅紅古道
Si Hung Ancient Trail

건룽 고도
乾隆古道
Chien Lung Ancient Trail

베콘 힐 방향
筆架山, Beacon Hill

카오룽 패스
九龍坳, Kowloon Pass

홍콩뱁티스트
대학교
香港浸會大學

(노선) 치완산 → 사틴아우 → 라이언 락 → 망부석 → 라이언 락 교외공원, 약 3시간 30분

(교통) 홍콩 지하철 웡타이신 역에서 녹색 미니버스 18M번을 타고 팟종사(法藏寺)나 치
완산에서 내린다.

난이도 ★★★

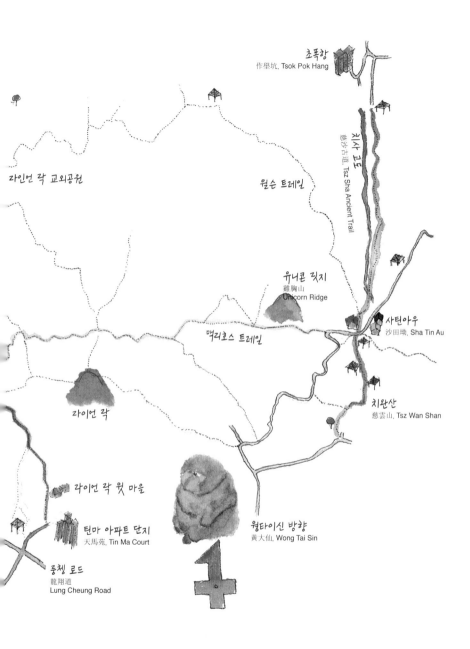

초폭항
作磡坑, Tsok Pok Hang

치사 고도
慈沙古道, Tsz Sha Ancient Trail

라이언 락 교외공원

윌슨 트레일

유니콘 릿지
雞胸山
Unicorn Ridge

사틴아우
沙田坳, Sha Tin Au

맥러호스 트레일

치완산
慈雲山, Tsz Wan Shan

라이언 락

라이언 락 윗 마을

틴마 아파트 단지
天馬苑, Tin Ma Court

룽쳉 로드
龍翔道
Lung Cheung Road

웡타이신 방향
黃大仙, Wong Tai Sin

중국인들은 산꼭대기든 가로놓인 고개든 기울어진 봉우리든 멀리서 봤을 때 모양이 사자를 닮았으면 전부 사자산이라는 이름을 붙인다. 중국 곳곳에서 이 이름을 확인할 수 있고, 대만에도 사자산이라는 이름이 붙은 곳이 10여 곳은 된다. 어떤 곳은 아예 중요한 관광지로 각광받기도 한다. 하지만 그중 어떤 명승지도 홍콩의 이 라이언 락에는 상대가 되지 않을 것이다.

> 모두 라이언 락 아래서 다시 만나니
> 눈물보다는 웃음이 꽃피는구나.
>
> — 제임스 웡(黃霑, 홍콩의 유명 작사가이자 작가)

제임스 웡의 노래 가사는 홍콩 사람들이 자신들의 고향을 어떻게 인식하는지 보여주며, 앞날을 내다보는 마음을 담고 있기도 하다. 하지만 홍콩의 랜드 마크인 라이언 락은 사실 그리 높은 산은 아니다. 해발 500미터밖에 되지 않는다. 다만 지리적인 중심지에 자리하고 있어 카오룽의 웡타이 산과 다이아몬드 힐 등 남쪽 각도에서 접근해 바라보면, 그 기개와 위엄이 대단하다. 사틴과 홍무이쿡 한쪽에서 위로 올려다보면, 위엄이 넘치는 사자의 모습을 한 채 홍콩을 지키고 선 그 기세가 더욱 자연스럽게 느껴진다. 라이언 락을 다양한 각도에서 바라보다 보면, 그 의미가 훨씬 더 크게 다가온다. 하지만 라이언 락 등반에 실패한 사람이 태반이고, 대부분 한두 번 실패한 게 아니다.

나는 이곳을 서너 차례 올랐다. 고도를 가로질러 넘어가보기도 했고, 구불구불 이어진 길을 따라 종주해보기도 했으며, 정상에 올라 먼 곳을 조망해보기도 하는 등 여러 가지를 해봤다. 매번 느낌이 달랐던지라 이 기회에 그때 느낀 기분을 독자들과 다 나누어보고 싶다.

고도는 인문적 의미가 풍부한 길이다. 마온산에서 라이언 락으로 이어지는 능선은 명확한 지리적 경계선이다. 산꼭대기가 여럿 이어지는 이 능선에는 예닐곱 개의 고도가 있고, 이 고도들이 산간 평지와 완만한 지대를 가로질러 넘어가다 카오룽, 사이쿵 그리고 사틴 등지로 연결된다. 라이언 락은 사틴과 카오룽 사이에 자리하고 있고, 남북 교통을 이어주는 일종의 돌층계이기도 하며, 동서 양쪽의 시훙 고도, 치사 고도, 건룽 고도는 그 중요성이 더하다.

이 몇 개의 고도 역시 사틴의 발전과 밀접한 관련이 있다. 옛날에는 사틴을 '렉윈(瀝源, Lek Yuen)'이라고 불렀는데, 수원이 맑고 깨끗한 땅이라는 뜻이다. 사틴의 북쪽은 토로 항구(吐露港, Tolo Harbour)와 마주해 있고, 탁트인 싱문강이 타이드 코브를 향해 흘러간다. 싱문강 로드 남쪽의 토섹(多石, To Shek), 찹와이콘(插桅桿, Chap Wai Kon), 시우렉윈(小瀝源, Siu Lek Yuen), 타이수이항(大水坑, Tai Shui Hang) 등의 작은 마을부터 우카이사(鳥溪沙, Wu Kai Sha) 일대에 이르기까지 대부분은 강 얕은 곳에 자리하고 있고, 나루터가 설치되어 있으며, 수상 교통이 편리한 곳들이다.

현지 주민들은 농사를 짓고 살며, 주변에 시골 장터가 없다 보니 대부분은 배를 타고 밖으로 나간다. 가까이는 타이포 시장에서 멀리는 주강(珠江) 해역까지도 가는데, 심지어 아예 북쪽으로 올라가 중국 연안까지 가기도 한다.

수로(水路) 이외에 생필품을 사거나 생산물을 팔기 위한 용도로 육로를 이용하기도 한다. 시홍 고도 등이 이런 이유로 만들어졌는데, 동쪽과 서쪽 양측에 차이가 좀 있다.

시홍 고도는 일종의 지름길로, 산골 주민들이 편리하게 출입하는 길이다. 이 길은 타이와이(大圍, Tai Wai)와 틴삼촌(田心村, Tin Sam village)에서 출발해 홍무이쿡을 가로질러 망부석 발 부분을 지나 위로 올라가면 카오룽 패스에 이른다. 이 구간 전체가 돌길로 되어 있는데, 현지 주민들이 건륭 임자년(1792년)에 돈을 모아 깔았다는 뜻을 담아 '건륭임자 고도(乾隆壬子古道)'라고도 부른다.

라이언 락 서쪽에도 아는 사람이 거의 없다시피 한 건륭 고도가 하나 더 있다. 시홍 고도와 거의 나란히 놓여 있는 이 길은 팍섹(白石, Pak Shek) 지역 사람들이 이용하는 지름길로, 카오사항(九沙坑, Kow Sha Hang)을 지나 카오룽 패스에서 시홍 고도와 만난다. 이렇게 하나가 된 두 길은 아래로 내려가 황폐해진 라이언 락 윗마을에 닿았다가 로푸(樂富, Lo Fu)까지 이어지고, 여기서 또 여러 곳을 거치고 거쳐 침사추이(尖沙咀, Tsim Sha Tsui)까지 간다. 이 길의 역사는 아마 명나라 말기까지 거슬러 올라갈 것이다. 그 옛날 사틴 부근에서 난 침향나무를 운반할 때 꼭 거쳐야 하는 길이 바로 이 두 고도였다.

문헌에 따르면 카오룽 패스에서 라이언 락 북쪽 측면을 돌아갈 수 있

모두 라이언 락 아래 사는 우리. 고도 하나하나가 겹겹이 우뚝 선 라이언 락으로 이어진다.

카오사 고도(九沙古道, Kow Sha Ancient Trail)라고도
부르는 건룽 고도

카오룽 패스에 있는 정자
많은 산길이 이곳을 지나간다.

었으며, 동쪽으로 쭉 가면 사틴아우에 이르고, 거기서 다시 내려가면 카오룽 시티(九龍城, Kowloon City)였다고 한다.

요즘 사람들은 시훙과 건륭 고도 이 두 길을 따라 걸으며 한가롭게 휴식을 취한다. 옛 고도의 분위기도 아직은 조금 남아 있기는 하지만, 명확한 정보가 없는 게 흠이다. 이 두 산기슭에 어떤 공공시설이 갖춰져 있는지 찾아봤지만, 관련 자료를 거의 찾을 수 없었다. 관광과 여행으로 유명한 대도시 홍콩이 지방 역사에 이렇게 소홀하다니 정말이지 이해하기 어려운 부분이다. 관련 당국에서 안내판이라도 세워 이곳 망부석과 관련된 전설을 전하고 그 의의를 널리 알려 이런 역사적 흔적을 통해 과거를 돌아볼 수 있게 해줘야 하지 않을까.

치사 고도는 이보다 훨씬 더 활기가 넘친다. 싱문강 로드 남쪽에 있는 작은 마을의 농민들이 대부분 이 길을 애용한다. 토색과 찹와이콘에서 출발하는 이들은 매일 동틀 무렵이 되면 땔감과 약초, 고구마 등을 짊어지고 길을 떠나 사틴아우를 넘어 웡타이신과 카오룽 시티까지 간다. 옛날 카오룽 시티 시장의 규모와 번영을 생각해보면, 당시 이런저런 생산물을 짊어지고 사틴에서 건너오는 농민들로 가득했을 길거리의 열기를 어렵지 않게 상상해볼 수 있다.

5~6년 전, 카오룽 통(九龍塘, Kowloon Tong)에서 여장을 푼 적이 있다. 치완산에서 출발해 나무 그늘이 드리운 가파른 층계를 올라가니, 길을 따라 정자와 패방(牌坊, 중국 특유의 문짝 없는 대문 모양 건축물), 작은 사당 등이 있었고, 끄트머리에는 청나라 함풍제(咸豊帝) 때 지은 관음묘(觀音廟)도 보였다. 신자들이 평안한 여행을 기원하며 지었다고 한다. 큰길을 제외하면 홍콩에는 사당 등을 지어 인공적인 요소를 가미한 길이 많지 않은데, 그런

점에서도 치사 고도는 중요한 곳이라 하겠다.

이 관음묘를 지나면 산을 넘어가던 농민들의 중간 휴식처였던 사틴아우에 도착하는데, 요즘도 등산객들이 늘 모여드는 장소다. 사당과 작은 가게, 공공 화장실이 왁자지껄한 작은 시장을 둘러싸고 있다. 가끔 어디서나타났는지 모를 상인들이 약초나 채소, 떡 등을 차려놓고 파는데, 그 모습이 대만의 등산로 입구에서 펼쳐지는 광경과 똑 닮았다. 평상시에 무리를 지어서 이곳에 오는 등산객들은 대다수가 근처에 사는 할아버지, 할머니들이다. 다 함께 나들이를 나선 가족들이나, 친구들과 함께 놀러 나온젊은 친구들은 주말이나 되어야 많이 볼 수 있다.

사틴아우에서 아래로 내려가는 고도에 깔린 돌계단은 훼손되지 않은채 잘 보존되어 있고, 그 옆으로 수량이 풍부한 시내까지 나란히 흘러가니, 실로 홍콩 역사를 담은 중요한 길이 누리는 행운이라 하겠다. 하지만이 길에도 건륭 고도와 마찬가지로 표지판이나 해설이 보이지 않아, 고도의 역사가 존재하지 않는 것만 같다. 등산지에 설치된 공공시설은 대만이홍콩보다 못한데, 고도의 중요성을 인식하고 그 가치를 존중하는 분위기는 홍콩보다 일찍 자리 잡혀 여행객들을 끌어들이는 새로운 콘텐츠가 되고 있기도 하다.

남북을 가르는 몇몇 고도의 이런 쇠퇴는 멀리는 카오룽-칸톤 철도(九廣鐵路, Kowloon-Canton Railway)의 등장으로까지 거슬러 올라가며, 가까이는 1970년대 초 주거지를 만들기 위해 사틴에서 진행된 대규모 간척 사업, 그리고 라이언 락 터널 개통과 관련이 있다. 사틴 지역 전체의 교통 체계를 정비하면서 우카이사, 타이수이항, 시우릭윈, 찹와이콘 등 작은 마을들도 면모를 일신하고 사틴의 중심지로 발돋움했다. 그리고 이때를 시작으로 싱문강 나루터의 옛 생활 풍경과 경제 활동이 자취를 감추게 된다.

요즘 등산객들은 남북을 구불구불 돌아 올라가는 방식을 가장 좋아한다. 특히나 휴일이면 더 그렇다. 사틴아우는 치사 고도가 지나가는 것은 물론 라이언 락과 마온산 교외공원의 경계점이 되는 곳이면서, 맥리호스 트레일과 윌슨 트레일이 교차하기도 하는, 그야말로 홍콩 트레킹의 첫 관문이다.

맥리호스 첫 번째 코스와 일치하는 라이언 락 능선은 종주하기에도 아주 좋은 산길이다. 길 양쪽에 자리한 숲은 산세의 기복을 따라 똑똑히 모습을 드러낸다. 산세가 험준한 남쪽은 나무가 듬성듬성한 숲이 여기저기 뒤섞여 있다. 치완산 기슭에서 사틴아우로 걸어 올라가는 길에는 숲이 듬성듬성한 대신 오래전 이식된 외래 수종이 이곳 풍경의 일부로 완전히 자리를 잡았다. 로포스테몬, 상아화(Erythrina speciosa), 상사나무 등도 이제 이곳을 고향으로 삼은 듯 대엽용(Ficus hispida), 쥐똥나무(Ligustrum sinense), 유동(Macaranga tanarius) 등 홍콩 토착 수종 사이사이에 뒤섞여 자라고 있다.

북쪽은 지세가 눈에 띄게 완만하고, 숲은 녹음이 울창하다. 산기슭에서 산꼭대기까지 하나하나 관찰하면서 가다 보면 홍콩을 대표하는 식물들은 웬만하면 다 보고 기록할 수 있고, 유난히 우세한 식물은 딱히 보이지 않는다. 대두차는 얼마 안 되는 예외에 속하는데, 멀리 시선을 던져보면 몸통이 얼룩덜룩한 적갈색의 대두차 나무들이 숲 전역에서 주를 이루고 있는 모습이 보인다.

능선 위에서 흔히 볼 수 있는 도금양도 얘기해볼 만하다. 어느 해 초가을, 교외공원을 따라 위로 올라갔는데, 가는 길 내내 모래 성분이 뚜렷하게 드러나는 흙 계단을 밟았다. 얼마 지나지 않아 아주머니 두세 분을 만났다. 함께 산에 오르며 열매를 따 먹는 모습을 보니 나도 따라 해보고 싶어졌다. 작은 손가락 한 마디밖에 안 되지만 살짝 단맛이 배어 있어서 산행하다가 허기질 때 먹으면 좋은 열매가 바로 도금양 과육이다.

키 작은 관목이 많은 홍콩의 산꼭대기에는 도금양이 많다. 홍콩의 작은 섬에 들어가면 섬의 크기와는 상관없이 대부분 산간지대에서 이 녀석을 볼 수 있다. 홍콩을 대표하는 식물을 하나 꼽으라고 한다면 말할 필요도 없이 가장 적합한 후보에 들 녀석이기도 하다. 홍콩 산지의 도금양을 보면 라이언 락이 단순한 랜드 마크 정도가 아니라 외래종이든 토착종이든 구분 없이 모든 홍콩 식물이 다 함께 모여 있는, 홍콩 식물 생태계를 대표하는 산꼭대기라는 걸 알 수 있다. 이는 지리적 중심지에 자리한 덕분에 누리는 혜택이기도 할 것이다.

라이언 락은 임야가 잘 보존되어 있다. 최근에는 짧은꼬리원숭이(Macaca)의 활동 범위가 싱문 저수지에서 여기까지 넓어져 남과 북 산꼭대기 어디고 나타나지 않는 곳이 없다. 한번은 치사 고도를 가다가 10여 마리와 마주쳤는데, 녀석들이 나는 거들떠보지도 않고 자기들 멋대로 정신없이 뛰어다녔다. 맞은편에서 사람들이 무리 지어 와도 두려운 기색이라고는 조금도 없이 사방을 돌아다니는 모습이 꼭 몽콕(旺角, Mong Kok, 홍콩의 최대 번화가) 길거리의 여행객들 같았다. 짧은꼬리원숭이는 원래 홍콩 본토 포유류는 아니고, 듣기로는 마전자(Strychnos nuxvomica)의 과도한 생장을 억제할 요량으로 들여왔다고 한다. 요즘 들어 녀석들이 늘어난 이유는 결코 산길이 넓어서가 아니라 등산객들이 먹이를 주기 때문일 것이다.

홍콩 산간지대의 또 다른 매력은 넓고 탁 트여 있으면서도 오르기가 편하다는 점이다. 산에 자주 오르는 사람들은 물론 산길에 익숙하지 않은

짧은꼬리원숭이 (2012년)

라이언 락의 짧은꼬리원숭이는 사람을 무서워하는 법이 없다.

사람들도 오르기가 아주 좋은 산길이 적잖다. 라이언 락은 도심지 가까이에 있다 보니 자연을 쉽게 접할 수 있는 좋은 장소이기도 하다. 언젠가 이곳에서 여러 지인을 만났는데, 다들 아무것도 모르고 끌려온 친구들을 데리고 산을 오르고 있었다.

라이언 락은 지리적으로 험하면서도 중요한 곳에 자리하고 있는 데다가 산허리 부분에는 아직도 군사 유적이 남아 있다. 푯돌과 토치카(tochka)를 포함한 이 잔해들은 아마도 제2차 세계대전 때 남겨진 것으로 보인다. 종주하다 보면 중간에 쉽게 이런 유적들과 마주칠 수 있다.

산 전체가 워낙 유명하다 보니 한동안 산 도적들이 출몰하기도 했다는 우스갯소리도 있다. 사스(SARS)가 지나간 뒤 등산객들이 늘어나면서 좀도둑들이 극성을 부린 것이다. 하지만 큰돈을 들고 산을 찾는 이가 얼마나 되겠는가? 아눈한 도둑들이나 범행 대상 하나 찾자고 산에 오르는 수고를 마다치 않겠지. 요즘 들어서는 한때 극성을 부렸다는 좀도둑 소식도 거의 들리지 않는다.

종주하는 사람들이라고 해서 다 홍콩의 랜드 마크에 올라서고 싶다는 일념으로 라이언 락 최정상을 오르는 모험을 하지는 않는다. 북쪽의 망부석에서 돌아가는 사람들도 많다. 이 망부석은 거대한 화강암 몇 개가 수백만 년 동안 풍화를 거쳐 기이하게 겹겹이 쌓인 것으로, 짙푸른 숲에서 거대하게 뽑혀 나온 형상이다. 1950년대에만 해도 그 주위는 민둥산이나 마찬가지였고, 보이는 거라곤 홀로 떨어진 잡석뿐이었단다. 오늘날의 이 울창한 녹음은 조림 사업의 결과물이자 오랫동안 삼림을 보호하고 유지한 결과인 것이다.

이 풍경을 눈에 담기에 가장 안성맞춤인 곳이 바로 종주하다가 중간에 마주치게 되는 탁 트인 장소다. 남편을 기다리는 여인의 뒷모습을 멀리서 바라보기에 이만한 곳이 없다. 언뜻 보면 대만의 유명 조각가였던 주밍(朱銘)의 작품을 닮은 것 같기도 하다. 아니지, 이렇게 말하는 게 더 맞는지도 모르겠다. 먼 옛날 대자연이 빚어낸 작품을 나중에 어느 현명한 예술가가 알아보고 그 정수를 작품에 담아냈다고 말이다.

홀로 외롭게 서 있는 이 바위의 존재를 가장 잘 설명해주는 건 조산운동(造山運動)이 아니라, 이러니저러니 해도 결국은 전설이다. 망부석에 가까워질수록 자연의 신비를 우러러보는 마음과 함께 경외심이 솟아난다.

전설이야말로 망부석의 존재를 설명해주는 가장 완벽한 설명문이다.

망부석에 가까이 가면 남편이 오길 기다리는 듯한 그 그림자는 보이지 않고, 아랫녘의 풍경만 내려다 보인다.

망부석에서 잠시 쉬고 있는 나비 델리아스 파시토에(Delias pasithoe). 이 녀석도 누군가를 기다리고 있는 걸까?

가까이 서면 오히려 남편을 기다리는 그 모습은 눈에 잘 들어오지 않지만 그 대신 터널 톨게이트가 멀리 내려다보이고, 이미 사라져버린 아래쪽 고도와 함께 사틴 일대의 급격한 변화가 눈에 들어온다. 정상에 오르면 또 다른 생명의 경이가 펼쳐진다.

맥리호스 트레일 중간에 자리한 갈림길에 가파르게 위로 올라가는 계단이 있다. 라이언 락의 최정상은 서쪽에 있는데, "위험한 지역이므로 출입을 금합니다"라고 쓰인 경고 표지를 지나면 사자 꼬리 부분에 해당하는 봉우리에 도달한다. 남쪽 일대는 온통 깎아지른 듯한 험준한 산세여서 이쯤 오면 등산객들의 공포심이 최고조에 이른다.

여기서 바로 좁은 흙길이 완만한 곡선을 그리며 사자의 머리 부분으로

라이언 락에서
세상을 내려다보는 순간
시원한 바람이 천천히 불어왔다.

라이언 락에서 발견한 거대 바위. 뒤에 그려진 대만 국기가 재미있다.

이어진다. 길 양쪽은 허공에 걸려 있고, 좌우를 둘러봐도 사람이라고는 보이지 않아 마치 천국으로 이어지는 길 같다. 한 길 낭떠러지에 가까이 선 탓에 난간을 잡고 서 있어도 심장은 두근두근 뜀박질을 그치지 않는다. 마음을 가라앉히고 사자 머리 쪽을 바라보면 푸른 초목과 세월에 서서히 침식당하고 있는 거대한 암석들이 눈에 들어온다. 또 하나의 황량한 풍경이다.

사자 머리가 가까워지면 노쇠한 몸으로 인간 세상을 느릿느릿 굽어보는 사자의 모습만이 눈에 들어온다. 그럴 때면 늘 이 사자가 고개를 살짝

거대 암석들이 가득 쌓여 있는 라이언 락 정상

돌린 채 깊은 생각에 빠진 것만 같은 착각에 빠지곤 한다. 이렇게 카오룽의 전경을 다 둘러보고 나면 이곳에 온 가장 큰 목적을 다 이룬 것 같은 기분이 든다. 거기엔 정상을 밟은 기쁨만 있는 게 아니다. 그곳은 홍콩을 바라보는 하나의 층계이기도 하니까. 힘겨운 세월을 버텨낸 끝에 현재와 미래의 숨결로 가득 찬 세상 앞에 선 듯한 기분이랄까.

최근 도시 오염도가 심각해지면서 파란 하늘을 보기가 어려워졌다. 도심 길거리에 드리운 미세먼지는 점점 더 짙어지고 있고, 시야도 점점 더

잡히지 않는다. 그런데 요즘 같은 때에도 운이 좋으면 이곳에선 아랫녘의 풍경을 똑똑히 내려다볼 수 있다. 한창 공사 중인 옛 공항 비행기 활주로라든지 차량 행렬이 끝없이 이어지는 웡타이신의 룽쳉 로드가 다 내려다보인다. 그리고 홍콩에서 가장 먼저 세워진 초이훙 공공아파트 단지(彩虹

고개를 살짝 돌린 채
뭔가 골똘히
생각에 빠져 있는 듯한
바위 사자

邨)와 침착하게 돌아나가는 라이언 락 터널도 눈에 들어온다. 저 아랫녘의 홍콩은 그렇게 계속 활기차게 움직이고 있다.

그보다 더 먼 곳은 보기 쉽지 않다. 오래전 환하게 눈을 밝혀주던 밝고 깨끗한 하늘은 이미 멀리 사라져버렸다. 여기서 다시금 100여 년 전의 고도를, 사틴의 농부가 산 넘고 고개 건너 아랫동네로 내려가던 풍경을 상상해본다. 그렇다고 그리움에 눈물을 쏟거나 하지는 않지만 그래도 안타까운 마음이 드는 건 어쩔 수 없다.

하지만 지나간 시대는 절대 돌아오지 않는 법. 라이언 락 위에서 이 어지러운 세상을 내려보다가, 라이언 락 아래로 내려오면 다시 인간 세상에서 살아갈 뿐이다. 조금 더 현실적으로 말하자면, 눈을 감은 채 서서히 불어오는 시원한 바람이 실어다 주는 선선한 기운을 느끼며 그 순간 맑고 또렷하게 깨어나는 행복을 즐겨보는 건 어떨까? 그리고 내일부터 뭐가 뭔지 갈피를 잡을 수 없는 나날을 위해 또다시 열심히 일하며 살아가는 것이다.

(2012년 3월)

니들 힐에서
그래스 힐까지

가파른 산세를
가소로이 내려다보며

(노선) 싱문 저수지 → 니들 힐 → 그래스 힐 → 윈콩아우 → 타이포카우, 약 3시간 30분

(교통) 췬완 시우워 거리(兆和街, Shiu Wo Street) 종점에서 82번 녹색 미니버스를 타고, 종점인 싱문 저수지에서 내린다.

난이도 ★★

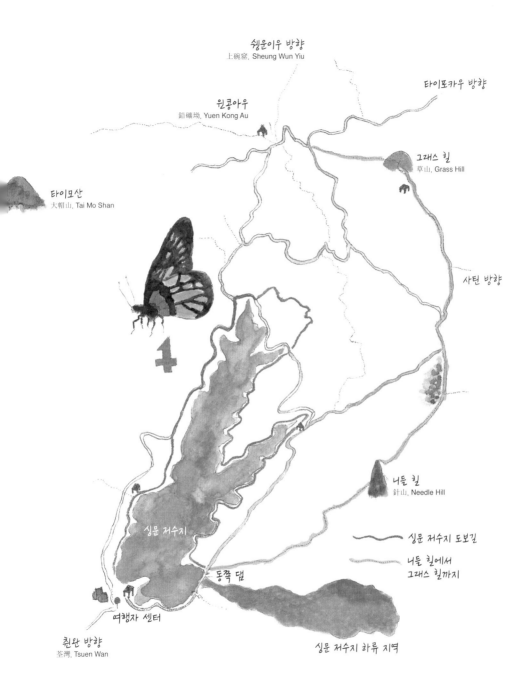

쉥윤이우 방향
上碗窰, Sheung Wun Yiu

타이포카우 방향

윈콩아우
鉛礦坳, Yuen Kong Au

그래스 힐
草山, Grass Hill

타이모산
大帽山, Tai Mo Shan

사틴 방향

니들 힐
針山, Needle Hill

싱문 저수지

싱문 저수지 도보길

니들 힐에서
그래스 힐까지

동쪽 댐

여행자 센터

췬완 방향
荃灣, Tsuen Wan

싱문 저수지 하류 지역

189

홍콩에는 뾰족하게 솟은 산봉우리로 유명한 산이 많다. 샤프 피크와 니들 힐은 그중에서도 홀로 외로이 서 있는 산봉우리들이다.

샤프 피크는 머나먼 변경에, 작은 산언덕들이 여럿 이어지는 한쪽 끝에 고고하게 서 있다. 이와 달리 니들 힐은 높낮이가 서로 다른 다양한 산이 이어지는 곳에 높고 험한 산세로 이 모두를 가소로이 내려다보며 홍콩 산림의 핵심 지역에 우뚝 솟아 있다.

니들 힐로 가는 이들은 대부분 췬완에서 모여 미니버스를 타고 여행자 센터(싱문 저수지 서쪽 댐)에서 내려, 가로수가 늘어선 찻길을 따라간다. 그러다 보면 싱문 저수지 동쪽 댐을 지나게 된다. 그중 연이어 늘어선 산의 핵심부를 꿰뚫고 지나가는 산길이 하나 나오는데, 이 길이 바로 니들 힐로 이어지는 맥리호스 트레일 제7코스다.

이 콘크리트 길에서 '등산의 문'이 시작된다. 홍콩에서 등산이라고 하면 대부분은 그냥 트레킹을 말한다. 온 다리의 힘을 다 쏟아부어가며 올라갈 필요는 없는 트레킹 말이다. 그런데 니들 힐을 오르다 보면 그 지형과 산세 때문에 등산을 하고 있다는 생각이 든다. 엄격히 말하면 홍콩에서는 타이토얀(大刀岃, Tai To Yan)과 마온산 북쪽 산비탈 정도를 오를 때나 '등

싱문 저수지는 카오룽 시내 인구가 급증하면서 세워졌다. 그 주변에 숲이 울창하다.

산'이라는 말을 쓸 수 있다.

처음에는 좀 고생스럽게 올라가야 하는지라 해가 머리 바로 위에 걸리는 더운 날이면 더위 먹기에 십상이다. 이런 까닭에 나와 친구는 날이 좀 따뜻한 겨울날을 택해 가보기로 했다. 오늘은 구름이 많아 햇볕이 덜할 거라는 일기예보를 믿고 갔건만, 도중에 맑아지면서 날이 뜨거워질 줄 누가 알았을까. 층계를 하나하나 밟아 올라가는데 계단도 하나같이 넓게 탁 트여 그늘 하나 찾을 수 없었다.

싱문 저수지와 친완 전경

눈을 들어 보니 길 내내 짙은 녹색의 차이니스 스케일시드 세지가 이어진다. 산불이 난 뒤 가장 먼저 자라기 시작하는 이 식물은 아마 홍콩에서 쉽게 만날 수 있는 사초과 식물일 것이다. 키 낮은 수풀도 보이는데, 하얀 꽃을 남긴 채 무성하게 자란 대두차. 이어지는 식물은 전부 외래종으로, 잎이 커다란 상사나무 한 그루가 눈길을 끌며 서 있는가 하면, 습지 솔잎이 커다란 이파리를 무심하게 드리운 채 흔들리고 있다.

고생스럽게 능선을 여러 번 넘고 나서야, 니들 힐은 멀리서 홀로 외로이 우뚝 서서 자태를 드러낸다. 마음이 약한 사람들은 이즈음이 되면 맥이 풀려 불평을 쏟아낸다. 아직도 한참이나 남았는데, 저렇게 가소롭다는 듯 우뚝 서 있으니 말이다. 지금까지 올라온 건 그냥 준비운동이었을 뿐, 본격적인 게임은 이제부터다. 하지만 가도 가도 멀어 보이는 착각 때문에 니들 힐은 더욱 매혹적으로 다가온다. 대만의 여러 산에서도 경험해보지 못한, 높은 산이나 불러일으키는 느낌이었다.

싱문 저수지 동쪽 댐을 지나면
이제 기나긴 등산이 시작된다.

니들 힐로 향하는 길 내내 널찍한 돌층계가 이어진다.

　　니들 힐의 원래 이름은 커자어로 침산(尖山, Tsim Shan)이다. 커자어의 '침'이 광둥어로는 '찜'인데, 이 '찜'이 광둥어의 '짬(針, Cham)'과 발음이 비슷해서 '짬산(針山, Cham Shan)'이라는 이름이 생겼다. 해발 500미터 정도밖에 되지 않기 때문에 다른 유명한 산들과 비교해도 그다지 높고 거대하지는 않다. 그렇지만 주변에 함께 나란히 서 있는 산꼭대기가 없는 데다가 갈걍갈걍하면서도 고고하게 서 있다 보니 유난히 도드라져 보인다. 사틴과 췬완 양 지역을 나누는 경계 지점이 되기도 하는 산이다.

　　늦겨울을 선택해 왔는데도 뜻밖에 작열하는 태양을 만나 운명이려니 생각하고 버틸 수밖에 없었다. 하지만 햇볕이 내리쬐는 겨울날도 좋은 점이 있었다. 가는 길 내내 어여쁜 나비 델리아스 파시토에 여러 마리가 활기 넘치면서도 부드러운 날갯짓으로 낮게 날며 가쁜하게 우리 곁으로 다가와 이른 봄소식을 전해주었으니 말이다. 녀석들이 날갯짓을 멈추자 어깨에 달린 황금색과 주황색 날개가 조용히 제 모습을 드러냈다. 제아무리 값비싼 수채물감으로도 만들어낼 수 없는 우아하고 화려한, 찬란한 아름다움과 함께.

빛깔이 이런 데다가 날아다니는 마릿수도 많았던 까닭에 녀석들이 날갯짓을 멈추는 지점에 무의식적으로 주의를 기울이게 되었다. 한동안은 녀석들이 모두 대두차 주변을 날아다니기에 풀을 뜯어 먹는 줄로만 알았다. 대두차로 말할 것 같으면, 홍콩의 산꼭대기와 산허리 어디서든 흔히 자라는 우세 식물로, 바람이 많은 능선 부근이나 숲이 드문 곳에서도 대부분 쉽게 그림자를 찾아낼 수 있다. 산비탈 쪽에도 대두차가 피운 하얀 꽃들이 점점이 피어 있었다. 홍콩에서 녹음이 우거진 숲 언저리 아무 곳이든 찾아 주의 깊게 살펴보면 적갈색을 띤 대두차의 몸체가 쉽게 모습을 드러낸다.

나비들은 니들 힐에서 1년에 한 번 열리는 성대한 축제를 열고 있었다. 한쪽에선 교미하는 녀석들이 있는가 하면, 또 다른 한쪽에선 슬로댄스 파티가 한창이었는데, 꼭 두 사람이 함께 음악에 맞춰 출 춤을 짜고 있는 듯했다. 하지만 대다수는 홀로 이 나무 저 나무를 날아다니며, 이 나무에 멈췄다가 또 저 나무에 멈추기를 반복했다. 마치 거리에서 쇼핑을 하는 듯, 어디에 알을 낳아야 좋을지 고민에 고민을 거듭하는 듯했다.

하마터면 녀석들을 놓칠 뻔했다가 다시 제대로 보던 중, 녀석들이 대부분 삼림 가장자리에 가까운 곳, 그러니까 덤불이 가장 쉽게 자라나는 곳을 배회하고 있다는 사실을 갑자기 깨달았다. 햇빛을 받는 이파리 부분이 반짝반짝 빛나는 기생등(Dendrotrophe varians)은 부근에서 자라는 각종 식물 옆을 가뿐하게 휘감아 올라가는 성질이 있는데, 지금이 바로 꽃을 피우

겨울이 되면 활동을 시작하는 델리아스 파시토에

는 시기로, 산길 옆 어디서든 볼 수 있다. 그러니 나비들도 이를 분명히 감지했으리라.

그러니까 기생등이야말로 녀석들의 진짜 목표였던 셈이다. 기생등이 나비 유충의 먹이니까 말이다. 옆에 있는 대두차 꽃은 꿀을 빨아 먹을 수 있는 식물일 뿐이고. 나비들은 이런 조건을 갖춘 곳을 많이 찾아다니는데, 겨울에 제일 먼저 나와 활동을 시작하는 녀석이 바로 델리아스 파시토에다. 전략적으로 이 시기를 택해 대량 번식을 꾀하는 것이다. 봄이 되면 각종 곤충류가 다 나와 치열한 경쟁을 벌이니 이를 피하기 위한 게 첫째 이유고, 유충들이 부화하는 시기가 마침 여린 잎들이 자라나는 시기와 맞물리기 때문이기도 하다. 시기가 좀 더 지난 뒤 이곳을 찾아와 기생등의 잎

뒷면을 살펴보면 아마 적잖이 많은 황색 알들이 질서정연하게 배열되어 있거나 검은 유충이 꿈틀꿈틀 기어 다니고 있을 것이다.

대만에서는 이 나비를 '붉은어깨나비'라고 부르기도 한다. 재미있게도 대만에는 기생등이 없는 까닭에 녀석들이 더 다양한 식성을 자랑하는데, 상기생(Taxillus chinensis)속에 속하는 식물들이 주로 먹이가 된다. 상기생으로 만든 음료를 좋아하는 광둥 사람들도 상기생과 겨울에 자주 눈에 띄는 나비들 사이에 이런 엎치락뒤치락한 관계가 있다는 건 모를 것이다.

나 역시 평상시에 볼 때는 딱히 신기하다는 생각을 하지 못하다가, 홍콩 산길에서 오르락내리락 날아다니는 수백 마리를 보고 나서야 신기하다는 생각이 들었으니 말이다. 상기생이 녹음이 한껏 드리운 커다란 나무의 마른 나뭇가지 위에 걸려 있는 모습을 떠올리니, 뭐라 설명할 수 없는 친근함까지 느껴졌다.

니들 힐이 보이지만
가야 할 길은 아직도 멀기만 하다.

니들 힐 정상
토지국(Lands Department)이 세워둔
삼각관측소

산에 오르면서 가장 즐거울 때가 바로 이렇게 뭔가를 깨닫게 되는 순간이다. 오늘은 델리아스 파시토에가 이 아름다운 겨울날 내게 깨달음을 전해준 셈이다. 홍콩에서 산에 오를 때마다 꼭 두세 번은 이런 뜻밖의 수확을 올리곤 한다. 그러다 보면 자연스레 이 재미에 빠져 피곤함도 싹 잊으니, 인생에서 가장 뛰어난 스승을 만난 듯한 기분마저 든다.

산을 오르려면 힘이 들게 마련이다. 하지만 오르다 보면 기가 막힌 시야가 눈에 들어온다. 니들 힐도 등산객들에게 이렇게 보답한다. 짙푸른 풍광을 드러내는 사틴 바깥쪽의 토로 항구는 평상시에도 자주 내려다보이니 더 말할 필요도 없지만, 다른 한쪽의 타이모산은 그래도 몇 줄 적어볼 만하다. 완만한 모양으로 부드럽게 이어지는 이 홍콩의 최고봉은 동쪽 산기슭의 울창한 면모를 드러내며, 비취를 닮은 싱문 저수지를 보호하고 있다. 하지만 이곳의 옛 원시림 풍경이 이렇지는 않았다. 200~300년 전 이곳에 살던 사람들은 개간을 하고 논밭을 일구었으며, 나무들도 베어버렸다. 그러다가 나중에 홍콩 정부가 이곳에 싱문 저수지를 세우고, 저수지 주변에서 적극적으로 조림 사업을 벌이고 나서야 지금의 숲 경관이 만들어졌다. 그런데 이 수풀을 잘 살펴보면, 단정한 머리칼을 빗질해놓은 듯 딱 한 가지 모습을 하고 있다. 다양한 숲의 색채를 찾기는 어려운 곳이다.

동쪽 숲은 맑고 깨끗한 녹음이 우거진 모습이지만, 타이모산 서쪽은 이와 달리 벌거숭이에 온통 검붉은색이다. 예전에 멀리서 이곳을 바라보다 보니, 계단식 밭의 흔적이 점점이 보였다. 아마도 100년 전 차밭이었던 곳이리라.

하늘에 구름 한 점 보이지 않는 날씨 속에 홍콩 시가지와 교외의 산 그리고 나까지 모두가 강렬한 자외선에 노출되었다. 그런데 이상하게도 타

성공적인 조림 사업의 모범 사례로 칭송받는 싱문 저수지

니들 힐에 오르니 마음이
단순한 만족감과 기쁨으로
가득 차올랐다.

이모산 꼭대기만 시종일관 구름과 안개로 가득했고, 오히려 가면 갈수록 더 짙어졌다. 그러니 이런 풍경을 보면 예전 타이모산에 어떻게 돌로 울타리를 친 계단식 차밭이 자리할 수 있었는지가 설명된다. 당시 차농(茶農)들은 완모차(雲霧茶)라고 불린 야생 차나무를 심었는데, 지금 멀리서 보니 왜 그런 이름을 붙였는지 고개가 끄덕여진다.

타이모산을 보며 이 산의 전통 산업에 온정신이 쏠려 있다가 다시 고개를 돌리고 앞을 향해 걸어간다. 홀쭉한 돌계단 길이다. 반듯반듯한 돌층계가 위쪽을 향해 가파르게 이어진다. 보이는 건 계속해서 높아지는 니들 힐뿐. 하늘을 뚫고 솟은 국제금융센터(International Finance Centre) 건물처럼 니들 힐은 모두를 내려다보며 고고히 서 있다. 사이쿵에 있는 샤프 피크와 견주어볼 수도 있겠지만, 산과 들로 가득한 샤프 피크와 견주면 니들 힐 상단은 도시에 서 있는 초고층 빌딩의 분위기를 풍긴다. 정상에 오르자마자 옛날 과자 몇 개를 우물거리며 보온병에 담아 온 원영(鴛鴦, 밀크티에 커피를 섞어서 만든 음료)을 몇 모금 마셨다. 그 순간, 높은 산에 올라 먼 곳을 바라보는 단순한 만족과 기쁨이 함께했다.

북쪽 그래스 힐 방향을 바라보니 거기도 초원처럼 키 작은 풀들이 수풀을 이루고 있다. 대두차나 사초류의 풀은 아니고 이대(Pseudosasa japonica)가 바다를 이루며 산꼭대기를 덮고 있다. 그 사이사이에는 또 홍콩등대진달래꽃이 희미하게 눈에 띄었다.

이대의 바다를 지나가면 서쪽 산비탈에는 홍콩등대진달래꽃 천지다. 한 줄에 몇 그루가 늘어서서 담홍색 꽃을 활짝 피우고 있다. 음력 설 전후로 피는 꽃들이 가장 좋아하는 자리, 가장 잘 자라는 자리가 바로 이런 곳이라고 알려주는 것만 같다.

그 순간, 놀라운 발견이 또 이어졌다. 숲길에 핀 웬 진홍빛 꽃이 홍콩 등대진달래꽃과 누가 더 고운지 경쟁을 펼치며 숲의 아름다움을 더하고 있었다. 산꼭대기 전체가 이 녀석의 존재로 인해 밝고 빛이 났다고 해야 할까. 이전에 본 적도 없는 꽃이라 만약 오늘 여기까지 걸어오지 않았다면, 지금 이 계절에 오지 않았다면 아마 이런 꽃이 피어 있으리라는 건 상상도 하기 힘들었을 것이다.

홍콩로즈라고 불리는 이 꽃은 '등대꽃의 왕'이라는 뜻의 또 다른 멋진 이름을 가진 주인공이기도 하다. 이 이름을 지은 사람은 분명 나와 똑같은 심정이었을 것이다. 홍콩등대진달래꽃을 먼저 보고 그 아름다움에 감탄하고 있는데, 생각지도 못하게 더 화려하고 커다란 홍콩로즈를 만났으니, 그 아름다움을 더 격찬할 수밖에 없었겠지.

홍콩로즈는 사시사철 푸른 교목이다. 이른 봄이 되면 꽃을 피우고, 다 자란 나무는 높이가 10미터 정도에 이른다. 아마 이 녀석이 왕이라 불리는 데는 이렇게 큰 키도 한몫했을 것이다. 지금 홍콩에서는 아예 보호 식물로 지정되어 있다.

그래스 힐에는 대형 교목이 없지만, 도금양은 적잖다. 봄이 돼서 꽃이 피면 아마 눈에 좀 띌 것이다. 요즘도 산자락 일대에 풀을 깔고 나무를 심고 있는 걸 보니, 과연 그래스 힐이라는 이름이 그냥 나온 게 아니다. 다만 올라오는 길 전체에 콘크리트가 깔려 있는 게 좀 그렇다. 물론 농어업자연보호서(Agriculture, Fisheries and Conservation Department)와 다른 관련 기관의 공무 차량이 올라올 때는 편리할 것이다. 그렇지만 이 길을 걸어서 올라오는 트레킹족이 느끼는 개운치 않은 기분이야 그렇다 쳐도 맥리호스 트레일이라는 아름다운 이름에 먹칠을 한 건 아닐까. 나중에 이 산에 다시 오

꽃잎이 너무나 아름다워
아예 이름에 '꽃'이란 글자가 들어간
홍콩등대진달래꽃

화려하고 거대한 홍콩로즈

면 콘크리트가 덮이지 않은 작은 길을 찾아 사틴의 울창한 숲길에서 내려가는 방법을 택해야 할지도 모르겠다.

길이 이리 단조로우니, 멋진 상상의 나래를 펼 수 있을 리가 만무하다. 다시 니들 힐로 돌아가서 홀로 거대하게 서 있는 산을 눈으로 마중해줄 수밖에 없겠다. 그래도 이 산을 건너보지 않았느냐고 나 자신을 위로하면서.

(2012년 3월)

뉴테리토리
서부 지역

마이포 자연보호구역

습지 보호의 본보기

(노선) 마이포 자연보호구역에 들어가려면 먼저 신청을 해야 한다. 매주 토요일과 일요일, 휴일에 가이드가 동행하는 일반 단체 관람을 진행하는데, 3~6시간 정도 걸린다. 입장료는 90~350HKD, 나이 제한이 있다. 인터넷으로 관련 정보를 검색하고 관람 신청도 할 수 있다.

(교통) 지하철 윈롱 역 F 또는 H 출구에서 나와 캐슬 피크 로드(青山公路, Castle Peak Road)의 윈롱 구역에 있는 '요호 타운(新時代廣場, YOHO Town)' 버스 정류장까지 걸어간다. 이 정류장에서 카오롱 76K 버스를 타고 마이포에서 내린 뒤, 탐콘차우 로드(担竿洲路, Tam Kon Chau Road)를 따라 20여 분 걸어가면, 마이포 방문객 센터에 도착한다.

난이도 ★

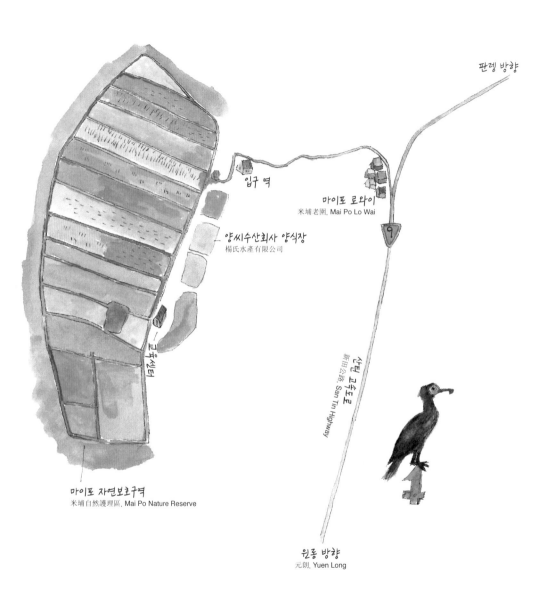

판령 방향

입구 역

마이포 로와이
米埔老圍, Mai Po Lo Wai

양씨수산회사 양식장
楊氏水産有限公司

교각선터

마이포 자연보호구역
米埔自然護理區, Mai Po Nature Reserve

산틴 고속도로
新田公路, San Tin Highway

원롱 방향
元朗, Yuen Long

한 30년 전, 타이베이 관두(關渡)에서 조류 관찰에 매달릴 당시, 마이포는 내가 가장 동경하던 습지 보호의 본보기였다. 언젠가 타이베이에도 마이포 같은 넓은 습지 보호 환경이 마련되기를 늘 바라마지 않았다. 그러다가 홍콩에 올 일이 생겨서 짬을 내 마이포를 찾아왔는데, 아뿔싸 사전에 신청하지 않으면 입장할 수 없다는 걸 어찌 알았겠는가. 어쩔 수 없이 주변 양어장이나 돌아다니다가 풀이 죽은 채 돌아와야 했다.

그러다가 올해 늦겨울이 되어서야 홍콩관광청의 초대를 받아 마이포 자연보호구역에 들어갈 기회를 얻었다. 이전에 왔을 때는 보호구역 안으로 들어가보지도 못하고 마이포 로와이 주변 양어장만 관찰했지만, 그때도 대량의 물새들을 보며 놀라움을 금치 못했다. 이번에도 대규모 민물가마우지 무리가 전신주와 말라붙은 멀구슬나무(Melia azedarach) 위에 우뚝 서 있거나 날아올랐다. 그야말로 장관이었다. 녀석들이 날개를 펼치자 생동감 넘치는 야성이 드러났다. 그런 방자함과 거친 면모야말로 자연 생명의 번영을 보여주는 것 아니겠는가. 타이완 북부 습지에서는 너무도 오랫동안 보지 못한 광경이었다.

마이포 습지는 현재 세계자연기금(World Wide Fund for Nature) 홍콩 지부에서 운영하고 있고, 사무실 건물과 서비스 센터는 습지 바깥쪽 마을 앞에 있다. 여기서 1983년에 운영을 시작했고, 지금까지 오랫동안 진행한 습지 구획과 보호 활동은 아시아 각국을 한참 앞지르는 수준이다. 우리가 도착했을 때는 습지 해설사 쳉시만(張詩敏) 선생이 이미 한참 우리를 기다리고 난 뒤였다.

나지막하고 은밀한 위치에 있는 마이포 자연보호구역 교육센터는 내가 상상한 습지 공용 공간에 딱 맞아떨어졌다.

자그마한 키의 그녀는 본인 키에 맞먹는 단안 망원경을 메고 있었고, 윗도리 주머니에는 홍콩에서 새를 관찰하는 사람이라면 반드시 갖고 다니는 책, 『홍콩과 중국 남부 지방의 조류(香港及華南鳥類指南)』가 꽂혀 있었다. 몇 발자국을 떼지도 않았는데 갑자기 장 선생이 전문가다운 관찰력으로 하늘을 날아가는 흰죽지수리(Aquila heliaca)를 찾아냈다. 생전 처음으로 흰죽지수리를 본 나는 놀라움을 금치 못한 채 입을 벌리고 녀석을 바라보았다.

곧 또 다른 한 마리가 나타났다. 전신주 위에 선 녀석은 방금 잡은 커다란 물고기를 갖다놓고 느긋한 식사를 즐기고 있었다. 그때 민물가마우지 한 마리가 날아와 전신주 윗부분에 섰다. 흰죽지수리와 채 2미터도 안 되는 거리에 있었건만 보고도 못 본 척, 조금도 두려워하지 않는 모습이었다. 그 순간 나는 영화 〈쥬라기 공원〉 속의 고생물학자 같은 표정을 짓고 있었다. 복제된 공룡을 보고 놀라워하면서도 기뻐 어쩔 줄 몰라 하던 그 표정 말이다.

조금 더 걸어 보호구역 대문 입구에 도착한 우리는 먼저 작은 통나무 집에서 입장 서류를 작성했다. 눈앞에는 너비 1미터 정도의 통행용 오솔길 하나뿐이었다. 이곳에서 일하는 보육사들은 자전거를 타고 이곳을 오간다고 했다. 보기에 아주 평범한 길이다 보니 이 보호구역의 명성과는 좀 안 맞아 보이기도 하지만, 눈에 띄지 않는 이런 평범함이야말로 어쩌면 이런 보호구역에 필요한 것인지도 모르겠다.

전염병 확산을 막기 위해 입구 주변 사방에 작은 물웅덩이가 마련되어 있었고, 들어가기 전에는 반드시 신발을 신고 이 물웅덩이를 밟아 소독해야 했다. 홍콩이 닭 사육을 통제하고 있다는 점에 생각이 미치고서야 왜

보호구역으로 들어가는 길은 아주 평범하다.

이렇게 엄격하게 관리하는지 이해가 되었다. 그렇게 이 물웅덩이를 밟고 나자 또 다른 세상의 문이 열렸다.

이 평범한 시골길은 곧장 소택지로 이어진다. 길 왼쪽에는 양씨수산회사에서 운영하는 물고기 양식장이, 오른쪽에는 마이포 게이와이 습지가 있다. 게이와이는 옛날식 양어장으로, 한동안 버려졌다가 현재는 세계자연기금 홍콩 지부가 보존, 운영하고 있으며, 이곳에서 홍수림과 해안에서 자라는 다양한 식물을 키운다. 아니면 아예 일부러 이 넓은 공간을 비워 다양한 물새들이 자연스럽게 서식할 수 있도록 조성한다.

민물가마우지의 서식을 돕기 위해
옛날식 양어장에 세워둔 쇠막대기를
철거하지 않고 그대로 둔 모습

　이 옛날식 양어장 주변에는 지금도 그 옛날 몰려드는 새를 막을 요량
으로 철망에 설치한 쇠막대기 여러 개가 가지런하게 서 있다. 예전에 이곳
에서 물고기를 양식한 이는 민물가마우지 무리를 아주 싫어했다고 한다.
민물가마우지와 백로과 새들이 양어장에 와서 물고기를 잡아가는 바람에
손해가 이만저만이 아니었던 탓이다. 고생스럽게 양식한 물고기들을 지키
기 위해 철망을 칠 수밖에 없었던 것이다. 그런데 그 뒤를 이어 현재 이곳
을 운영하는 사장은 이전 주인과는 생각도 많이 다르고, 상당히 우호적이
었다. 그는 민물가마우지가 바로 이 습지의 주인이니, 이 땅에서 나는 자
원을 함께 나눠야 한다고 생각했다. 사장이 바뀐 뒤로 민물가마우지는 쫓
겨나는 신세를 면했고, 쇠막대기도 철거되지 않았다.
　쇠막대기는 옛 양어장 옆에 여전히 꽂혀 있다. 용도가 뭘까? 사장은 민
물가마우지가 날아 내려와 물고기를 낚은 뒤 이곳에서 쉬어 갈 수 있게 했
다. 이렇게 새들을 아껴주는데 양식장 사업도 손해 없이 잘된다니 하느님

이 보살펴주시는가 보다.

점심때가 가까워질 무렵, 우리 앞에서 습지 해설사의 설명을 열심히 듣고 있는 홍콩 중학생 한 무리를 보았다. 대만 청소년들에게는 이런 기회가 거의 없다. 그나마 교외 학습을 나오는 학생들 태반은 망원경 보는 방법도 모르는 초등학생들인데, 아이들이 천진난만한 모습으로 관두자연공원(關渡自然公園)에 들어가는 모습을 보고 있노라면, 이런 의문이 들곤 한다. 아이들이 공원에서 뭘 보게 될까?

길옆에는 수옹, 레빈스 시지기움(Syzygium levinei), 대만 고무나무(Ficus microcarpa), 목마황(Casuarina equisetifolia), 틸리아세우스 무궁화(Hibiscus tiliaceus), 멀구슬나무, 팽나무 등이 서 있었다. 수옹과 레빈스 시지기움을 빼면 모두 대만에서도 흔히 볼 수 있는 식물들이다. 길 곳곳에 안내판이 세워져 있고, 가다 보니 갈림길도 나왔다. 이 갈림길은 조용히 새를 관찰할 수 있는 통나무 집으로 새 관찰자들을 이끌었고, 또 해안가로 연결되어 있기도 했다. 마이포의 남쪽 틴수이와이(天水圍, Tin Shui Wai)에 있는 습지 공원은 관광 공원에 가깝지만, 마이포 자연호보구역은 관람 인원을 제한하고 있다. 오늘 이 광활한 보호구역 안에 들어와 있는 사람들은 중학생 한 그룹과 우리뿐이었고, 그 밖에 여행객은 딱히 보이지 않았다. 어쩌다가 자전거를 타고 지나가는 이곳 직원들 한두 명이 있을 뿐이었다.

게이와이에 따라 몰려드는 새들도 다 달랐다. 민물가마우지는 소택지 안팎을 계속해서 오갔지만, 대다수 물새는 얕은 물가 모래사장에 모여 있었다. 하얀 몸에 검은 반점이 난 대형 호반새와 뿔호반새(Ceryle rudis)를 이곳에서 한번 만나보았으면 하는 마음이 간절했다. 녀석들이 날개를 곧추펴고 하늘로 날아올라 물속의 사냥감을 멀리서 바라보는 모습, 아니면 하늘에서 급강하해 물속으로 날아 들어갔다가 먹이를 입에 물고 다시 날아 오르는 모습을 보고 싶었다. 녀석들이 대만에서는 한 번도 보지 못한, 멀리 진먼(金門)까지 가서도 보지 못한 희귀 조류였던 까닭이다. 그나마 마이포가 이 녀석들과 만날 가능성이 가장 높은 곳이 아닐까 싶었지만, 늪과 호수, 물가 풍경이 너무나 아름답게 펼쳐져 있는지라 그곳에 어떤 새가 나타나도 보는 맛이 있어서 어떻게든 대형 호반새와 뿔호반새를 보고야 말겠다는 생각은 더는 하지 않게 되었다.

얕은 물가에 모여 시끄럽게 지저귀던 다른 물새들이 다시 내 주의를 끌었다. 하늘로 날아오르는 민물가마우지 떼는 자유분방하게 내달리는 아

정리된 게이와이 풍경

땅 고르기 작업 중인
다른 게이와이

이 평범하기 그지없는 창고가
바로 새를 관찰하는 공간이다.

프리카 영양 떼를 연상시켰고, 바삐 움직이는 다른 물새들은 길거리에 흘러넘치는 바쁜 직장인들 같았다. 관두자연공원 소택지에는 없는 게 이곳엔 가득했다. 바로 열기였다. 관두자연공원 주변은 완충지가 부족한 데다가 넓은 자전거도로가 소택지 전체와 지룽강(基隆河) 홍수림 사이를 단절시키면서 내륙 소택지로 진입하려는 물새 떼를 심각하게 막아서고 있는 실정이다.

좋아서 입을 못 다물고 있는 내게 해설사가 말했다.

"겨울이 돼서 철새들이 남쪽으로 이동하는 시기가 가장 바쁠 때지요."

나뭇가지마다 한가득 올라서 있는
민물가마우지가 장관을 연출하고 있다

"홍콩국제공항처럼 말인가요?"

농담을 던졌건만 그녀는 진지하게 고개를 끄덕일 뿐이었다.

새를 관찰할 수 있는 작은 집으로 들어가 멀리 바라다보니, 앞쪽 얕은 물가에 또 다른 물새 떼가 나타나 먹이를 찾느라 성황이었다. 그 뒤쪽은 열기가 더 뜨거워서 민물가마우지 수백 마리가 쭉 늘어선 마른 나무 위에 서 있었다. 거기서 더 뒤로 가면 번영과 발전의 풍경이 펼쳐진다. 저 멀리 선전의 고층 빌딩들이 거대한 산처럼 우뚝 솟아 있었다. 30년 전만 해도 이곳에서 바라보면 보이는 건 푸른 산과 벌판뿐이었는데 말이다. 이렇듯 강렬하게 대비되는 도시와 자연 풍경을 바라보며 이 보호구역이 있어서 다행이라는 안도감이 들었지만 도시 문명의 발전이 두려워지기도 했다.

선전에서도 푸톈(福田) 습지보호구역 조성을 계획하고 있다고 하고, 면적은 마이포보다도 훨씬 더 넓을 것이라고 한다. 이렇게 되면 주강삼각주 (珠江三角洲) 전체에 앞으로 네 곳의 습지보호구역이 들어서게 된다. 중국이 해안 환경보호를 위한 한 걸음을 내딛게 되는 셈이다. 앞으로 이런 습지들이 모두 주강 하구의 환경을 보호하는 역할을 잘 해내리라는 기대감에 가슴이 부풀어 올랐다.

보호센터에 다다랐을 때, 흑색형 긴꼬리때까치(Lanius schach) 한 마리가 나타났다. 해설사가 홍콩에 새를 관찰하러 왔던 한 일본인 이야기를 꺼냈다. 긴꼬리때까치의 검은색이 변한다는 걸 들어서 알고 있던 그 일본인은 검은색 조류만 나타났다 하면 좋아서 어쩔 줄 몰라 하더란다. 해설사의 설명이 조금도 과장이 아닌 게 일본에는 검은바람까마귀(Dicrurus macrocercus Vieillot)가 없다. 홍콩에서도 쉽게 보기 어렵다. 쇠백로(Egretta garzetta)와 왜가리(Ardea cinerea)는 어디서나 볼 수 있을 정도로 흔하다. 하지만 아쉽게도 뿔호반새는 여전히 보이지 않았고, 호반새의 흔한 지저귐 소리조차 들려오지 않았다.

보호센터는 빼곡하게 들어선 녹색식물에 둘러싸인 작은 공간으로, 식물들 사이에 조용히 자리하고 있었고, 주변 환경과도 부딪치지 않았다. 뒤쪽에 있는 양어장에는 수많은 민물가마우지와 다른 물새들이 나뭇가지 위에 가득 앉아 있었다. 우리가 보호센터에서 나가 가까이 갔는데도 새들은 전혀 낯설어하거나 무서워하지 않았다. 인위적인 간섭을 최소화한 덕에 물새들이 주변 환경에 이미 익숙해진 까닭일 것이다.

보호센터는 전체적으로 아주 소박하고 단순했으며, 주로 연구와 조사를 진행하고 있었다. 당시 책임자는 중국 출신의 원셴지(文賢繼) 교수였다. 그와 소견을 나누다가 몇 마디 하기도 전에 원 교수가 대만의 많은 조류 관찰 전문가들과 막역한 사이임을 알게 되었다. 사실 새를 관찰하는 일에는 국경의 차이도, 성향의 다름도 존재하지 않는다. 새에 관심이 있기만 하면 쉽게 친구가 된다. 그래서 나와 원 교수도 순식간에 화기애애한 대화를 이어갈 수 있었다. 원 교수는 10년 전 세계자연기금에 들어와 생태 습지 전문가를 양성하는 일을 맡은, 해박한 습지 관련 지식과 풍부한 경험을 두루 갖춘 전문가였다.

마이포의 면적은 380헥타르(3.8㎢)로 이는 관두자연공원이나 홍콩습지공원의 여섯 배에 달한다. 여기에 완충지 습지 면적은 1,500헥타르(15㎢)에 달한다. 규모만 놓고 보면 그다지 넓다고는 할 수 없을지 모르지만, 홍콩이 국제적인 대도시임을 감안하면 상당히 충실하게 운영하고 있어서 존경심이 드는 한편 부러움을 금할 수 없었다.

현재 마이포 보호구역이 맞닥뜨린 가장 큰 문제는 바로 주변 환경 오염이다. 주강삼각주에서 넘어온 진흙과 모래로 인한 습지의 육지화 현상이 아주 심각해서 끊임없이 이를 쳐내야 하는 실정이란다. 하지만 마이포는 중국의 생태 보호 전문가들이 경험과 지식을 쌓으러 오는 습지 보호의 메카이기도 하다. 40~50년 동안 다양한 경험을 축적한 곳이다 보니 실패 경험도, 성공 사례도 상대적으로 풍부해서 각지 해안에서 참고할 만한 내용이 아주 많기 때문이다. 또 마이포를 거울로 삼으면 같은 실수를 범하지 않을 수 있다는 이점도 있다.

원 교수는 나와 대화를 나누며 특별히 이런 상황을 언급해주었다. 겸손한 그는 타이베이 관두자연공원의 해설사 교육 프로그램이 아주 성공적이라고 칭찬하면서 마이포가 배워야 할 부분이라고 말했다. 하지만 전체적인 수준을 놓고 보면 타이베이가 마이포보다 낫다고 할 수 있을까? 민망함에 고개를 들 수 없었다. 상대에게 배워야 할 게 훨씬 많은 쪽은 우리가 아닐까.

되돌아가는 길에 습지 한 구역을 지나가는 작은 길로 들어섰다. 침목(枕木, 기차선로 아래쪽에 까는 목재)을 따라 구불구불 늘어선 갈대수풀이나 홍수림으로 걸어 들어가니 나무랄 데 없는 색다른 풍경이 펼쳐졌다. 모든 구역마다 각각의 주제가 있는 듯했고, 인위적인 간섭을 배제하면서도 보이지 않게 이곳을 가꾸고 정리하는 방식으로 이 습지가 최고의 상태를 유지할 수 있도록 노력하고 있음을 알 수 있었다. 다만 뿔호반새를 만나지 못해 좀 아쉬운 감이 있었다. 다시 날을 잡고 오면 새하얀 새 떼가 늪과 연못의 푸른 수풀을 스치고 지나가는 광경을 볼 기회가 있을 것이라고 기대할 수밖에. (2011년 2월)

뿔호반새(2009년 1월)

원 교수와 습지 문제에 관해 이야기를 나누며
많은 것을 알 수 있었다.

보호구역 안에 있는 침목 보도

남상와이

물이 솟아오르는 땅에 자리한
아름다운 역

(노선) 홍모 다리 역 → 산푸이강과 캄틴강 교차지 → 위만산촌 → 지하철 윈룽 역, 약 3시간

(교통) 지하철 윈룽 역에서 카오룽 76K 버스를 타고 홍모 다리에서 내린다.

난이도 ★

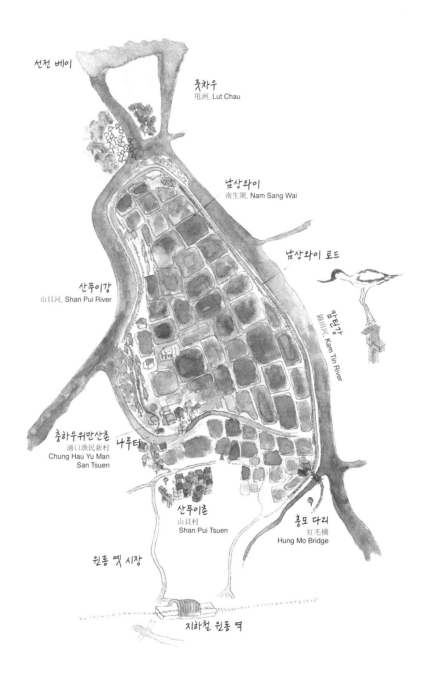

선전 베이

풋차우
甩洲, Lut Chau

남상와이
南生圍, Nam Sang Wai

남상와이 로드

산푸이강
山貝河, Shan Pui River

캄틴강
錦田河, Kam Tin River

충하우위만산촌
涌口漁民新村
Chung Hau Yu Man
San Tsuen

나루터

산푸이촌
山貝村
Shan Pui Tsuen

홍모 다리
紅毛橋
Hung Mo Bridge

원롱 옛 시장

지하철 원롱 역

223

한 4년 전쯤, 시인 야씨(也斯, 홍콩의 유명 작가 렁펑콴梁秉鈞의 필명) 선생이 작가들을 이끌고 윈룽에 놀러갔다가 나중에 산푸이촌에서 남상와이 변두리를 급히 스쳐 지나갔다. 그때 홍콩에 아직도 초원과 양어장이 자리한 광활한 지대가 있음을 알고 감탄을 금치 못했는데, 그 사이사이에 사람 사는 집이 자리하고 있어 더 놀라웠다.

윈룽에 사는 절친한 벗 양훙퉁의 어렸을 때 기억에 따르면, 당시는 남상와이의 주요 수로인 캄틴강이 아직 정리되지 않았을 때라 큰비가 쏟아져 내리면, 여러 차례에 걸쳐 흘러넘친 강물이 남상와이 주변의 양어장과 관개수로로 흘러들어 갔다고 한다. 물이 솟아오르는 이 아름다운 환경은 물새들에게는 최상의 서식처이고, 국경을 넘어왔거나 겨울을 보내러 온 새들에게는 환상적인 휴식처가 되어주었다.

캄틴강 배수로가 설치된 뒤 남상와이는 다시는 물에 잠기지 않았고, 그즈음 토지개발업자들이 등장했다. 홍콩 정부도 아무 쓸데도 없어 보이는 이 습지에 업자들이 모여 건물이나 지어 이곳이 주택 문제를 해결할 공간이 되어주길 바랐다. 그러다가 1990년대 모 재벌 건설업체가 땅을 사들일 교묘한 구실을 만들어 현지 양식업자들에게 싼값에 땅을 매입한 뒤, 호화 저택을 세울 채비를 마쳤다. 그러나 손바닥으로 하늘을 가릴 수는 없는 법. 이 사태가 폭로되자, 환경보호단체 등에서 거세게 반발했고, 이에 동조하는 시민들의 원성도 거세졌다. 멀리 타이베이에 있던 내 귀에도 종종 이 소식이 들려오곤 했을 정도였으니.

마이포, 홍콩습지공원과 접한 이곳은 지금 어떤 상황일까? 날이 좀 풀린 겨울날, 양훙통과 함께 이 강가를 따라 걸으며 자세히 살펴보기로 했다. 우리는 대형 버스를 타고 훙모 다리에서 내렸다. 내려서 보니 남상와이 로드라는 좁은 길 하나가 커다란 배수구처럼 넓고 곧게 뻗은 캄틴강과 나란히 놓여 있었다.

입구에 낡은 구멍가게 하나가 키 작은 민가들 사이에 자리하고 있는데, 분명 이곳 주민들이 사는 가옥일 것이다. 마을 맞은편에 여덟아홉 그루 정도 되는 로즈애플이 일렬로 늘어서 있었는데, 옅은 노란색 꽃이 핀 나무 중에는 열매를 맺은 녀석들도 있었다. 로즈애플은 별 인기가 없는 과수여서 시장에 나가봐도 딱히 찾는 사람도 없고, 중요한 과일로 쳐주는 사람도 거의 없다. 동네 아주머니에게 여쭤보니 이곳의 로즈애플 나무들은 수령이 적잖다고 한다. 옛날에는 동네 사람들이 먹기도 하고 따다가 시장에 가서 팔기도 했단다. 로즈애플 뒤에는 망고나무가 쭉 늘어서 있었는데, 보아하니 이 나무들이 다 옛날 이곳 마을 산업의 주인공이었던 모양이다.

입구로 들어서서 보니, 외곽 쪽 습지는 대부분 개인 사업지여서 울타리로 둘러쳐져 있었다. 지금도 새우를 양식하는 게이와이가 있기는 했지만, 대부분은 황폐해진 지 오래였다. 걷는 길 내내 자전거를 타고 지나가는 사람들을 꽤 여럿 보았다. 가벼운 옷차림을 하고 자전거를 몰며 한가롭게 오갔다. 여름에 여기서 길을 걸으면 햇볕을 가려줄 나무가 없어 딱 황

로즈애플(2003년 6월)

독일 베를린을 연상시키는
강변 숲길

량한 사막이 되고 말 텐데, 날 풀린 겨울이라 걷는 마음이 상쾌하기 그지 없었다. 중간에 구멍가게도 두세 곳 더 보았다. 차양을 치고 천막을 세워 사람들이 쉬어 갈 수 있는 공간을 마련해주고 있었다.

처음에는 강변을 따라 차와 나란히 걸어갈 수밖에 없었다. 시민들은 보통 윈롱 지하철역에서 넘어와서 크게 한 바퀴 돈다. 대략 두세 시간이면 충하우위만산촌에 도착한다. 여기서 목판선을 타고 강을 건너가서 산푸이촌에서 걸어 나간다. 적잖은 차량이 이곳으로 들어오는데, 도로가 좁아서 왔던 길로 다시 돌아갈 수밖에 없다 보니, 들어오는 차들과 나가는 차들이 스쳐 지나갈 때는 어려운 점이 많다.

길에 죽 늘어선 커다란 교목들은 모두 레드 리버 검(Eucalyptus camaldulen-sis), 상사나무 등 외래종이었는데, 멀구슬나무나 틸리아세우스 무궁화도 가끔씩 보였다. 잎은 다 떨어지고 이두운 황색의 과일만 달린 멀구슬나무가 파란 하늘을 돋보이게 해주어 더욱 아름다워 보였다. 도중에 새를 감상할 수 있는 벽이 서 있었는데, 나처럼 망원경을 가지고 와서 새를 관찰하는 사람은 많지 않았고, 대부분 디지털카메라를 손에 들고 있었다.

한참을 걸어가니 도로 옆으로 산책하기 좋은 좁고 긴 숲길이 구불구불 나 있었다. 나는 도로 위를 오가는 차량과 자전거를 피해 그쪽으로 길을 갈아탔다. 서늘하고 폭신폭신한 흙길로 들어서니 갑자기 기분이 좋아졌고, 새들이 지저귀는 소리에도 더 집중할 수 있었다.

그곳에서 직박구릿과 새와 가룰락스(Garrulax), 검은뿔찌르레기(Acrido-theres cristatellus)의 다정한 지저귐 소리를 들으며 기록에 남겼다. 높고 먼 곳에서 들려오는 도욧과와 물떼샛과 철새들의 청량한 울음소리와 겨울을 보내러 남쪽을 찾은 종다릿과 새의 쓸쓸한 울음소리도 기록했다. 여기저기서 끊이지 않고 들려오는 새소리는 자연이 연주하는 서로 다른 멜로디처럼 들렸고, 이따금 초원에서 들려오는 이 새소리가 내 도보 여행의 가장 멋진 반주가 되어주었다. 그 어떤 악단도 대신할 수 없는 연주로 말이다.

이렇게 행복한 시간을 보내고 있으려니 나도 모르게 2년 전 베를린 변두리 숲속에서 도보 여행을 하던 추억이 떠올랐다. 지금껏 살아오면서 도시의 평지를 가장 행복하게 걸은 기억이 남아 있는 곳이다. 배낭에 넣어 간 잡곡 빵으로 점심을 대신하며 걸었고, 걸어가는 내내 산책하며 휴식을 취하는 시민들, 숲속에서 한가롭게 책을 읽는 사람들과 마주치기도 했다.

오늘 내가 마주한 풍경도 딱 그랬다. 출발 전에는 이런 풍경을 마주하리라고는 상상도 못했는데, 홍콩에 아직도 이런 자연이 남아 있는 곳이 있을 줄이야. 유럽 도시 외곽에나 가야 이런 곳을 볼 수 있는데 말이다. 만약 여기에 숲이 더 많이 생겨 그늘진 길이 만들어지면 무더위를 피하기도 훨씬 쉬울 것이다.

얼마 못 가 캄틴강 위로 넓적부리(Anas clypeata)가 나타났다. 이 녀석이 강 위에 떠서 수영하며 졸고 있는데 그 사이로 민물가마우지와 왜가리가 이따금 지나갔다. 또 조금 지나니 아름답고 우아한 대형 물새 두세 마리가 흑과 백이 강렬하게 대비되는 날개를 펄럭이며 등장했다. 오랜만에 만나는 뒷부리장다리물떼새(Recurvirostra avosetta)였다. 물 위를 걸어 다니며 먹이를 찾아다니는 모습을 보니 물이 그다지 깊지 않음이 분명했다. 뒷부리장다리물떼새는 대만에서는 아주 희귀한 새로, 나도 본 지 한참 지난 터라 이렇게 만난 게 너무 기분이 좋아 날아갈 것 같았다. 그런데 나중에 이랬던 내 모습이 얼마나 민망했는지 모른다. 거기서 조금 더 가니 근처 양어장에 이 녀석들이 내 상상을 훨씬 웃돌 정도로 많이 모여 있었으니 말이다.

새를 보러 온 사람들의 말문을 막아버리는 뒷부리장다리물떼새들의 장관

이곳의 우세 조류인 넓적부리

양어장이 있는 곳마다 마치 화보를 보는 듯 아름다운 풍경이 펼쳐진다.

　　가장 인상 깊은 풍경은 메마른 양어장 옆 말라버린 멀구슬나무 가지 위에 거만하게 앉은 민물가마우지 수십 마리가 연출한 풍광이었다. 마치 관중들 같았다. 양어장 안은 공교롭게도 두 무리로 나뉘어 있었다. 그중 하나는 넓적부리, 장다리물떼새(Himantopus himantopus), 왜가리 등 수백 마리에 이르는 물새들로, 모두 동쪽을 바라보고 있었다. 맞은편에 자리한 나머지 하나는 똑같이 생긴 수천 마리의 뒷부리장다리물떼새 무리였다. 이 둘이 마치 서로 대치하고 있는 듯한 형국이었다.

　　여러 새가 뒤섞인 무리든 뒷부리장다리물떼새만 모인 무리든 대만에서는 이렇게 많은 새를 오랫동안 보지 못한 터였다. 예전에 홍콩습지공원에도 서너 번 갔는데, 물이 들어올 때가 되면 물새 떼가 같이 날아 들어와 서식하곤 했지만, 그때도 이렇게 열기가 넘치는 광경은 볼 수 없었다.

이곳은 물새들의 몽콕이었다. 녀석들은 마이포도 아니고 틴수이와이도 아닌 남상와이를 택했다. 재벌 건설업체가 사들이고 정부가 묵인해 거대한 건물이 세워질, 그렇게 사라질 이 습지를 말이다. 녹색 도시 베를린 외곽에서 만난 아름다운 숲의 기억을 떠올리는, 물이 용솟음치는 이 환경을 말이다. 아무런 관리를 하지 않아도 자연생태는 이렇게 생기로 충만하건만 환경의식이 드높은 요즘 같은 때에도 토지 정의를 거스르는 개발이 행해진다니 너무나 화가 나고 원망스럽기만 하다.

이렇게 양어장과 게이와이 환경에 놀라움을 금치 못하고 있는데, 친구 양홍통이 하구에 가면 더 멋진 화면이 펼쳐진다고 하는 게 아닌가. 뒤에 도대체 뭐가 있다는 거지? 의심스러운 마음으로 이런저런 추측을 해가며 다시 앞을 향하는데, 가면 갈수록 홍수림이 많아졌고, 시시때때로 이리저리 날아다니는 제비갈매기(Sterna hirundo)가 눈에 들어왔다. 곧 새로운 풍경이 나타나려나 보다 싶었다.

아니나 다를까, 산푸이강과 캄틴강이 만나는 곳에서 다시 한 번 그 자연 풍경에 할 말을 잃고 말았다. 이번에는 수천 마리는 됨직한 갈매깃과 바닷새들이 주인공이었다. 하얗고 하얀 눈꽃이 하룻밤 사이에 작은 섬 옆 강 가운데 자리한 모래사장을 덮어버린 듯했다. 그 밖에도 쇠백로, 뒷부리장다리물떼새, 장다리물떼새 등의 물새가 계속해서 날아와 그 사이사이를 수놓았다. 마이포 자연보호구역에 포함된 지역도 아닌데 모여든 새는 훨씬 더 많았다. 마이포가 자연보호구역으로 운영된지는 30~40년이 되었고, 그사이 하구는 상당히 많이 변형되었다. 아무래도 보호구역을 확대해 이 작은 섬의 모래사장이 포함되도록 재평가해야 한다는 생각이 들었다.

서로 다른 습지 환경에는 서로 다른 새 떼가 모여든다. 연달아서 자리한 양어장과 게이와이 그리고 하구의 풍경이 바로 이 점을 알려준다. 또 습지를 확대하고 다양성을 확대해야 할 필요가 있음을 보여준다. 앞에서 본 풍경이 새들의 몽콕이고 야우마테이(油麻地, Yau Ma Tei)였다면, 강과 강이 만나는 이곳은 센트럴(中環, Central)처럼 다양한 삶을 꾸리는 이들이 몰려 있는 곳이었다.

물론 새들만 이곳을 오가지는 않는다. 제방 위에는 자연을 둘러보는 사람도 적잖았다. 카메라를 들고 사진 찍기에 여념이 없는 이들도 한둘이 아니었다. 디지털카메라의 발명으로 자연풍광을 쫓아다니는 홍콩 사람들이 많아졌다. 남자들은 물론 여자들도 있었고, 원래부터 새를 쫓아다니며 감상하던 사람들이 아닌 이들도 있었다. 현대 과학기술의 발달로 자연을 통해 도시의 새로운 풍경을 경험할 수 있게 된 것이다.

두 강이 합류하는 지점을 지나자 자전거를 몰고 온 사람들이나 젊은 나들이객들이 점점 더 많아졌다. 대부분은 산푸이촌에서 강을 건너온 이들이었다. 인파는 길 중간 널따란 대초원에 가장 많이 몰려 있었고, 그 옆으로 유칼립투스 나무가 일렬로 쭉 늘어서 있었다. 오랜만에 날이 갠 까닭에 많은 시민이 가족과 함께 나들이를 나와 있었고, 학생들도 단체 나들이 중이었다. 그래도 가장 눈길을 끄는 이들은 역시나 결혼사진을 촬영하던 몇몇 예비 신랑 신부들이었다.

● 홍콩에서 가장 활기 넘치는 거리로, 거주지와 상점이 혼재되어 있으며 늘 관광객들로 붐빈다.

누구나 사진에 담고 싶어 하는
작은 나루터

어디가 끝인지 알 수 없는
깊고 으슥한 작은 길

홍콩에서 남상와이는 예전부터 촬영 명소로 유명했다. 수많은 TV 프로그램과 영화도 이곳에서 탄생했다. 그러니 결혼을 앞둔 예비부부가 이곳을 배경으로 결혼사진을 찍는 이유가 이해가 갔다. 이렇듯 남상와이는 소시민들에게 삶의 중요한 순간이 담긴 곳이자 아름다운 공공의 공간이다. 돈으로 대체할 수 있는 곳이 아니다. 평범한 사람들의 소중한 기억이 흔적도 없이 사라진다면 과연 누가 책임을 져야 할까?

대초원 가장자리에는 각양각색의 식당들이 늘어서 있었다. 배 위에 떠 있는 식당이 있는가 하면 손님이 물고기를 직접 낚는 식당도 있고, 먹고 마시며 즐겁게 놀 수 있는 곳들도 있었다. 오래전에 이곳에 자리 잡은 작고 오래된 간이식당들과 견주면 규모도 크고 종류도 다양하니, 평상시에도 이곳을 찾는 나들이객들이 적지 않다는 뜻이리라.

산푸이강도 캄틴강과 마찬가지로 배수 공사를 거쳐 배수로가 마련된 뒤 상당 면적의 양어장이 황폐해졌다. 지금도 여러 곳이 서서히 말라가고 있고, 기니 수수(Panicum maximum)가 높게 자라 초원이 되어가고 있다. 커다란 교목들이 그 사이사이 듬성듬성 선 채로 우산 모양의 수관을 간신히 드러내고 있는데, 짙은 황색인 나무도 있고 옅은 녹색을 띠는 나무도 있고 다 다르다. 이런 겨울날의 풍경은 얼핏 아프리카 초원을 연상시킨다. 양어장 한두 곳에 오래전에 버려진 채 황량하게 남아 있는 몇몇 낡은 집들이 아니었다면, 여기가 어디인지 알아채기도 어려웠을 것이다. 둑에서 가까운 이 적막한 민가들은 여행객들이 아름다운 풍경을 감상하며 과거를 회상하고 그리워하는 명소로 변신하기도 했다.

휴일이 되면 많은 인파가 몰려드는
위만산촌 나루터

강 위로 1950년대 홍콩 어촌의 풍경이
펼쳐진다.

지도를 보니 제방을 따라 나란히 놓인 남상와이 로드 말고도 양어장과 게이와이 사이를 교차하는 수많은 오솔길과 흙길이 연결되어 있었다. 많은 자전거족이 자전거를 몰고 이곳 탐험에 나선다. 여기를 도보 여행길로 구획해서 간단하게 동선을 정리해주면 자전거 주행과 도보가 모두 가능한 넓고 평탄한 공원이 될 테고, 도시 사람들이 누릴 수 있는 휴식의 질도 한층 더 올라갈 게 분명하다.

남상와이에 호화 저택을 짓고 골프장을 열면 습지를 파괴해가며 만든 평야를 돈 있는 사람들만 누리고 살겠지만, 만약 이 땅을 일반 시민들의 자연공원으로 만들면 홍콩 전체의 가치가 올라갈 것이다. 더불어 습지 보호는 물론 생태 여행의 가치도 상대적으로 풍부해질 것이다.

베를린이 그토록 매력적인 이유는 인문과 예술의 물결이 흘러넘치며 공존하는 도시일 뿐 아니라 자연환경이 만들어낸 녹색 들판에 겹겹이 눌러싸여 있기 때문이다. 이런 점이 베를린의 매력을 한층 배가한다. 홍콩은

나룻배가 서는 나루터

요금은 나루터를 지키고 계신 할머니께서 직접 받으신다.

산과 물이 층층이 연결되어 있는 데다가 하구에 자리하고 있으니 분명 아열대 녹색 도시의 지표가 될 수 있을 것이다.

둑을 따라 놓인 도로는 대초원에서 끝나고, 그 뒤로는 흙길이 죽 이어졌다. 도시 안에 자리한 삼림공원이나 마찬가지였다. 양어장을 따라 그늘진 흙길을 걸어가면 나루터에 닿는다. 위만산촌이라고 불리는 이 동네에는 물 위에 아름답게 뜬 집들이 있다. 한 화가가 이곳을 주제로 그림을 그려 코즈웨이 베이에서 전시회를 연 적도 있을 만큼 아주 인상적인 풍경이었다.

위만산촌의 낡고 작은 집들이 초원 같은 풍경 아래 군데군데 흩어진 채 강 옆에 늘어선 모습이, 영락없는 타이오(大澳, Tai O)의 축소판이었다. 다만 물길에 침전물이 쌓이고, 마을의 가옥들이 황폐해지면서 이제는 몇몇 인가만이 이곳에 남아 단순한 삶을 이어가고 있다. 나룻배를 저어 돈을 버는 집, 어떻게 생계를 잇는지 알 수 없는 집들이 남아 이 마을을 가까스로 유지하며, 느릿느릿 세월을 흘려보내는 하구 마을 인가의 풍경을 이루고 있다. 그 속에서 마을의 희로애락이 그대로 다 드러나는 것만 같아, 이 애틋한 풍광의 마지막을 잠시 다시 바라보았다.

여행객들은 모두 이곳에서 나룻배를 기다리며 줄을 선다. 요금은 한 사람당 5HKD. 휴일이면 사람이 많아 꽉 차지만 평상시에는 이보다는 조용할 것이다. 판자로 만든 배가 흔들흔들 떠간다. 나룻배 두 척이 그렇게 나루터를 향해 간다. 2~3분이면 건널 수 있는 강이지만, 옛사람들이 나룻배를 타고 호수를 건너던 풍경이 문득 떠오른다. 옛 사람이 배를 타고 강을 건너던 풍경을, 복잡다단한 인간 세상을 뒤로한 채 나룻배를 타고 강을 건너는 당시(唐詩) 한 수 속의 작고 소박한 풍경을 닮았다.

강을 건너 산푸이촌으로 향하니, 란석(卵石, 자갈)을 신으로 모시는 아주 자그마한 사당이 땅바닥에 얼굴을 드러내고 있었다. '흙탕물에서 돌 찾기 어려운 법'이라는 상징성 강한 표현이 글자 그대로 단순하게 다가왔다. 민간의 순박한 풍습을 지금도 그대로 간직한 이곳은 그다지 많은 변화를 거치지 않은 땅이다. 그런 까닭에 이 자그마한 사당이 원래 모습을 그대로 유지하고 있는 걸 테고. 남상와이가 이 모습을 지켜나가기를, 지금 이 순간의 풍경과 지나온 시절의 풍경을 이어나갈 수 있기를 바라고 또 바란다.

(2012년 3월)

강 위에 인가가 떠 있는 풍경이
언제까지 유지될 수 있을까?

사람이 직접 노를 젓는 나룻배.
요금은 1인당 5HKD

란타우섬

치마완

해변가 파도의 움직임

노선 　치마완 → 삽롱신촌 → 웅아우쿠완 → 무이워, 약 2시간 30분

교통 　센트럴 여객선 부두(中環碼頭, Central Ferry Piers)에서 여객선을 타고 쳉차우를 지나 치마완에 도착한다.

난이도 ★★

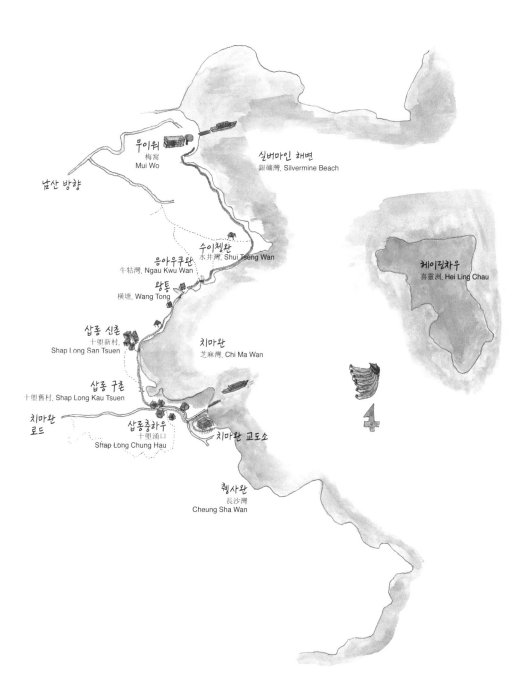

무이워
梅窩
Mui Wo

실버마인 해변
銀礦灣, Silvermine Beach

남산 방향

수이쳰완
水井灣, Shui Tseng Wan

음아우쿠완
牛牯灣, Ngau Kwu Wan

왕퉁
橫塘, Wang Tong

헤이링차우
喜靈洲, Hei Ling Chau

삽롱 신촌
十塱新村,
Shap Long San Tsuen

치마완
芝麻灣, Chi Ma Wan

삽롱 구촌
十塱舊村, Shap Long Kau Tsuen

치마완
로드

삽롱충하우
十塱涌口
Shap Long Chung Hau

치마완 교도소

쳉사완
長沙灣
Cheung Sha Wan

이른 아침, 왁자지껄 시끌벅적한 쳉차우 시장 앞에서 여객선을 타고 란타우섬(大嶼山, Lantau Island)으로 향할 준비를 했다. 작은 섬에서 다시 또 다른 작은 섬으로 이어지는 홍콩 특유의 해상교통은 처음 경험하는 이에게는 늘 억누를 수 없는 흥분을 선사한다. 가려는 목적지가 인적이 드문 만(灣)이라면 더 말할 필요도 없을 것이다.

알고 보니 내가 탄 이 여객선은 쳉차우를 떠난 뒤 평상시처럼 곧바로 무이워로 향하지 않고 먼저 치마완을 돌았다. 배는 매일 서너 차례 이렇게 외로이 주변과 뚝 떨어진 채 이곳을 오간다.

느릿느릿 배를 견인하며 앞으로 나가던 여객선은 약 20분 정도 지나 사람이 많이 살지 않은, 신비로운 분위기의 헤이링차우를 지나 치마완에 닿았다. 홀로 외로이 툭 튀어나온 부두에 동남아시아에서 온 듯 보이는 한 외국인 노동자가 마대자루를 손에 들고 서서 기다리고 있었다. 그 뒤로 철조망 쳐진, 높게 솟은 거대한 회색빛 감옥이 보였고, 그 외엔 아무것도 없었다.

배에서 내린 사람은 노부인 한 분과 중년 남성 한 사람 그리고 나, 이렇게 딱 셋뿐이었다. 노부인은 작은 보따리를 손에 들고 있었고, 중년 남성은 손수레를 밀고 있었다. 부두 뒤에 자리한 감옥은 치마완 교도소로,

여성 수감자들만 모아놓은 감옥이라고 한다.

처음에는 감옥 옆에 난 도로를 따라 위로 올라가며 호기심에 감옥의 왼편을 굽어보았다. 삼엄한 철조망 두 줄이 거리를 둔 채 층층이 나뉘어 설치되어 있었고, 안에는 개미 한 마리도 보이지 않았다. 텅 비어버린 성을 보는 듯했다.

왜 바닷가를 접한 이곳에서 트레킹을 하려고 했느냐고? 이유는 두 가지였다. 첫째, 지도를 보다가 이곳을 운항하는 여객선의 운항 횟수가 현저히 적다는 걸 알게 되었는데, 그 순간 말로는 설명하기 어려운 행복한 상상이 한가득 펼쳐졌다. 둘째, 트레킹 지도를 보니 불분명한 점선 하나가 이곳부터 무이워까지 이어져 있었다. 그걸 보고 더욱 낙관적인 상상에 빠져들었다.

'해안선을 따라가다 보면 옛날에 현지 주민들이 오가던 옛길을 찾아낼 수 있을지도 몰라!'

곧장 앞에 가는 중년 남성을 쫓아가 정말 그러한지 물어보았다. 그는 검은색 수도관을 따라 걸어가기만 하면 무이워에 이를 수 있다고, 그런데 본인은 거의 가지 않는다고 알려주었다. 그렇게 잠시 이야기를 나누고 나서야 방금 본 그 노부인이 이 중년 남성의 어머니임을 알게 되었다. 두 모자는 앞서거니 뒤서거니 하면서 천천히 발걸음을 옮겼다.

곧 삽룽 구촌에 도착했다. 마을 앞으로 보이는 탁 트인 작은 만과 평평한 마을 중심지, 고요한 풍경이 마치 전원 풍경을 그대로 담은 19세기 그림처럼 아름다웠다. 지도와 대조해보니 이곳이야말로 진정한 치마완이었다. 앞서 거쳐 온 부두는 그냥 곡선으로 굽어진 작은 물가에 불과했다. 예전에는 치마완에서 물소를 풀어놓고 키웠다는데 사방을 아무리 둘러봐도 한 마리도 찾아볼 수 없었다. 바닷가 모래사장으로 내려가기 전, 커다란

작지만 조밀한 인구밀도에 다양한 생활 기능을 갖추고 있는
쳉차우가 놀랍기만 하다.

쳉차우 부두에 서 있는 여러 척의 구식 어선들

쳉차우에서 가장 흔히 볼 수 있는 식재료, 넙치

거리에 노인들이 많아 노인들의 섬 같다.

용수나무 옆에 자리한 작은 틴하우묘(天后廟)*를 하나 보았다. 새로운 향촉과 대련이 붙어 있는 걸 보니 여전히 누군가 찾아오나 보다. 그 옆에 돌로 지은 집 한 채에서 노부인이 작은 개를 끌고 나오는 모습이 보였다. 노부인에게 인사말을 건네며 길을 물어보았다. 시험 삼아 간단한 광둥어로 무이워로 가는 방향을 여쭤보았다. 개가 나를 보고 사납게 짖어댔다. 영특한 개가 내 광둥어를 듣고 내가 바깥에서 찾아온 사람임을 알아챈 게 아닌가 싶다.

비록 말은 통하지 않았지만 노부인은 손짓, 발짓해가며 치마완의 아스팔트 길을 따라 앞으로 가라고, 마을길로는 다시 들어가지 말라고 알려주었다. 마을길이 길지 않다 보니 얼마 못 가 해안 끝에 다다랐다. 용안나무 아래에는 자전거 여러 대가 서 있었다. 그런데 어느새 나를 따라잡은 아까 그 중년 남성이 그중 한 대를 잡아끌었다. 알고 보니 그는 아침 일찍 여기까지 타고 온 자전거를 이곳에 대놓고 다시 배를 타고 쳉차우에 가서 장을 본 뒤 어머님과 함께 돌아온 길이었다.

나는 왜 북쪽의 무이워에 가서 장을 보지 않느냐고 물어보았다. 그랬더니 거기는 좀 멀기도 하고 쳉차우와 비교하면 과일과 채소가 다양하지 않다고 했다. 게다가 무이워까지 가려면 산 넘고 고개도 건너가야 하니 못해도 한 시간은 족히 걸릴 거라고 말이다. 그에 비해 치마완에서 쳉차우는 20분 거리다. 이들은 예부터 치마완의 오래된 가옥과 쳉차우의 작은 소도시가 만들어낸 세상에서 살아왔다. 일주일에 한두 번 정도 가서 장을 보면 생활하는 데 충분하다고 했다.

우리는 어깨를 나란히 한 채, 앞이 탁 트인 평탄한 초원 지대를 천천히

● 바다의 수호 여신을 모시는 사원. 홍콩 곳곳에서 볼 수 있다.

지나갔다. 따라오시던 어머님은 한참 뒤로 뒤처지셨는데, 나중에는 아예 기다란 벤치에 앉아 쉬며 멀리 바다 풍경을 바라보셨다. 이곳을 오가며 이 바다를 얼마나 많이 보셨을까. 그러다 잠시 뒤, 다시 느릿느릿 길을 나섰다. 이곳이 바로 샵롱 신촌으로, 마을에는 학교도 마을회관도 없었다. 단층집 20~30여 채가 산비탈 중간 즈음에 자리한 숲속에 조용히 모여 있었다. 마을에 있던 학교는 이미 오래전에 문을 닫았고, 커다란 용수나무 한 그루만이 외로이 드리워져 있었다. 마을 어귀를 지나가는 널따란 도로는 푸이오(貝澳, Pui O)로 이어졌다. 치마완 반도에서 유일하게 차가 다닐 수 있는 도로였다. 한 젊은이가 해안가의 작은 집에서 머리를 내민 채, 걸어

예전에는 치마완 모래사장에
물소가 적지 않았다고 전한다.

한 귀퉁이에 조용히 자리한 샵롱 구촌
사람 그림자도 보이지 않는 곳이라 그런지
개 한 마리도 나타나지 않는다.

나와 함께 길을 나섰던 모자

오는 우리를 보더니 중년 남성에게 인사말을 건넸다.

중년 남성은 발걸음을 멈추고 어머니를 기다렸다. 나는 먼저 작별 인사를 고하고 갈 길을 재촉했다. 이제 탁 트인 길은 사라지고 내 앞에는 1미터 너비 정도밖에 되지 않는 작은 마을길이 펼쳐졌다. 홍콩의 작은 섬에서 가장 흔히 볼 수 있는 산길 너비가 딱 이 정도다. 가는 도중 나무로 만든 정자가 한두 개가 서 있어 휴식처가 되어주었고, 그 옆에는 갑작스러운 산불에 대비하기 위한 진화 도구도 보였다.

몇 번이나 커브를 돌아 과일나무가 적잖이 자라고 있는 왕통에 닿았다. 작은 물줄기가 시작되는 산골짜기였다. 골짜기 사이사이에 인가가 두세 채 정도 있었는데 관리가 잘되어 있었고, 주변에는 플랜틴 바나나, 용안, 왐피 등도 적잖이 자라고 있었다. 아까 만난 모자가 오랫동안 살아온 이 마을은 세상과 동떨어진 채 다른 지역과도 별 왕래 없이 지내온 곳이었다. 집 앞에 난 작은 길에 모자가 세워둔 팻말이 보였다. 등산객들에게 함부로 들어오지 말아달라고 전하는 말과 함께.

앞쪽으로 나 있는 흙 덮인 산길은 계속해서 마을길과 이어졌다. 마을길로 들어선 뒤, 곧바로 살구꽃이 가득 핀 어느 집과 마주쳤고, 여기저기 흩어진 낡은 집 세 채가 더 보였다. 비탈을 올라가니 시멘트 깔린 마을길이 사라지고 점차 흙길이 나왔다. 얼마 지나지 않아 드넓은 산골짜기, 응아우쿠완에 도착했다. 맑고 깨끗한 강물이 산골짜기에서 천천히 흘러나왔다.

개울을 따라 난 마을길을 타고 올라가면 고개 정상을 지나 남산으로 갈 수 있다. 마을길은 구불구불 산을 향해 위쪽으로 이어져 있었다. 그 길을 올라갔더니 얕은 접시 모양의 탁 트인 산골짜기가 나타나서 다시금 쉬어가고 싶은 마음이 들었다. 풍경에 빠져 먼 곳을 바라보는데, 그 순간 갑자기 개울가 저편에서 물소 한 마리가 튀어나오는 게 아닌가. 이전에 본 소들은 하나같이 목과 가슴이 검은 황소들이었는데, 홍콩 시골에서 난생처음 물소를 만나니 더 반가웠다. 물소는 움푹 팬 곳에서 열심히 풀을 뜯어 먹었다. 방금 발길 닿는 대로 걸어오며 여기저기서 똥을 많이 봤는데, 아마도 녀석의 배설물이었나 보다. 몸을 일으켜 배낭을 정리하니 녀석이 멀리서 나를 응시했다. 뭔가 의심스러워하는 것 같았지만 그렇다고 딱히 경계하지도 않았다. 나 같은 등산객들에게 이미 익숙해진 탓이리라.

치마완의 물소가 아닐까? 경작할 밭이 없어진 농부가 산골짜기 습지 이곳저곳을 돌아다니도록 놔두었으리라는 생각이 들었다. 홍콩에 남아 있는 물소는 몇 마리나 될까? 통계 자료는 있을까? 최근 홍콩 정부의 관련 부서가 물소 한 마리를 습지 공원에 풀어놓기로 했다. 물소가 다른 동물들과 공생하기를 바라는 마음에서 내린 조치였다. 이런 공생공존의 개념이야말로 생태 환경 교재에 꼭 들어가야 하는 내용 아닐까.

시골을 그렇게 많이 돌아다닌 끝에
드디어 만난 물소 한 마리

물소(2011년 5월)

사실 물소는 습지의 구성원일 뿐 아니라 농경문화의 살아 있는 유적이나 마찬가지다. 느릿느릿 풀을 뜯어 먹으며 돌아다니는 모습을 통해 그 옛날 홍콩 어느 시골 마을의 풍경이 이러했음을 보여준다. 이런 물소를 산길을 걸어 올라가다가 만날 수 있다니, 아프리카에서 코끼리를 만난 듯 행복하구나! 나는 물소와 그렇게 한참을 함께하며 한가로운 산속의 한때를, 그리고 새소리만이 들려오는 산속의 고요함을 같이 나누었다.

계속해서 바닷가를 따라 발걸음을 옮겼다. 그 후 이어진 길은 대부분 걷기 좋은 흙길이었고, 그 옆으로 나란히 자리한 검은색 수도관이 나와 이 길의 동무가 되어주었다. 큰 U자형 도로를 돌아 내가 지나온 길을 멀리 바라보았다. 속세를 뒤로한 듯 앉아 있는 치마완이 보이자, 이국의 시골길을 홀로 걸으며 느낀 감동이 다시금 되살아났다.

가는 길 내내 산골짜기 움푹 팬 곳에서 자라는 플랜틴 바나나와 계속해서 마주쳤다. 플랜틴 바나나 농원은 크게 두 구역으로 이루어져 있었는데, 낡은 집들이 그 옆에 서서 동무 노릇을 해주고 있었다. 플랜틴 바나나가 이 지역의 중요한 농산물임이 분명했다. 전통적인 농경과 목축, 어업이 쇠퇴한 뒤 플랜틴 바나나가 바깥에 내다 팔 수 있는 농산물이 되었을 것이다. 이는 이곳의 흙이 그다지 비옥하지 않아, 플랜틴 바나나 외에는 달리 좋은 과일이 열리지 않음을 방증하는 것이기도 했다.

수이쳉완에 도착해서 보니 주변이 수풀로 가득했는데, 면적은 그다지 넓지 않았다. 작은 고지대를 하나 넘으니 갈림길이 나타났다. L136이라고 표시된 이정표가 서 있는 이 길은 그 유명한 란타우 트레일로 이어졌다. 앞쪽으로 펼쳐진 만을 굽어보았다. 센트럴을 출발해 무이워에 도착한 여객선 한 척이 보였지만 다시 센트럴로 돌아가는 이 배의 출발 시각에 맞춰 도착하지는 못했다.

산길을 걸어 내려가서 보니 출구가 불분명한 작은 돌층계 길이 나타났고, 계속해서 가니 L139라고 표기된 이정표가 보였다. 홍콩의 산길을 걷다 보면 마주치는 흥미로운 것들 중 하나가 이렇게 여기저기 서서 등산객들에게 본인의 위치를 정확히 알려주는 이정표다. 산길에서 길을 잃어버리고 싶어도 그조차도 쉽지 않을 정도다.

시간을 확인해보니 아직 여유가 있어, 센트럴로 돌아가는 여객선은 신경도 쓰지 않은 채 무이워의 시골 풍경 속으로 다시 한 번 들어가보기로 했다. (2011년 3월)

굽이굽이 산으로 이어지는
응아우쿠완 마을길

나란히 앞으로 나아가는
해안과 수도관 도보길

퉁무이 고도

삶의 흔적이 남아 있는
길고 좁은 길

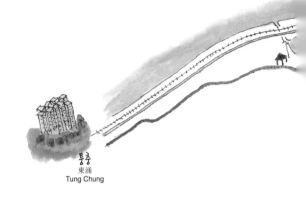

퉁충
東涌
Tung Chung

무이워 → 실버마인 동굴 → 몽토아우 → 응아우쿠룽 → 팍몽 → 퉁충, 약 3시간 30분

센트럴 여객선 부두에서 여객선을 타고 무이워에서 내린다.

난이도 ★★

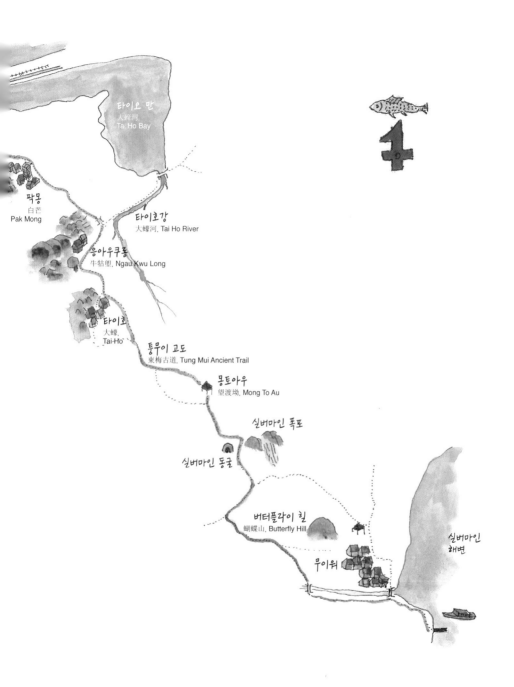

타이오 만
大蠔灣,
Tai Ho Bay

파몽
白芒
Pak Mong

타이호강
大蠔河, Tai Ho River

응아우쿠롱
牛牯塱, Ngau Kwu Long

타이호
大蠔,
Tai-Ho

퉁무이 고도
東梅古道, Tung Mui Ancient Trail

몽토아우
望渡坳, Mong To Au

실버마인 폭포

실버마인 동굴

버터플라이 힐
蝴蝶山, Butterfly Hill

무이워

실버마인
해변

요즘 세계 각지의 유명한 관광 명소를 보면, 대부분 교외 지역과 시골의 고도나 옛길을 보존해 여행객들이 도보 여행을 즐기고 이를 통해 현지의 문물과 역사, 풍습을 이해할 수 있도록 돕고 있다.

홍콩에는 적게 잡아도 30~40개의 고도가 있고, 모두 그런대로 잘 보존되어 있으며, 고풍스러운 정취가 가득하다. 다만 대부분은 일상생활 중 이동 경로로 활용된 좁은 오솔길이고, 전쟁이나 이주 경로로 이용된 노선은 거의 남아 있지 않다. 이런 탓인지 고도의 중요성이 주목받지 못하고 중요한 여행길로도 발전하지 못했다. 이런 와중에 홍콩이 국제적으로 주목받는 도시가 되면서, 걷기 좋은 도보 여행길이 구획되어 등장하기에 이르렀다. 이렇게 구획된 길들은 대부분 산의 능선을 타고 종주하는, 시야가 탁 트인 노선들이다. 외지 사람들에게도 잘 알려진 맥리호스 트레일, 윌슨 트레일, 란타우 트레일 등이 모두 이런 레저형 트레일이다.

퉁무이 고도는 오솔길에 속하는, 대범한 풍모와는 거리가 먼 산길이다. 산 양쪽 기슭에 모두 와이춴이 있고, 이 좁고 작은 길이 간신히 마을들을 이어주고 있다. 있어도 그만 없어도 그만인 것처럼 보이는 데다가 마을 사람들의 생활 경제에 영향을 끼치지도 않는다. 게다가 양쪽에 항만도 다 있으니 바다로 나가기도 편리하다.

통무이는 통충에서 무이워까지 이어진 옛길, 즉 이 양쪽 지역을 잇는 길이라는 의미로 생겨난 이름이다. 산 위에 오래된 마을 두세 개가 흩어져 있어서 길을 걷다 보면 반드시 마을을 지나치고 고개를 넘게 되는데, 고도 가 실제로 일상생활과 맞닿아 있었음을 보여주는 강력한 증거라 하겠다.

친구인 영왕퉁(楊宏通)이 예전에 알려준 바에 따르면, 20여 년 전 홍콩 으로 돌아와 농어업자연보호서에서 일하던 때 타이호강에서 어류 자원을 조사하던 중 바다에서 캐낸 바지락을 어깨에 메고 산을 넘어 무이워로 팔 러 가는 타이호촌의 아주머니를 만난 적이 있다고 한다. 이 부근 마을들이

대부분 시멘트로 덮여 있는
통무이 고도는 좀 실망스러웠다.

무이워에 있는 집들은 대부분 딩욱들이다.
높은 아파트는 찾아볼 수 없다.
그 소박한 풍경에 이끌려 나중에도 이곳을 자주 찾게 되었다.

재미있는 길거리 표식들

예전에 어떻게 생계를 꾸려갔는지 알려주는 일화다. 현지인들이 무이워와 퉁충을 오갈 때 가장 자주 이용한 길이 퉁무이 고도였음이 확실하다.

최근에는 책랍콕홍콩국제공항으로 향하는 공항철도와 도로 등이 제멋대로 하구를 가로막아 타이호 만과 타이호강 유역 생태계에 심각한 악영향을 미치고 있다. 수많은 회유생물과 해안 식물들에게까지 그 영향이 미치고 있고, 그 옛날 바지락을 캐다 무이워까지 가서 팔던 아련한 풍경은 이미 자취를 감추고 말았다.

초여름 어느 날, 선셋 피크 북쪽에 난 이 고도에 가보기로 했다. 그런데 이른 아침, 여객선을 타고 무이워에 도착했다가 생각지도 못한 뇌우를 만나고 말았다. 처음에는 우산으로 비를 피했지만, 얼마 가지 않아 곧 그치며 햇볕이 나는가 하더니 타는 듯 뜨거운 날씨로 돌변해버리고 말았다. 우산으로 햇볕을 가리지 않았다면, 산꼭대기에서 그 무더위에 버틸 재간이 없었을 것이다.

　무이워 옛 마을을 지나 길을 따라 편히 걸어갔다. 버려진 옛 마을 여러 곳을 지나는데, 높은 톤으로 지저귀는 두세 종류의 새소리가 들판 사이에서 끊임없이 바뀌며 들려왔다. 맑고 깨끗하며 밝고 아름다운 새소리가 여기저기서 들려오는 가운데, 무이워의 소박한 시골 풍경이 짝을 이루어 대도시의 전원 소나타 악장이 완성되었다. 흔히 볼 수 있는 동양까치딱새의 울음소리인 것 같았는데, 흰눈썹웃음지빠귀와 가면 지빠귀(Garrulax perspicillatus)*도 옆에서 같이 흥을 돋운 게 아닐까 싶다.

　짙푸른 버터플라이 힐을 우회해서 돌아가니, 실버마인 폭포가 뇌우가 지나간 뒤라 몰라보게 달라져 있었다. 운 좋게 만난 실버마인 폭포의 수세(水勢)는 산에서 홍수가 났나 싶을 정도로 놀랍기 그지없었다. 여기서 조금 더 올라가면 실버마인 동굴이 있는데, 100년 전 홍콩에 살던 영국인들이 이곳에서 은 채굴 계획을 세웠다고 한다. 그런데 나중에 보니 광맥이 그리 많지 않아 흐지부지되었고 채굴을 위해 판 굴 흔적만 남아 있다. 하지만 발 없는 소문이 천 리를 가는 법. 결국, 이 일로 실버마인이라는 이름이 생겨났다.

　위로 올라가는 길 내내 홍콩 정부에서 서명한 '홍콩올림픽 트레일(香港奧運徑, Hong Kong Olympic Trail)' 표식들이 바닥에 쭉 서 있었다. 베이징 올림픽 주최를 기념하여 세운 길임을 알려주는 표식들이었다. 시멘트 계단을 힘들게 하나하나 올라가 능선의 몽토아우에 오르니 햇볕과 비를 피하

● Garrulax perspicillatus의 한국 공식 명칭을 찾지 못해 어쩔 수 없이 이 새의 영문 명칭인 'masked laughingthrush'를 '가면 지빠귀'라는 한글로 옮겨 사용했다.

며 풍경을 감상할 수 있는 정자가 있었다. 예전에 이 정자가 없어 산을 넘어 여기까지 왔다가 작열하는 태양을 만나 더위를 먹은 이가 부지기수였을 것이다.

여기서 본 무이워 풍경이 그래도 꽤 볼 만했고, 그 뒤로는 아래로 내려가는 평탄한 산길이 쭉 이어졌다. 그런데 흙은 구경도 할 수 없는 길이라 뭔가 산길을 직접 밟는 맛이 좀 덜했다. 사이쿵과 플로버 코브에서 트레킹을 했을 때와 비교해봐도, 고도는 말할 것도 없고 들판에서도 호방한 자연 그대로의 멋을 느끼기 힘들었다. 계속해서 발길을 옮기면서 고도에 있던 작은 마을 셋을 만났다. 순서상 타이호, 응아우쿠롱 그리고 팍몽 이렇게 세 마을인데, 이 셋을 합쳐서 삼횡(三鄉, Sam Heung)이라고 부른다. 모두 200여 년의 역사를 간직한 채 산과 들에 조용히 숨어 있는 오래된 마을이다.

타이호촌의 조상은 광둥에서 건너온 이들로, 마을이 가장 번성했을 당시에는 10여 가구가 살았다고 한다. 이들은 아포롱(阿婆塱, Ah Por Long)과 압쿡렉(鴨腳瀝, Ap Kuk Lek) 두 개천이 만나는 지점에 있는 땅을 맨 먼저 개간했고, 나중에 지세가 상대적으로 더 높은 이 산간 평지로 이동해 왔다. 하지만 이제 사람은 사라지고 빈집만 남아, 밥 짓는 연기가 올라오지 않는다.

타이호에서 응아우쿠롱 마을 사이에 자리한 습지는 타이호강의 자연환경과 인접해 있다. 한때 이곳에 도로 설비 계획이 잡힌 적이 있다. 란타우섬의 남북을 가르는 도로가 이곳을 가로질러 무이워와 퉁충 두 지역을 잇게 할 계획이었는데, 나중에 부결되었다고 한다. 이에 대한 현지 주민들의 불만이 이만저만이 아니어서, 들리는 바에 따르면 주민들이 항의의 표시로 몰래 산림을 파괴했다고 한다. 세계 각지에서 이런 일들이 벌어진다. 홍콩은 면적이 작아서 이런 문제를 제대로 처리하지 못하면 양쪽 모두 큰

뇌우가 지나간 뒤
어마어마한 소리와 함께
쏟아져 내리는
실버마인 동굴 폭포

버려진 실버마인 동굴

동양까치딱새(2007년 4월)

타격을 입기 십상일 것이다.

웡아우쿠룽에 가까워질 무렵, 람(林)씨 집안의 사당 두 채가 보였다. 분명 람씨들이 많이 사는 마을일 테다. 원래 도둑을 막으려고 망루를 세웠는데 아쉽게도 1980년대에 무너져버렸다. 지금 볼 수 있는 가장 매력적인 풍경은 바로 그 뒤, 즉 압쿡렉의 울창한 풍수림이다. 이곳에 이르면 산길도 널찍해져 작은 차 정도는 오갈 수 있고, 마을에도 인가가 적지 않았다.

마을 입구 앞에서 길이 둘로 갈라졌다. 발길을 멈추고 한동안 마을을 바라보고 있으니, 이 마을의 역사적 환경의 변천과 풍수림의 의미에 생각이 미쳤다. 그 순간, 나는 갈림길에 서서 어느 방향으로 가야할지 고민하던 시인 로버트 프로스트(Robert Lee Frost)의 감성적인 한숨이라고는 없이, 먼저 마을로 들어가 돌아보고 오기로 단호하게 결정했다.

곧바로 고목 한 그루가 눈길을 끌었다. 보통 마을 입구에는 백옥란(Michelia x alba)과 팽나무처럼 복을 가져다준다는 길한 나무가 서 있거나 왐피, 용안 등 열매가 줄줄이 열려서 마을 사람들이 따 먹기 좋은 과일나무가 서 있게 마련이다.

이 고목은 몸통이 여러 색으로 뒤덮인 오래된 용안나무였는데, 나도 모르게 친근함을 느꼈다. 대만 농촌에서 낡은 가옥 주위를 둘러보면 가장 쉽게 만날 수 있는 나무가 바로 용안이기 때문이다. 나무 열매는 따서 먹을 수 있고, 먹다 남은 건 햇볕에 잘 말려 약재로도 쓸 수 있는 데다 나무는 땔감으로도 그만이니 가치로만 따지면 상사나무와는 비교도 되지 않는다.

여기저기 사방에서 보이는 용안을 보니 옛날 홍콩의 농가에서도 이 나무를 땔감으로 여겼으리라는 생각이 들었다. 왐피 역시 홍콩 시골의 중요한 지표 수종이다. 집에 왐피와 용안이 있는 걸 보니 이곳은 분명 살기 좋은 땅이리라. 대만 농가처럼 이곳 주변에도 용안과 카람볼라(Averrhoa carambola)가 심어져 있었다.

이렇게 아련한 그리움에 빠져 있다가, 한여름 홍콩 길거리에서 왐피를 파는 과일 노점상을 만나기라도 하면, 나는 두 번 생각할 것도 없이 한 꾸러미를 사서 갖고 다닌다. 이렇게 산 왐피를 간식으로 입에 넣고 우물거리며 여행을 다니는 것이다. 시큼하면서도 달콤한 맛에 씨앗까지 핥아 먹으며, 내 발아래 여행지의 시골 풍경을 머릿속으로 그려보곤 한다.

용안나무 아래서 잠시 시원한 바람을 쐬는데, 등이 굽으신 한 할머니가 나오기에 모자를 벗고 인사말을 건네보았다. 홍콩 도심지 길거리에서 마주치는 노부인들은 말이 어찌나 빠른지, 참새가 지저귀는 것만 같다. 그나마 다른 사람은 잘 상대도 해주지 않는다. 그런데 이 동네 할머니는 나를 보시더니 느릿느릿 웅얼거리시며 몇 마디 건네주셨다. 내가 '음꼬이(唔該)', '레이호우(雷猴)'[•] 같은 인사치레용 광둥어밖에 할 줄 모른다는 걸 아셨음에도 친절을 베풀며 집에 들어와 물이나 한잔 마시고 가라고 하셨다. 나는 배낭에서 물병을 꺼내 물을 가지고 다닌다고 알려드리며 감사 인사를 전했다. 세계 어디를 가도 다 그렇듯, 홍콩에서도 궁벽한 마을의 할머니가 도시인들보다 순박하고 친절하다.

할머니가 집 앞 풀밭에서 약초를 캐시기에 가까이 가서 뭔가 들여다보니, 병풀(Centella asiatica)이었다. 순간, 흥분해서 손짓발짓해가며 나도 이 약초를 아노라고 할머니께 알려드렸다. 그랬더니 할머니도 기분이 좋으셨는지, 또 몇 마디 말씀을 해주셨다. 이 약초가 사람 몸에 참 좋다고 말씀하시

<small>● '음꼬이'는 '감사합니다', '레이호우'는 '안녕하세요'라는 뜻이다.</small>

백옥란(2009년 4월)

압쿡렉의 산 아래 자리한
람씨 마을

수많은 마을의 입구를 지키고 서 있는
지표 수종, 백옥란

응아우쿠롱의 람씨 마을에는
아마 람씨 성을 가진 주민들이
대부분일 것이다.

는 듯했다. 병풀은 홍콩 도심 길거리에서도 파는 약초로, 보통은 즙을 내서 다른 약초와 섞어 바로 마신다. 대만에서는 아이가 어른이 되어갈 즈음에 보약으로 많이 먹는데, 보통 닭 육수를 고아 함께 마신다.

나와 웅아우쿠롱 마을의 인연은 이렇게 짧게 스쳐 지나갔다. 이 마을에선 다른 사람은커녕 여행객도 하나 보지 못했다. 말도 통하지 않는 할머니, 세상에서 멀리 떨어진 산골 마을 그리고 마을 뒤 풍수림. 이 셋이 하나로 이어지며 사람들은 알지 못하는 홍콩이 살며시 얼굴을 드러냈다.

웅아우쿠롱에서 방향을 꺾지 않고 팍몽으로 가서, 거기서 직진하면 영업을 하지 않는 작은 구멍가게 둘을 지나게 된다. 이곳에서 다시 철교를 하나 건너면 바로 타이호 만이다. 산에서 모여든 여러 시내가 타이호강을 통해 이곳에서 바다로 나아간다. 고도 하나 위로 오밀조밀 모인 세 마을은 물고기도 쌀도 풍성한 풍요의 땅이 된 데는 아마 근처에 자리한 타이호강 유역과 밀접한 관련이 있을 것이다.

타이호 만은 홍수림 생태계가 다양하게 성장할 수 있는 조건을 제공한다. 홍콩에 현존하는 여덟 가지의 홍수림을 이곳에서 모두 찾아볼 수 있다. 이곳과 타이호강이 맞닿아 민물고기가 서식하기 좋은 최상의 공간을 만들어낸다. 홍콩에는 약 150여 종의 민물고기가 살고 있는데, 이 저지대 하류에만 이 중 3분의 1이 서식하고 있으니, 생태 자원의 풍부함으로만 보면 이곳이 홍콩 담수호 중에서도 단연 최고라고 할 수 있다. 홍콩의 담수 하역 동물에 대해 알고 싶다면 반드시 방문해봐야 할 곳이다.

타이호강을 따라 관찰을 거듭하던 와중에 조개류 외에 내 관심을 가장 많이 끈 주인공은 바로 은어(Plecoglossus altivelis)다. 옛사람들은 은어를 구워 먹었다는데, 예부터 구운 은어는 그 맛이 맑고 달콤하기 그지없다고 전

은어(2012년 3월)

해진다. 대만에도 이런 풍습이 남아 있어 벌겋게 달아오른 숯에 은어를 구워 먹는다. 나도 어쩌다가 한번 맛을 보게 될 때가 있는데, 그럴 때면 한편으로는 슬퍼진다. 왜 슬프냐고? 회유 어종인 은어는 대만 하역에서는 이미 반세기 전에 모습을 감추었기 때문이다. 단수이강(淡水河)을 예로 들면, 옛날에는 가을이 되어 백로(白露) 즈음이 되면, 은어가 상류에서 아래로 내려와 자갈 아래 여울진 곳에서 산란했다. 그러다가 전쟁 뒤 공업화로 인한 환경오염과 남획으로 어느 순간 갑자기 은어가 멸종되기에 이른다. 그 뒤에 어쩔 수 없이 일본의 육봉형(陸封型) 은어(천연호나 댐 등의 인공호에서 볼 수 있는 은어)를 들여와 단수이강 상류에 방류한 것이다. 나는 이루어질 수 없는 기다림을 아직도 이어가고 있다. 언젠가는 은어가 돌아오기를 바라는 마음으로.

한번은 홍콩 어류 전문가인 총디화 선생을 모시고 이야기를 들을 기회가 있었다. 선생의 경험에 따르면 주강에서는 그래도 은어를 흔히 볼 수 있는데, 가끔 이 중 일부가 타이호강으로 흘러들어 와 산란한다고 한다.

고도에서 바라본
타이호 만

응아우쿠룽 마을은 마을 전체가
이주를 떠난 듯 정말 조용했다.

그러나 도로 개설과 지하철 개통으로 은어가 멸종된 것 같다는 보도도 있다. 타이호강에 서서 환경이 끊임없이 오염되고 있고, 여기서 벗어나지 못한 채 전철을 밟고 있다는 데 생각이 미치자 탄식을 금할 수 없었다.

응아우쿠룽에서 팍몽으로 걸어가는데, 음산한 기운이 감도는 오른쪽 숲속에 커다란 교실이 버려진 채 덩그러니 방치되어 있었다. 자세히 살펴보니 벽에 큰 글자가 쓰여 있다. '팍몽학교'. 버려진 지 한 20~30년은 된 듯했다. 홍콩 교외에 가면 마을 사람들이 도시로 이주하면서 버려진 학교를 여기저기서 볼 수 있다. 홍콩에선 흔히 볼 수 있는 풍경이다.

타이호, 응아우쿠룽, 팍몽 중 팍몽이 가장 낮은 곳에 자리하고 있다. 들

팍몽의 와이췬은 손상되지 않고 제대로 보존되어 있었다. 서문도 그대로 남아 있다.

리는 바로는 청나라 때에는 이곳에 수비를 목적으로 하는 군대가 주둔하고 있었다고 하니 이곳의 지리적 중요성을 알 수 있다. 마을에는 도둑을 막기 위한 망루가 하나 들어서 있는데, 거대하게 우뚝 솟은 망루가 지금도 무언가를 막는 임무를 수행하고 있는 것만 같았다. 놀랍게도 아직까지 와이췬이 손상되지 않은 채 잘 보존되어 있었고, 보도와 마을은 돌담으로 분리되어 있었다. 앞뒤로 동문과 서문이 있는데, 주로 사용한 문은 서문이고, 문 입구 바닥에는 돌이 깔려 있었으며, 옆에 선 용수나무가 서문의 짝꿍이 되어주고 있었다. 여기서 얼마 못 가면 망루 근처에 닿는데, 여기 시검석(試劍石, 옛날 검을 만들어 시험하던 바위를 일컬음)이 있다. 마을 뒤 길옆으로 버려진 건물이 하나 있기에 살펴보니 타이호, 웅아우쿠롱 그리고 팍몽이 세 마을 사람들이 함께 지은 학교라고 한다. 마을 안 구멍가게에는 플랜틴 바나나가 걸려 있고, 긴잎백운풀을 달인 냉차를 팔고 있었다.

팍몽에서 나와 퉁충으로 걸어갔다. 순간 갑자기 흥이 돋아 계속해서 고도를 따라 내려가지 않고 생각을 바꿔 해안가 시멘트 길을 걸어보기로 했다. 가는 길 내내 황막한 사막 같은 풍경이 이어졌고, 사람은 그림자도 구경할 수 없었다. 그런데 생각지도 못하게 그 황무지에서 횃불같이 생긴 보라색 꽃을 가득 피우고 있는 퉁천초(Uraria crinita)를 발견했다. 단조롭게 이어지는 기나긴 해변 길을 걷게 되리라 예상했건만 뜻밖에 등장한 이 녀석이 내게 작은 위로를 건네주었다. (2011년 7월)

팍몽의 망루

홍콩섬과
라마섬

파커산 로드

어르신들의 한가로운 숲길

(노선) 쿼리 베이 지하철역 → 파커산 로드 → 윌슨 트레일 → 파커산 로드 → 생태학습용 수목길, 약 3시간

(교통) 쿼리 베이 지하철역 출구로 나와 도로를 건너면 바로 파커산 로드에 도착한다.

난이도 ★

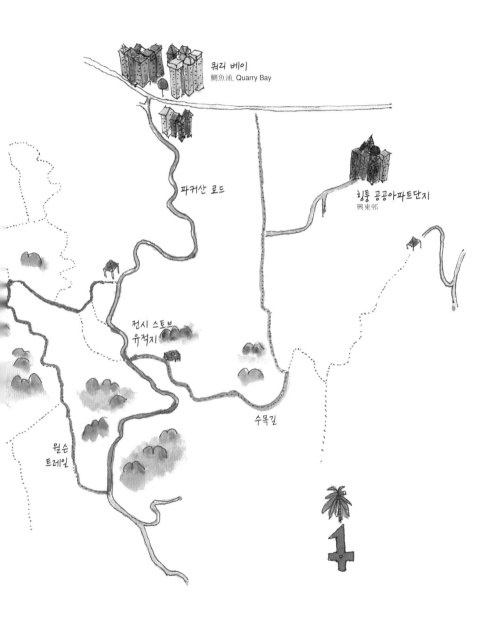

쿼리 베이
鯛魚涌, Quarry Bay

파커산 로드

힝퉁 공공아파트단지
興東邨

전시 스토브
유적지

수목길

윌슨
트레일

지하철 홍콩섬 라인(파란색 노선)을 타고 쿼리 베이 역에서 내려 길을 하나 건너면 산책을 할 수 있는 숲에 도착한다. 수많은 산에 둘러싸인 홍콩에서도 흔히 보기 어려울 정도로 걷기 편한 산길이다. 보통 경관이 좀 볼 만한 산길은 미니버스나 택시를 갈아타고 좀 더 가야 도착할 수 있는 경우가 대부분이니까 말이다.

파커산 로드를 따라 느릿느릿 올라가며 보니, 이른 새벽 나와 함께 산에 오른 사람 중 대다수가 연세가 지긋하신 할머니, 할아버지들이다. 홍콩의 산길은 대부분 소형차가 지나갈 수 있을 정도로 폭이 넓은데, 차량이 다니는 시간에 제한을 두어 행인들이 안심하고 다닐 수 있게 해놓았다. 중국인들이 사는 도심지에서는 노인들이 산에 올라가서 운동하거나 산길을 따라 걷는 모습을 흔히 볼 수 있다. 홍콩에서 이 모습을 보고 있으니 곧바로 푸산(虎山)과 젠탄산(劍潭山) 등 타이베이 근교의 유명한 산들이 떠올랐다. 모두 이곳과 유사한 산업도로가 지나간다.

이 계절에 홍콩에서는 아무래도 유명한 산을 찾아다니는 편인데, 오늘처럼 산에서 어르신들을 많이 만난 적이 없었다. 도시 거주 노인들의 출현은 자연을 가까이서 대하는 또 다른 방대한 그룹의 존재를 일깨워준다. 사실 교외 산행은 도시 거주민들에게는 빼놓을 수 없는 레저 활동이지만, 젊은이들은 아무래도 밤에 활동을 많이 하다 보니 새벽같이 일어나 공기를 쐬러 나오는 일을 좋아하지 않는다. 이와 달리 노인들에게 도심 가까이에 있는 숲은 아침에 일어나 운동하기도 편하고 신선한 공기도 들이마실 수 있는 장소다. 무릎이 견딜 수만 있으면, 노인들은 매일같이 숲을 찾아 몸을 단련한다. 하지만 이 백발족과 교외 산의 관계는 관심의 대상이 되지 못하니 그걸 어찌하겠는가.

산길이 깔린 산은 홍콩이나 대만이나 별 차이가 없고, 숲 사이사이도 엇비슷하다. 홍콩 사람들도 산 중턱 나무 아래 빈 공간에 휴식 공간 만드는 걸 좋아한다. 땅의 기운이 좋은 곳에 사당을 지어 제를 올리는 모습도 어디서나 볼 수 있다. 동쪽에는 작은 사당이 자리 잡고 있고, 서쪽에는 큰 절이 터를 잡고 있는 광경을 도심 근처에서 쉽게 찾아볼 수 있고, 시멘트로 깐 돌층계도 더 안쪽 숲속으로 이어져 있다. 이런 곳은 상대적으로 원예 화초 식물이 많고, 심각할 정도로 인공화되어 있다. 주변에서 들려오는 말이 광둥어라는 점만 빼면 꼭 대만 교외의 쓰서우산(四獸山)에 와 있는 것만 같다.

파커산 로드에도 가는 길 내내 해설 팻말이 설치되어 있으며, 서술 관점이나 내용도 대만과 비슷하다. 다만 일반적인 지식 전달에 편중되어 있다 보니 도대체 얼마나 많은 사람이 발길을 멈추고 이걸 읽어볼지 의심스럽기만 하다. 이와 달리 도심에서 좀 먼 홍콩 교외의 공원에서는 이렇게 풍부한 내용을 담은 팻말은 아예 찾아볼 수도 없다. 도심 중심부를 다니다 보면 홍콩 정부가 꽤 적극적으로 자연환경을 홍보하고 있음을 알게 된다. 더 많은 사람이 홍콩 교외에서 자라는 식물에 대해 알아주기를 바라는 것인데, 얼마나 많은 사람이 이 점을 헤아리고 있는지는 모르겠다.

노인들은 대부분 산에 오르면서 이런저런 수다를 떨다가 오르는 도중 빈 공간이라도 보이면, 삼삼오오 모여든다. 딱히 운동을 하지 않아도 산에 오르면 근육과 뼈가 자동으로 풀어지는 것 같고, 순환도 잘되는 것만 같다. 대만에서도 볼 수 있는 풍경이다. 다만 대만의 등산객들은 산에서 음식을 해 먹고 차를 우려 마시기도 하는가 하면, 심지어는 가라오케를 틀어놓고 놀기도 하는데, 홍콩에는 산에서 이렇게 노는 사람들이 없다. 아마 산 아래 도심지 곳곳에 식당이 있으니, 숲 주변에서는 포크댄스나 운동으로 만족하는 듯하다.

홍콩 사람들이 많이 사는 콘크리트 아파트 숲

파커산 로드에서 운동하는
많은 노인

도심에서 멀지 않은 곳에 있는
흙 덮인 평평한 산길

이런 교외 산들은 도심 길거리 풍경의 일부가 되어, 노인들이 산과 숲을 가까이할 기회가 되어주고 무엇보다 건강에 좋다. 다만 시멘트나 아스팔트를 과도하게 사용해 길을 깔아놓은 터라 좀 부적절하다는 생각이 들곤 한다.

나중에 윌슨 트레일 방향으로 가다가 돌층계에서 한 광둥 출신 할머니를 만났다. 원래는 앞서거니 뒤서거니 하면서 가고 있었는데, 가는 길 내내 사진 찍고, 기록을 남기며 발길을 옮기다 보니 어느새 할머니가 나를 추월해버리셨다. 광둥어를 할 줄은 모르지만, 할머니가 정정하신 데다 친절하셔서 냉큼 따라가 손짓, 발짓해가며 할머니와 대화를 시도했다.

할머니는 혼자서 산에 오르는 중이었다. 나일론 재질의 운동복 차림에 간단한 샌들을 신고 나무 지팡이를 쥐고 계셨다. 보아하니 연세가 꽤 된 것 같아 혹시 올해 연세가 어찌 되시는지 여쭤보니, 이미 여든하고도 다섯이라고 하시는 게 아닌가. 할머니의 대답에 너무 놀라 그 연세에 어쩜 그렇게 가볍게 산을 타시느냐고, 움직임이 날쌘 토끼 같으시다 칭찬해드렸다.

신기하게도 할머니는 중국어를 못 알아들으시는데도 내 말을 대부분 이해하시는 듯했다. 아니면 할머니는 내가 할머니 말씀을 다 알아들었다고 생각하셨는지도 모르지만. 여하튼 할머니는 내 말을 듣자마자 웃음을 지으시며 바짓단을 걷어 올려 무릎을 덮은 무릎보호대를 보여주셨다. 무릎 상태가 아주 좋지는 않아 보였지만 그래도 아직 산을 다니실 수 있는 모양이었다. 나이 쉰이 넘으면 누구나 무릎에 문제가 생기지만, 미수(米壽)의 나이인 여든여덟이 다 되어서 산에 오를 수 있는 이가 몇이나 될까? 할머니의 다리를 보고 내가 안타까워한다는 건 말도 되지 않았다. 얼룩말처럼 힘차고 건강한 다리를 갖고 계셨으니 말이다.

할머니는 지하철을 타고 근처 역에서 내려서 오신다며, 이곳을 자주 찾기에 오는 길은 손바닥 보듯 훤하다고 하셨다. 나는 배낭에서 어제 산 왐피를 꺼내 할머니께 권해드렸다. 광둥 지역 노인들은 왐피를 유난히 좋아하는데, 여름 더위를 가시게 해준다고 알려진 과일이다. 얼마 전에야 시장에 나왔는데, 어제 작은 섬을 찾았다가 많은 할머니가 좋아하시는 걸 보고 나도 사둔 참이었다. 내가 권하는 왐피를 보고 할머니는 손을 내저으며 괜찮다고 하셨다. 아마 걸어 다니면서 드시기에는 적합하지 않아서였나 보다. 어쩌나 깔끔하시고 본인 몸을 잘 챙기시던지!

할머니와 함께 돌층계를 올라 월슨 트레일로 걸어 들어가니 평탄하면서도 탁 트인 흙길이 나타났다. 갈림길에서 걸음을 멈추고 휴식을 취하시는 할머니를 두고 먼저 길을 나서려는데, 그때 할머니의 몸놀림에 그만 깜짝 놀라고 말았다. 두 손으로 나뭇가지를 잡고 몸을 공중에 매단 채 끊임없이 여기저기를 옮겨 다니시는 게 아닌가. 멀리서 보니 나무 여기저기에 매달려 뛰어다니는 원숭이를 보는 듯했다. 떨어질까 봐 두려워하는 기색은 눈 씻고 찾아봐도 찾을 수 없었다. 보아하니 이곳에 자주 오셔서 나무를 지렛대 삼아 몸을 단련하시는 듯했다.

할머니와 작별 인사를 하고 혼자 길을 나선 나는 돌고 돌아 맞은편 산에 도착했다. 그런데 산골짜기 하나를 사이에 두고 갑자기 할머니의 힘 넘치는 고함이 저쪽에서 들려오는 게 아닌가. 할머니가 몇 번이고 내지르신 고함이 크고 낭랑하게 이쪽으로 전해졌다. 고함이 멎자 산골짜기는 다시금 고요해졌다. 그런데 그 고요 속에서 다시 한 번 생명의 힘을 느꼈고, 산골짜기에 울려 퍼지는 거대한 메아리가 마치 내게 인사를 건네는 것만 같았다. 할머니는 이렇게 고함을 지르시면서 단전의 기를 쌓고 계신 게 아니었을까. 하지만 할머니께 화답하는 이 없이 주변이 조용하기만 해서, 적막하기만 한 그 분위기가 싫어 내가 한 번 힘껏 소리를 질러보았다. 내 외침이 멎자 산골짜기 전체가 적막 속에 빠져들었다. 하지만 아주 짧은 순간, 할머니가 흥이 나서 더 큰 소리로 외치시는 소리가 들려왔다.

상상조차 되지 않았다. 여든다섯이나 되신 광둥 할머니가 영화 〈쿵푸허슬〉에나 나오는 사자후를 토하는 내공을 갖고 계실 줄이야. 산골짜기 넘어 이렇게 친절하게 내게 화답해주실 줄이야. 전에는 늘 광둥 할머니들은 식당에 앉아 계시거나 여럿이 모여 앉아 한담이나 나누신다고 착각했

여든이 넘으신 할머니께서 나무에 매달려 계신다.

산책길에 나선 노인들

또다시 할머니께 따라잡히고 말았다.

으니, 이렇게 신체 단련에 여념이 없으신 할머니가 계실 줄 어떻게 알았겠는가. 비록 등은 좀 굽었어도 여전히 튼튼하고 꼿꼿하신 몸으로 고집스레 산에 올라 나뭇가지에 매달려 운동하시는 모습이 감동 그 자체였다.

나중에 파커산 로드를 되돌아가면서 적잖은 노인들을 뵈었다. 대부분은 두세 명씩 모여 가거나 홀로 산에 올라가고 계셨는데, 아까 본 것처럼 미수의 나이에 이르신 연장자는 다시는 볼 수 없었다.

산 아래에 가까워졌을 무렵, 사선 방향으로 난 생태학습용 수목길을 발견했다. 자연 교육용 오솔길임이 분명했다. 홍콩 사람들은 어떤 식으로 자연 생태 교육을 진행하는지 궁금증이 일어 그 길을 따라 내려가보았다. 가면서 보니 운동을 하시는 어르신들도 계셨고, 나무 사이사이에서 쉬는 분들도 계셨다. 나처럼 생태 학습용 해설 팻말에 관심이 많아 보이는 사람은 보이지 않았다.

길 곳곳에 빠짐없이 설치된 해설 팻말에는 상당히 자세한 내용이 담겨 있었지만 대부분 교목에 대한 지식을 전달하는 데 국한되어 있었고, 산지 환경 전체를 종합적으로 설명하는 데까지는 미치지 못했다. 평소 쉽게 볼 수 없는 나무들은 구분하기 쉬웠다. 도대체 얼마나 많은 사람이 이 팻말을 읽어볼지 의심스럽기만 했지만, 홍콩 사람들도 자연에 대한 호기심이 많아 타이베이처럼 이렇게 관련 내용을 적극적으로 알리고 교육하고 있다고 생각하니 기분이 좋았다. 다만 노인들이 어떻게 자연과 만나 자연을 즐길 수 있게 할 것인지는 여전히 관심 밖의 사안인 듯했다.

예전에 베를린을 여행할 때, 베를린의 커다란 교외 숲에서 독일 노부부가 지팡이를 짚고 나란히 걷는 모습을 자주 보곤 했다. 고요함 속에서도 은은한 만족감이 느껴지던 광경이었다. 독일의 노인들은 숲속에서 산책하

과거 영국군의 식사를 준비하던 벽돌 스토브

는 걸 좋아했다. 정부도 걷기 좋은 평탄한 숲길과 공공 휴식 공간을 만들
어 제공하고 있었다.

홍콩에도 광활한 교외 녹지가 있으니, 유사한 환경을 제공해 노인들이
더 많이 산책하며 기분 전환을 할 수 있도록 도울 수 있지 않을까. 맨발 걷
기 같은 운동은 몸에도 아주 좋을 테니 말이다. 홍콩에는 완만하게 이어지
는 원시적인 산길이 적잖다. 모두 흙길이니, 맨발로 걷는 오솔길로 구획해
서 노인들이 신발을 벗고 산책에 나서도록 독려해봄이 어떨까. 많은 노인

이 즐거운 마음으로 숲속을 거닐면 이 도시의 교외 환경도 분명 훨씬 더 성숙해질 것이다. (2012년 10월)

생태학습용 오솔길로 들어가는 길

생경한 내용이 많은 홍콩의 생태학습용 팻말

이곳의 역사를 설명해주는 안내판

매거진 갭

솔개의 사랑을 한 몸에 받는
도시 속 푸른 벌판

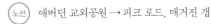

노선 | 애버딘 교외공원 → 피크 로드, 매거진 갭

교통 | 애버딘 교외공원으로 가는 길은 교통이 편리해서, 딱히 설명할 거리도 없다.
아예 빅토리아 피크로 가는 버스를 타고 매거진 갭에서 내려도 된다.

난이도 ★

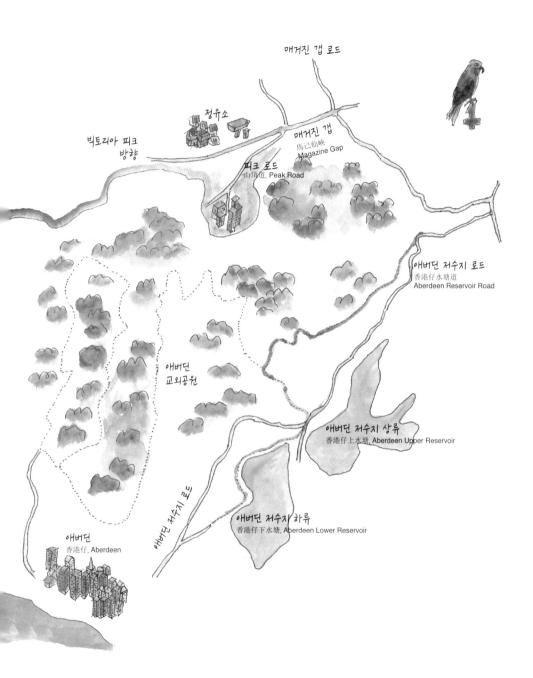

매거진 갭 로드

정유소

빅토리아 피크
방향

매거진 갭
馬己仙峽
Magazine Gap

피크 로드
山頂道, Peak Road

애버딘 저수지 로드
香港仔水塘道
Aberdeen Reservoir Road

애버딘
교외공원

애버딘 저수지 상류
香港仔上水塘, Aberdeen Upper Reservoir

애버딘 저수지 로드

애버딘 저수지 하류
香港仔下水塘, Aberdeen Lower Reservoir

애버딘
香港仔, Aberdeen

어느 날 황혼이 내려앉기 전, 새를 관찰하러 다니는 몇몇 친구들과 함께 오후 한나절 내내 애버딘 저수지 공원을 돌아다녔다. 그러는 동안 마음속에서 오래된 궁금증 하나가 똬리를 틀고 사라지지 않았다. 겨울이 되면, 600~700마리에 이르는 솔개들이 어째서 다른 숲이 아니고 꼭 이곳을 찾아와 밤을 보내는 걸까?

사이쿵이나 플로버 등 교외공원과 비교해봐도, 삼림 면적도 두드러지게 좁고, 자연미보다는 도시적인 느낌이 훨씬 강한 곳인데 말이다. 숲속에나 있는 보도도 콘크리트 길이 상대적으로 더 많고, 섹오나 폭푸람(薄扶林, Pok Fu Lam)에 비하면 흙길도 훨씬 적다. 노골적으로 이야기하면, 심 공원의 분위기가 산 전체를 뒤덮고 있는 곳이다. 산세가 넓고 탁 트인 곳도 아니고, 길도 흙길이 아니어서, 개인적인 산행 경험에 비추어 봐도 절대 최상 코스가 아니었다.

하지만 숲에서 밤을 보내야 하는 솔개 처지에서 보면 또 다를지도 모른다. 도대체 무슨 차이가 있는 걸까? 일단 중요한 포인트를 하나 짚어보자. 과거, 영국 식민 정부는 부족한 자연자원에 우려를 표하며, 홍콩 교외 지역의 숲을 보호하고자 있는 힘을 다 쏟아부었다. 그 덕에 이 섬의 산간

지대가 넓디넓은 원래 모습을 간직할 수 있었다. 사람들이야 콘크리트 덮인 길을 싫어하지만, 다행히 험준한 산세 탓에 개발도 여의치 않아서 길가의 풀과 나무들이 그나마 대규모 면적에 걸친 파괴를 피할 수 있었다. 거대한 나무들이 우뚝 솟은 사이사이로 그 아래쪽에는 다양한 나무들이 밀집해 있었고, 숲은 울창하면서도 어두웠다. 자세히 관찰해보니 추풍나무, 대만 리베시아(Reevesia formosana Sprague), 목하(Schima superba), 영남산죽자 그리고 녹나무 등 수령이 오래된 홍콩 토종 수종이 많고, 외래 수종은 적었다. 집 좀 볼 줄 아는 사람처럼 이 숲의 이런 내막을 알아차린 솔개가 자기 무리를 잔뜩 불러와 안전하게 서식하고 있었던 것이다.

오후 4시 무렵, 우리는 피크 로드와 매거진 갭 앞 구간에 도착했다. 세 갈래로 나뉘는 요충지였다. 홍콩에서 솔개 관찰 장소로는 이곳이 최고다. 최고의 장소라고는 하지만 사실 좁고 긴 인도가 매우 급하게 이어지고, 우리 뒤로 빅토리아 피크를 향해 올라가는 케이블카가 끊임없이 지나가는 데다가 크고 작은 버스들이 줄을 이었다. 하지만 600~700마리에 이르는 솔개를 기다리기 위해서라면 이 정도쯤이야 참을 수 있지.

눈앞에 매거진 갭이 탁 트인 채 펼쳐져 있었고, 울창한 숲과 무성한 풀, 나무들이 어우러져 있어 녹음으로 가득한 거대 스펀지를 보는 듯했다. 주변에 들어선 적잖은 고층 아파트들이 숲 가장자리에 우뚝 솟은 채 하얗게 빛을 발하며 눈길을 끌었다. 홍콩 부자들의 별장 수십 채가 삼엄한 경비 속에 자리한 산 중턱은 아예 또 다른 세상이었다. 그런데 산골짜기 입구, 그러니까 멀리 해안과 만나는 곳에 은백색 빛이 한 줄기 나타났다. 그 중간에 기이하게 생긴 거대한 건축물이 하나 보였는데, 유명한 홍콩오션파크(Ocean Park Hong Kong)였다. 인위적인 개발의 결정체들로 가득 둘러

솔개(2000년 3월)

600여 마리의 솔개가 모여
겨울밤을 보내는 곳이라고는 믿기 어려운
도심 옆의 숲

싸인 이곳에 이렇게 완전하게 보존된 숲이 있다는 건 그야말로 기적이었다. 솔개들도 분명히 이 점을 알아챘을 것이다.

정오 즈음에 숲속을 걸어가다가 고개를 들어 하늘을 보니 솔개 두세 마리가 이따금 낮게 날며 지나갔다. 가냘프게 떨며 낮게 우는 울음소리가 들리기도 했다. 그러다가 오후 4시가 조금 넘어 피크 로드에 도착하니 보이는 각도가 달라졌다. 여기서는 녀석들과 아예 어깨를 나란히 할 기회가 생기기도 했고, 심지어 녀석들을 아래로 내려다볼 수도 있었다. 이때 본 솔개는 숲 가장자리나 멀리 산골짜기를 미끄러지듯 날아간 예닐곱 마리가 전부였고, 무리를 지어 모여 있지는 않았다. 혹은 매거진 갭 상공으로 돌아가기도 했다.

홍콩관조회(香港觀鳥會)의 계산에 따르면, 매년 겨울마다 겨울을 나려고 찾아오는 솔개들과 원래 이곳에서 서식하는 솔개들이 다 합쳐 약 2,000여 마리 정도 된다고 한다. 매거진 갭 말고 스톤커터스섬(昻船洲, Stonecutters Island), 타이오 그리고 영차우섬(羊洲, Yeung Chau Island) 등 해안 삼림에도 솔개가 서식한다. 홍콩은 예부터 동아시아에서 솔개가 가장 많이 모여드는 도시였고, 매거진 갭은 그중에서도 솔개가 가장 많이 모여드는 장소였다.

대만에서는 예전에 솔개를 '라오잉(老鷹)'이라고 불렀는데 자연과학 분야가 세분되면서 '헤이위안(黑鳶)'이라고 바꿔 부르게 되었다. 예전에는 대만의 하구와 항구에서도 솔개를 흔히 볼 수 있었지만 최근 들어 환경 파괴로 그 수가 예전만 못하다. 최근 30년 동안의 조사 결과에 따르면 대만에서 볼 수 있는 솔개는 총 300여 마리 정도라고 한다. 대만에서는 지룽항(基隆港)에 솔개가 가장 많이 모여드는데 그래봤자 20~30마리에 지나지 않는다. 얼마 되지도 않는 솔개가 선회하며 모여드는 이 지룽항이 대만에서 솔개 관찰 명소가 될 줄이야 누가 알았겠는가. 그에 비하면 홍콩은 매거진 갭 한 곳에만 대만 전체 솔개 수의 배가 넘는 솔개가 모여드는데도, 정작 홍콩 사람들은 이 장관에 딱히 관심이 없는 듯하다.

매거진 갭과 유사한 숲은 홍콩섬에만 대략 예닐곱 군데에 달하며 타이탐(大潭, Tai Tam) 교외 지역, 섹오 교외 지역에 분포해 있다. 면적으로만 보면 이들이 매거진 갭보다 훨씬 더 큰데, 이곳의 어떤 점이 솔개들을 매료시키는 것일까? 궁금증이 사그라지지 않았다.

하지만 이곳에 서서 오랫동안 관찰한 끝에 초보적인 견해를 갖게 되었다. 나는 매거진 갭이 홍콩섬 중앙에 자리해 있고, 북쪽에서 남쪽을 향해 있는 까닭에 겨울이 되면 솔개가 이곳에서 북동풍을 피할 수 있으리라 생각했다. 커쟈족의 풍습으로 보면 솔개들에게 이곳은 최상의 풍수림이다. 게다가 매거진 갭 협곡의 기류가 솔개들이 하늘을 떠다니거나 선회하는 데 적합하다. 협곡 아래 공원이 도로로 나뉘어 있지도 않은 까닭에 솔개들에게 매거진 갭은 완벽하면서도 조용한 삼림이 되어주며, 바다에서도 가까워서 먹이를 구하기도 편리하다.

솔개는 이곳을 서식 본거지로 삼아 매일 아침이 되면 이리저리 흩어진다. 홍콩섬과 카오룽 등지는 물론 멀리 주강삼각주와 내륙 지방까지 훨훨 날아가서 먹이를 구해 온다. 녀석들은 하구와 바닷물 표면에서 선회하는 데 능하며 썩은 고기를 찾고 물고기를 잡는 데도 일가견이 있다.

1930년대 서양 여행가가 남긴 기록에 따르면, 예전에는 이런 교외 지역에서 산불이 나면 솔개가 하늘 위를 배회하면서 곤충 등 여러 동물이 타 죽기를 조용히 기다렸다고 한다. 처음 이 기록을 읽었을 때는 나도 모르게

솔개

깊은 밤이 오기 전, 솔개들은
한동안 허공을 선회하다가
숲으로 돌아간다.

웃음이 터져버렸다. 홍콩은 솔개들도 사람들을 닮아 바비큐를 좋아하나 보다 싶어서 말이다. 하지만 요즘 같은 때 무슨 산불이 그렇게 많이 나겠는가? 어쩌면 요즘 같은 때 솔개가 먹이를 쉽게 구할 수 있는 장소는 쓰레기 처리장일 것이다. 먹이를 찾을 때면 녀석들은 우아한 비행을 멈추고 빠른 속도로 선회하며 예리한 눈으로 쓰레기 속을 뒤진다. 무리 중 한 마리가 먹이를 찾아오면 공중에서 솔개들 사이에 쟁탈전이 벌어지기도 하는데, 먹는 모습은 날아다닐 때처럼 우아하지는 않다.

빅토리아항 근처에서 숙박을 하면 솔개가 연출하는 멋진 경관을 즐길 수 있다. 높은 층에 묵으면 솔개가 사람 시선 아래로 허공을 미끄러지듯 날아가기도 하며 날개를 나란히 하고 지나가기도 한다. 이때는 날개의 빛깔, 기둥 모양의 깃털 배열까지 똑똑하게 볼 수 있고 깃털이 움직일 때 나는 소리까지 다 들리는 것만 같다. 맹금류의 기가 막힌 비행 장면을 가까이에서, 무섭지 않으면 더 이상한 각도에서 하느님이라도 된 듯 내려다 볼 수 있다.

거의 1분마다 솔개가 하늘가를 미끄러지듯 날아가거나 숲 위의 허공을 스치며 지나간다. 오후 5시 즈음이 되면, 멀리 산꼭대기에서 수십 마리의 솔개가 하늘 위를 유유자적 한가롭게 노닐기 시작하며, 매일같이 무대에 올리는 야간 공연이 곧 개시될 예정임을 알린다. 그리고 바로 뒤 솔개들이 전투기처럼 자유롭고 느긋하게 기류를 따라 끝도 없이 이쪽으로 넘어온다. 그때 지표면을 유심히 바라봤는데 바람은 멎고 나무도 숨을 죽인 듯, 눈앞 산골짜기의 나무와 풀들은 미동도 하지 않았다. 그런데 이와 달리 몇 겹의 뜨거운 기류가 형성된 하늘은 솔개들이 하루를 마무리하며 우정을 다지는 장소가 되어주었다. 황혼이 내려앉아 산골짜기로 날아가 휴식에 들어가기 전에 솔개들은 늘 한동안 허공을 선회하며 함께 사교 파티를 벌인다.

그러다가 얼마 지나지 않아 한 마리 한 마리씩 각자 숲의 허공 속으로 날아 들어갔다. 살짝 낮게 나는 녀석들은 숲의 맨 위쪽 끄트머리를 미끄러지듯 날아갔다. 여러 차례 날갯짓을 해야 위로 날아오를 수 있는 녀석들도 있었다. 하지만 대다수는 높은 하늘 위를 떠다니며 평상시처럼 날개를 활짝 편 채 기류에 맞춰 펄럭였다. 사람이 다섯 손가락을 펴듯 녀석들은 기류가 지나가도록 날개 끝을 활짝 펼쳤고, 기류로 거대한 날개를 지탱하기도 했다.

한 20년 전 즈음에 지룽항에서 솔개를 관찰한 적이 있다. 황혼이 내려앉은 무렵, 솔개 스무 마리가 산골짜기로 날아갔는데 날아가서 밤을 보내기 전, 녀석들은 아침이면 다 같이 모여드는 고압 전류 탑에 내려앉았다. 그러더니 다시 다 함께 날아올라 주워 온 나뭇가지를 서로 뺏고 뺏기며 놀았다. 그렇게 한동안 놀다가 다시 탑으로 돌아가 휴식을 청했다. 그러다가 밤이 깊어 저 멀리 고기잡이배들이 산발적으로 불을 밝히기 시작한 뒤에야 사냥꾼들이 자신들이 머무는 곳을 알지 못하도록, 이 밤의 어둠을 틈타 본인들의 고정 서식지인 말라붙은 커다란 나무로 하나둘 날아갔다.

눈앞의 매거진 갭에 잎이 다 떨어진 커다란 나무 한 그루가 숲 한가운데 우뚝 서 있는 모습이 눈에 똑똑히 들어왔다. 혹시 이 나무가 솔개들이 밤잠을 청하는 5성급 호텔일까? 하지만 이 나무가 아무리 커도 솔개 수백 마리가 체크인해서 밤을 보내기에는 확연히 부족해 보였다. 그럼 이 나무에 내려앉지 못하는 녀석들은 어찌해야 하나? 이곳 솔개들도 조금 있다가 다시 돌아와서 지룽항의 솔개들처럼 한바탕 놀고 갈까? 어쩌면 지금부터 내 눈앞에 펼쳐질지도 모르는 이 광경들이 머릿속을 맴돌았다.

산골짜기로 날아 돌아가는 솔개들이 점점 가까워졌다. 적잖은 솔개들이 바로 내 눈앞을 미끄러져 날아갔다. 갈색에 하얀 반점이 섞인 날개로 공중에서 우아하게 몸체를 지탱하고 낮게 날았다. 이 소박한 외형에서 늘 뭐라 말로 표현하기 힘든 세월의 온갖 풍파가 느껴지곤 한다. 우리 아래쪽을 날아가는 녀석들의 날개 윗면이 또렷이 보였다. 꼭 손 위에 표본을 올려놓고 보는 것처럼 선명하게 눈에 들어왔다. 하지만 가장 매력적인 건 역시나 눈이었다. 녀석이 머리를 회전할 때 우리에게 와 꽂히는 그 예리한 시선을 나는 정확히 보았다. 젊은 시절에 해군에서 군 생활을 한 내가 새 관찰이라는 세계에 발을 디디게 된 이유도 바로 새의 시선에, 이 기이하면서도 신비로운 그 눈에 빠져들었기 때문이다.

오후 5시 30분, 산골짜기 동쪽에서 수십 마리의 솔개가 산꼭대기를 배회하기 시작하더니 점차 가까이 다가왔다. 얼마 지나지 않아 눈앞에 보이는 동네에 거의 100마리나 되는 솔개들이 모여들더니 하늘 위를 선회했다. 여러 방향에서 돌아온 솔개들이 마치 약속이라도 한 듯 숲 가장자리로 몰려들었다. 해가 서쪽으로 지고 하늘에 노을이 떠오르자 수백 마리의 솔개가 날아다니며 장관을 연출했다. 그 순간 티베트에서 천장(天葬)*을 할 때 펼쳐지는 기이한 풍경이 이곳에서 재현되었다.

이 얼마나 불가사의한 풍경인가. 하지만 다름 아닌 홍콩섬, 이 대도시의 황혼 속에서 펼쳐진 풍경이었다. 먹이를 찾아 내려올 시간도 아닌 때에

● 티베트 지역 고유의 장례 의식으로,
　망자의 육신을 하늘에서 날아온 독수리에게 내어준다.
　조장(鳥葬)이라고도 부른다.

말이다. 각자 원을 그리며 날던 솔개들이 하늘을 선회하던 다른 솔개들과 이어졌다. 녀석들은 어떤 소리도 내지 않았다. 서로 다른 산골짜기에서 가냘프고 경쾌한 울음소리를 선보이기도 했던 낮과는 달랐다. 한 마리 한 마리가 암묵적으로 약속이라도 한 듯 입을 다물었고, 하늘은 정적에 휩싸였다. 서로 뒤쫓아 날아가기도 했지만 그러다가도 곧 떨어져 날기 시작했고, 허공 속을 계속해서 빙빙 돌며 날았다. 꼿꼿한 날개로 조용히 모든 대화를 주고받는 듯했다.

도대체 솔개가 몇 마리나 될까? 솔개가 가장 많이 나타났을 때 카메라로 사방에서 솔개가 몰려든 하늘을 찍어보았다. 나중에 사진 속 그림자를 하나하나 세어보았는데, 그때 내가 찍은 하늘에만 400마리 가까운 솔개가 모여 있었다. 하지만 이 녀석들밖에 없을까? 물론 아니다. 많은 녀석이 여전히 집으로 돌아오는 중이었기 때문이다. 동쪽에 있던 솔개 중 대다수는 이미 다 되돌아왔고, 서쪽에 있던 솔개들은 이보다는 좀 늦었다. 하늘가는 아직도 밝았다.

좀 늦게 되돌아온 녀석들은 날아오는 속도가 좀 더 빨랐다. 어떤 녀석들은 몇 번 돌지 않고 일찌감치 숲속 하늘로 날아 들어갔다. 망원경으로 내려다보니, 아까 본 잎 다 떨어진 그 나무 위에 이미 수십 마리가 자리를 잡고 쉬고 있었다. 먼저 날아 내려간 녀석들이 젊은 놈들인지 아니면 연배가 좀 있는 놈들인지는 알 길이 없다. 다른 조류와 마찬가지로 솔개들은 저마다 자기가 서식하는 자리가 있다. 가장 좋은 자리는 분명 늙은 새가 제일 먼저 차지할 것이다. 그러지 않으면 그 자리에 앉겠다고 다툼이 일어날 테니.

얼마 되지 않는 내 경험에 따르면, 가장 먼저 날아 내려간 녀석들이 분명 지위가 좀 높은 연장자들일 것이다. 방 하나 구하기 어려운 홍콩에서 서식하기 적합하지 않은 나무, 이를테면 비로야자(Livistona chinensis) 같은 나무에 터를 잡아야 하는 솔개들도 있지만, 또 멀리 커다란 고목(枯木) 윗부분에 자리를 잡고 쉬는 녀석들도 있다.

환한 낮에야 사납고 고집스럽기 이를 데 없는, 적수가 거의 없는 맹금류로 보이지만, 녀석들도 깊은 밤이 되면 무리를 지어 안전하게 거주할 곳을 찾는다. 뭘 두려워하는 걸까? 사냥꾼이다. 사냥꾼의 탐지가 두려워 하늘이 어둑어둑해지길 기다렸다가 그제야 둥지로 돌아가는 녀석들을 예전에 대만에서 본 적이 있다. 어쩌면 홍콩의 솔개들은 아마 이곳에 자신들을 해칠 사람이 없다는 걸 알다 보니, 하늘이 어두워지지 않았는데도 큰 걱정 없이 하나둘 날아가 내려앉았을 것이다.

다시 고개를 들어 하늘가를 바라보니 하늘은 이미 깜깜해져 있었다. 별 하나 보이지 않았지만 숲 주변 고층 빌딩과 아파트에서 밝힌 빛이 별처럼 박혀 있었다. 아래쪽 산골짜기에는 어림잡아 600~700마리의 솔개들이 깊은 잠을 청하며, 홍콩 시민들과 함께 또 한 번의 겨울밤을 보내고 있을 터였다.

내일 새벽 다시 하늘이 밝으면, 아직 많은 사람이 꿈결을 헤매고 있을 그즈음, 녀석들은 또다시 하나둘 하늘로 날아올라, 항구를 지나고 고층 빌딩을 스치며 수많은 산을 넘어 서쪽으로 날아갈 것이다. 홍콩에서 시작될 또 다른 하루의 서막을 올리기 위해. (2012년 5월)

솔개들이 밤을 보내는
주요 장소 중 하나인
거대 고목

1996년 7월 솔개

라마섬

도시의 화려함과 빠른 속도를
완충시켜주는 작은 섬

(노선) 피크닉 베이 → 로소싱 → 융쉬완, 2시간 30분 소요

(교통) 센트럴 여객선 부두에서 여객선을 타고 피크닉 베이에서 내린다.

난이도 ★

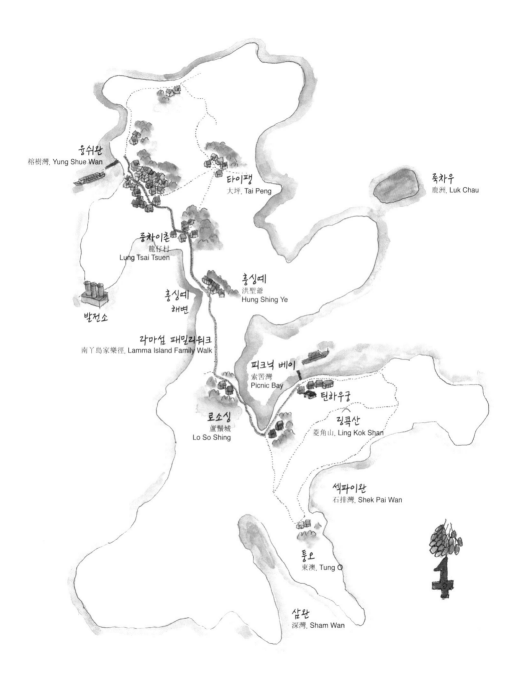

융쉬완
榕樹灣, Yung Shue Wan

타이팽
大坪, Tai Peng

룩차우
鹿洲, Luk Chau

룽차이촌
龍仔村
Lung Tsai Tsuen

홍싱예
洪聖爺
Hung Shing Ye

발전소

홍싱예
해변

라마섬 패밀리워크
南丫島家樂徑, Lamma Island Family Walk

피크닉 베이
索罟灣
Picnic Bay

틴하우궁

로소싱
蘆鬚城
Lo So Shing

링콕산
菱角山, Ling Kok Shan

섹파이완
石排灣, Shek Pai Wan

퉁오
東澳, Tung O

삼완
深灣, Sham Wan

처음 라마섬(南丫島, Lamma Island)에 가는 길은 어쩐지 홍콩을 멀리 떠나는 기분이 들었다. 아니, 아예 아시아 대륙을 훌쩍 떠나 멀리 가는 느낌이었다.

다른 여행객들과 마찬가지로 센트럴 여객선 부두에서 출발했다. 출발 전에는 전혀 예상하지 못했다. 이 여정을 통해 황량하면서도 메마른 데다 구릉과 암석이 많은, 지중해 느낌이 가득한 섬을 만나게 되리라고는.

그리스의 섬들을 연상시키는, 그러면서도 또 이탈리아 남부의 풍광이 섞인 라마섬의 매력에 이 섬의 실제 위치마저 잊어버릴 지경이었지만, 이 섬은 분명 홍콩 남쪽 바다 위에 자리해 있었다. 그 바람에 나는 또 다른 생각에 빠져들었다.

해안으로 이어지는 철도 노선이 한두 개쯤 있는 대도시는 상당히 많다. 도시민들은 이를 통해 스트레스를 푼다. 예를 들어 타이베이 시민들은 지하철 단수이선(淡水線)을 타면 단수이 바닷가에 갈 수 있다. 휴일이 아닌 때에도 여행객들은 이 지하철 노선을 이용해 단수이로 몰려든다. 도쿄에서는 에노시마 전철(江之電鐵)이 도시 남녀와 학생들을 쇼난(湘南) 해안으로 실어 나른다. 이렇게 도시인의 스트레스를 날려주는 일종의 파이프라인 역할을 하는 전철들은 해안으로 이어지는 그 길 중간에 보통 교외 지역을 지나간다. 푸른 녹음이 펼쳐진, 시의적절하게 끝없이 이어지는 들판의 세례를 받으며 지나가는 그때, 여기에 살짝 기울어진 기차의 흔들림까지 보태면 그제야 잠시나마 도시를 떠나는 즐거움이 천천히 느껴지기 시작한다.

홍콩은 주변이 모두 바다로 싸여 있고, 지하철이 사방으로 내달린다. 지하철을 타면 어디든 가기 쉽고, 중간에 완충 작용을 할 만한 교외 지역도 없어서, 방금 이야기한 그런 즐거움은 느낄 수 없다. 어떤 때는 도심지를 떠나 해안으로 이어지는 노선이 없어서 홍콩 시민들이 스트레스를 풀고 바람을 쐴 기회가 줄어든 것이 아닐까 하는 우울한 생각이 들기도 한다. 하지만 바다는 울타리 역할을 해주기도 한다. 홍콩에 완충 지대 역할을 해주는 철도는 없지만, 다행스럽게도 라마섬이(또는 그 외에 이름 없는 수많은 작은 섬들이) 그보다 훨씬 더 큰 완충 지대가 되어준다.

홍콩처럼 시끌벅적한 열기와 화려함이 다양한 형태로 나타나면서도 또 미묘하고 복잡한 역사로 인해 한곳에 모여 독립성을 유지하고 있는 도시는 거의 찾아볼 수 없다. 지리적으로는 바다 건너 서로 뚝 떨어져 있지만, 생활 구역은 또 벌집 같은 밀실들로 나뉘어 있다. 홍콩이 발하는 화려한 불빛 속에는 현실에 대한 환상과 긴박함 그리고 불안이 숨어 있다.

내가 가진 홍콩 지도에서는 홍콩에서 세 번째로 큰 섬, 라마섬이 실제 크기보다도 훨씬 더 거대해 보인다. 덩어리 모양으로 생긴 도심지의 정서를 오랫동안 조정해주는 역할을 해온 섬이다. 만약 홍콩이라는 도시를 교도소에 비유한다면, 라마섬은 분명히 이 교도소에서 바람이 가장 잘 통하는 한구석, 홍콩이 잃어버린 귀퉁이라 할 수 있을 것이다.

다른 도시에 사는 시민들은 철도를 타고 바다로 향하며 탁 트인 바다

피크닉 베이 풍경

와 그 밝은 빛깔에 기대 출근길 스트레스와 근심 걱정을 덜어버린다. 그
런데 홍콩 사람들은 여객선을 타고 끝없는 바다 위를 지나가며 자신이 마
주한 고독을 되돌아보곤 한다. 변경에 자리한 채, 희미한 불빛을 우아하게
발하는 섬, 라마섬은 홍콩에 메시지를 던지는 섬이자, 홍콩의 속도를 늦춰
주는 완충지대다.

대만에서 멀리 홍콩을 바라보고 있노라면 대만에는 라마섬같이 큰 부
속 섬이 없다는 점이 너무나 안타깝게 다가온다. 30분이면 도착할 수 있
는, 대도심의 화려한 열기에서 살짝 빠져나와 지금 이 시공과 완전히 단절
될 수 있는 그런 섬이 없다는 점이 말이다.

우리가 도착한 해변의 작은 길

피크닉 베이를 산책 중인 노부인

처음으로 라마섬에 가던 날, 나는 피크닉 베이에 발을 내디뎠다. 틴하우궁에 도착할 즈음, 솔개 몇 마리가 하늘 위를 선회하며, 더 남쪽으로 미끄러지듯 날아갔다. 그 순간, 갑자기 여기 이 산 하나만 넘어가면 아름다운 모래사장이 있는 삼완과 섹파이완에 이른다는 데 생각이 미쳤다. 홍콩에서 가장 궁벽한, 이제는 아예 잊혀버린 이 몇몇 마을들은 많은 사람이 이주를 떠난 뒤 다시 돌아오지 않아 이제는 사람 수가 하늘 위의 솔개보다 더 적은 촌락이 되었다.

가는 길 내내 여기저기 흩어진 채마밭들만 눈에 띈다. 밭두렁에는 얼마 되지 않는 농민들이 쭈그린 채 앉아 있고, 농민들보다 훨씬 많은 노인들이 동네 구멍가게 옆 용수나무 아래 둘러앉아 있었다. 홍콩 사람들이 억눌린 감정을 풀기 좋은 땅이 바로 라마섬이라는 생각은 어쩌면 우리의 일방적인 착각일 수도 있다. 사실 이 섬 역시 도심에서 멀리 떨어진 외진 지역이 갖고 있는 다양한 문제가 있었다. 도시 사람들은 이곳에 와서 스트레스를 풀겠지만, 이 땅에도 불안이 깃들어 있다는 사실은 잊어버릴 것이다.

라마섬 패밀리 워크에서 바라본
피크닉 베이

시골 작은 마을들이 제대로 돌봄을 받지 못하고 있다는 점과 이들이 빠른 속도로 무너지고 있다는 점 외에도 균형을 잃어버린 환경과 쇠락해가는 농경 등의 걱정거리는 우리가 줄곧 외면해온 곤경을 보여준다.

라마섬을 남북으로 관통하는 패밀리 워크의 좌우 양옆에는 풍경을 해치는 인위적인 랜드 마크들이 서 있다. 무지막지하게 우뚝 서서 느닷없이 등장하는 발전소의 거대한 굴뚝 세 개가 바로 그 주인공이다. 아무리 싫어도 이 녀석들의 존재를 받아들일 수밖에. 좀 더 높이 올라가서 멀리 내려다보면 왼쪽에 풍차 모양으로 생긴 풍력발전기가 눈에 들어온다. 친환경이라고는 하지만 그래도 첨단 과학기술의 느낌이 물씬 나는 그 외관은 정말이지 이 작고 소박한 섬과는 너무나 딴판이다.

그래도 행운인 게 길 따라 이어지는 해안 풍광은 너무나 아름다웠다. 돌이 겹겹이 쌓인 산과 짙푸른 너른 바다 풍경이 눈앞에 끝도 없이 이어지다가 저 멀리서 서로 만나 하나가 되었다. 이른 새벽과 저녁에 산책을 나서면, 홍콩 시골길은 도심 길거리에서는 절대 느낄 수 없는 안락함을 선사한다. 우리가 라마섬의 정서라고 말하는 것 중 하나가 바로 유유자적 한가로운 산책에 있다.

하지만 산길 옆에 설치된 산불 진화 도구는 이곳이 상당히 건조한, 물을 얻기 쉽지 않은 곳임을 알려준다. 관목 수풀은 홍콩에서 상당한 면적을 차지하고 있다. 강송, 도금양 등의 군락에 발풀고사리, 차이니스 스케일시드 세지 등이 모두 의심할 필요 없는 화재의 온상이다. 그러니 이곳에서 오랫동안 생계를 이어온 섬 주민들로서는 북동풍을 막아주는 남향 산골짜기를 찾아 물이 가까운 산골짜기의 널따란 중심지에서 삶을 일구는 게 유일한 방법이었다.

지중해 교외 지역의 산 풍경을 보는 듯한 산길 옆

섬의 평지에서 흔히 볼 수 있는 채마밭

피크닉 베이의 틴하우궁은 세워진 지 100년이 넘었다.
사원 안에는 청나라 때 유물이 여러 점 보존되어 있다.

홍싱예 해변에 다다르자, 같이 간 친구는 바닷물의 유혹을 떨쳐버리지 못하고 물속으로 뛰어들었다. 이곳은 한 6~7년 전 섬에 은거하던 친구가 자주 찾던 바닷가다. 하지만 융쉬완이 가깝고 지리적으로도 이동하기 아주 편한 위치에 있다 보니, 이제는 휴일이 아닌 평상시에도 이곳에서 고요함을 맛보기는 어려워졌다.

이제 내 친구는 사람들을 피해 여기보다 훨씬 더 안쪽 은밀한 곳에 자리한 로소싱을 찾는다. 앞서 패밀리 워크를 걸으면서 멀리 해안가 절벽 아래 구석을 보니 눈에 들어오는 건 산기슭에 바짝 붙은 하얗고 깨끗한 모래사장뿐이었고, 백인 한두 명이 물속에서 간단한 잠수 장비를 사용해 잠수 중이었다. 망원경으로 바라보며 무척이나 부러워하고 있는데, 잘 보니 이들 주위에 어망이 벽처럼 둘러쳐져 있었다. 나도 모르게 호기심이 일었다.

"저렇게 울타리를 쳐놓고 수영하는 이유가 뭐지?"

"상어의 침입을 막아주는 샤크넷(shark net)이라는 어망이야."

친구의 간단한 답변이 돌아왔다. 그런데 내 친구에게는 상어보다도 여행객들이 더 성가신 존재인 모양이다.

홍싱예 해변 옆에는 작은 유기농 농장이 하나 있다. 친구가 물놀이하는 틈을 타 나 혼자 구경하러 갔는데, 채마밭 사이사이에 이런저런 채소와 과일을 심어 놓았다. 친구 말로는 돕는 셈 치고 가끔씩 이 농장에서 채소와 과일을 사기도 하지만, 가격은 싸지 않다고 했다. 친구는 홍콩 유기농의 미래를 긍정적으로 내다보지 않았다.

어쨌든 그래도 흥이 나서 정신없이 걸어가서 보니 이 농장에서 기르는 채소와 과일은 얼마 되지 않았고, 색깔도 별로였다. 이제 곧 입동이니 지금이면 풍작을 거둬야 하는 시기 아닌가? 재배 면적과 환경을 살펴보니 개인이 자급자족을 위해 운영하는 작은 가정농원으로 아직은 실험적인 단계에 있는 농장으로 보였다. 대만이나 일본에서는 유기농도 대부분 기업 경영의 이념을 토대로 대규모 생산을 하며 기업화하고 있다. 바로 이 점 때문에 내게는 이 작은 유기농 농장의 상징적인 의미가 더 소중하게 다가왔다. 더군다나 라마섬의 농경이 몰락하고 원주민들이 대거 섬을 빠져나가버린 바로 이 시점에 말이다.

모래사장 옆 오래된 나무 아래에서 한 노파가 쭈그리고 앉아 바닥에 늘어놓은 과일들을 지켜보고 계셨다. 자세히 보니 왐피를 팔고 계셨다. 타원형으로 생긴 달콤한 왐피에서는 길들지 않은 야생 열매의 맛이 난다. 이런 토종 과일은 홍콩 교외 지역에서 많이 생산되고, 센트럴이나 완차이(灣仔, Wan Chai) 등지의 시장이나 상점에서도 흔히 볼 수 있다. 어쩐지 오래된 홍콩이 과일로 모습을 바꾸고 내 동무가 되러 와준 것 같다는 생각이 들었다.

그 자리에서 왐피를 한 줄 사서 허기를 달랬다. 할머니는 고마워하시면서 내게 이런저런 말씀을 건네주셨다. 그런데 할머니께서 광둥어만 하시는지라 그중 알아들은 말은 사실 얼마 되지 않았다. 할머니의 손짓, 발짓을 보며 할머니가 직접 집에서 기른 왐피를 가지고 와서 팔고 계시다는 건 알아들었지만, 그 외에는 뭐라고 하셨는지 알 길이 없었다.

주변에 다른 여행객은 없었고, 할머니와 나는 내 친구가 이쪽으로 건너올 때까지 함께 저 멀리 훙싱예 해변을 바라보았다. 낯선 할머니 한 분과 이렇게 고요한 적막 속에 어깨를 나란히 하고 있으니 황량함 속에서도 은근한 정이 느껴졌다.

황혼이 내려앉을 무렵, 융쉬완에 도착했다. 주변 산골짜기는 바람을 등지고 있었고, 울창한 삼림이 나타났으며, 숲 옆으로 눈에 잘 띄지 않는 농가가 하나 보였는데, 플랜틴 바나나와 생강 꽃이 사방에 가득 피어 있었다. 대만 남부의 조용한 시골 풍경과 비슷했지만, 동남아시아의 시골 동네 풍경에 더 가까웠다. 어찌 되었든 홍콩은 아니었다.

아시아판 〈타임〉은 홍콩섬의 드래곤스 백(Drangon's back)을 아시아 최고의 도심 속 트레킹 코스로 선정한 바 있다. 하지만 나는 줄곧 그 기사를 쓴 사람이 과연 라마섬에 와보기는 했는지, 아니면 홍콩의 다른 교외공원에 가보기는 했는지 궁금했다. 혹시나 또 산과 바다의 장엄한 풍경만을 선정 기준으로 삼았을지도 모를 일이다.

느릿느릿 몇몇 농가 가까이 걸어갔다. 멀리서는 누런 진흙 벽돌로 쌓아 올린 가옥으로 보였는데, 가까이 가서 잘 살펴보고 나서야 근대 화강암에 가까운 건축자재로 지은 가옥이라는 걸 알았다. 그렇다 보니 군데군데 떨어져 나간 부분이 있을 수밖에. 그래도 어쨌든 오래전에 지은 낡은 가옥과 마주하고 있으니 설레고 흥분된 마음에 가슴이 벅찼다. 대만에서 오래된 삼합원(三合院)*을 만난 듯한 그런 기분이다.

친구는 이곳에서 오래전 가까이 살던 이웃을 우연히 만났다. 그 이웃은 산 중턱에 작은 집을 하나 빌려 그림 그리는 일을 하며 산다고 했다. 적잖은 라마섬 원주민들이 이곳을 떠나는 이때, 예술을 사랑하는 서양 히피들이 이국적인 풍경이 펼쳐지는 이곳을 터전으로 골라 꽤 많이 들어오는가 보다. 특히나 융쉬완 근처의 오래된 집들과 작은 잡화점, 상점 외관 장식에서는 동서양의 문화가 섞인 이국적인 느낌이 물씬 풍겼다. 한가로운 풍경의 멋이 느껴지는 이런 분위기 속에 오래전 홍콩의 모습이 남아 있었다.

이 섬에는 작은 소방차를 제외하면 차가 아예 없다는 데 나는 더 놀라고 말았다. 어떤 여행객이든 이 섬에 발을 디디면 아주 자연스럽게 섬 주민이 되어 느릿느릿 발걸음을 옮기면서 해변 모래사장의 한가로운 분위기 속으로, 시골 작은 마을의 여유 속으로 녹아든다. 가볍게 느릿느릿 흘러가는 이곳의 생활 리듬은 동서양식 레스토랑과 펍이 꽤 여러 곳에 뒤섞여 존재하는 이곳의 풍경에도 잘 어울렸다. 여행객 중 다수가 아마도 이 점 때문에 이곳을 찾는 것이리라.

각양각색의 식당들은 이곳 한 자락에 작은 번영을 불러왔다. 인근 상점과 작은 가게에서 파는 식품이나 물건들도 제법 다양한 편이다. 나는 노트에 여기서 본 그래스 젤리(Grass Jelly)**, 다우푸퐈, 에그 와플, 생선 완자, 돼지 껍질, 절인 생선과 마른 새우 등을 옮겨 그렸고, 적포도주나 치즈 같은 서양 식품도 그려두었다. 대부분은 홍콩섬에서 운송해 온 식품들인데, 이곳에서 나는 얼마 안 되는 채소들과 썩 잘 어울렸다.

많은 것들이 이렇게 기기묘묘하게 뒤섞여 있으니 아주 풍족해 보였다. 이 기분 좋은 삶을 간직한 작은 섬에 한동안 머물면, 나도 기기묘묘한 즐거움에 빠지겠거니 그런 상상을 해보았다. 사실 내가 이곳에 발을 디딘 뒤 가장 깊은 인상을 받은 건 길옆에 설치된 벙커 등의 설비였는데, 개나 고양이 화장실로 쓰고 있었다. 이런 걸 보면 홍콩에서 그나마 반려동물들이 살기 적합한 곳이 라마섬이구나 싶다. 융쉬완 근처에서는 목줄을 두른 개와 고양이들이 사람 앞뒤를 우아하게 오가는 모습을 자주 볼 수 있었다. 상당수 가게가 계산대 앞에 '라마섬동물애호협회(Lamma Animal Welfare Centre)'라고 쓰인 작은 모금함을 올려두었다. 이를 통해 이 섬 주민들이

● 중국의 전통 가옥 중 하나로, 세 채의 단층 건물이 ㄷ자 모양으로 이루어져 있다.
● ● 선초(仙草)를 끓인 물을 걸쭉하게 만든 뒤 식혀서 굳힌 젤리로,
　　타이완과 홍콩 등지에서 디저트로 많이 먹는다.

동물을 존중하고 동물의 생활권을 인정하고 있다는 사실을, 그 의식 수준이 다른 어디보다 높다는 걸 알 수 있었다. 그렇다면 인권에 대한 인식도 다르지 않을 것이다.

이 섬의 '사우스 아일랜드 북웜 카페(South Island Bookworm Cafe)'는 또 하나의 행복한 기억을 선사한 곳이다. 카페 안에는 서가가 일렬로 배열되어 있었는데, 첩첩이 쌓인 서양 서적은 대부분 유기농과 로푸드(raw food), 친환경 음식 관련 책들이었다. 고양이를 사랑하는 주인장은 크게는 지구를 사랑하자는 메시지를 전하고 있었다. 아마 더 작게는 라마섬을 아끼고 보호하자는 메시지일 것이다. 손이 가는 대로 책을 꺼내 보고 음악을 들

홍싱예 해변의 작은 유기농 농장

라마섬에는 섬에 들어온 개들이 볼일을 볼 수 있는
화장실이 정해져 있다. 여기저기 돌아다니면서 볼일
을 본 흔적을 남겨서는 안 된다.

피크닉 베이 근처의 상점

으며, 고양이의 우아함과 게으른 행동거지를 감상할 수도 있다. 또 서양식 채식 메뉴도 제공한다. 이 단순하고 가벼운 식사가 우리가 이곳에서 진지한 여행을 했음을 깨우쳐 주었다. 그런 면에서 홍콩은 또다시 라마섬과 단절되어 있었다.

사실 나 역시 상상도 하지 못했다. 황혼이 내려앉을 무렵 이곳에서 홍콩에서 흔히 먹는 갯가재와 치즈 바닷가재 등 해산물로 가득한 화려한 음식이 아닌 다른 음식을 먹게 되리라고는. 하지만 한 번 이런 경험을 하고 나니 홍콩에서 세 번째로 큰 이 섬의 존재가 다시 한 번 또렷하게 다가왔다. 조용히 오르락내리락하는 바닷물에서 이 섬과 홍콩의 미묘한 거리가 전해졌다. (2010년 9월)

익숙한 것들 그리고 낯선 것들
똑같이 닮은 것들 사이에서도 드러나는 작은 차이
'나의 수첩'에서는
이 미묘한 차이 속의 홍콩을 담아보았다

떠나기 전 확인할 것

홍콩에서는 광둥어로 등산을 '항산(行山)'이라고 한다. 휴일이 되면, 지하철역과 버스 정류장은 등산을 즐기는 적잖은 인파로 늘 붐빈다. 여객선을 타고 가야만 도착할 수 있는 등산 코스들도 있다 보니, 트레킹은 떠들썩하고 바쁜 도심을 벗어나는 느낌을 한층 더해준다.

● 넓은 산길

홍콩의 산은 대만 교외 지역의 산보다 걷기가 훨씬 더 좋다. 일단 산길이 대부분 평평해서 대만의 산길처럼 경사가 심하지 않다. 어떤 사람들은 아예 몇 코스를 정해 천천히 걷거나 달리기도 한다. 심지어 야간 산행을 하기도 한다. 게다가 산길 폭이 넓은 점도 큰 장점이다.

대만에서 산에 오르다 보면 이런저런 가지와 덩굴 때문에 힘들 때가 많다. 사람이 거의 다니지 않아 잡초에 파묻혀버린 산길을 걸어볼라치면 아예 칼을 들고 다니며 덩굴과 가지를 쳐가면서 길을 내야 할 정도다. 그렇다 보니 옷도 툭하면 찢어지고 손발도 쉽게 다치게 마련인데, 홍콩의 산길에서는 이런 일이

여객선

넓은 산길

걷기 좋은 산길

거의 일어나지 않는다. 짧은 바지를 입고 산에 오르는 사람도 대만보다 훨씬 많다. 특히 외국인들은 대부분 이렇게 간편한 복장으로 산에 오르고, 심지어 등산 샌들 한 켤레만 신고 가볍게 오르는 사람도 많다.

● 잘 갖춰진 각종 설비

홍콩은 산길이 아주 꼼꼼하게 잘 구획되어 있고, 설비도 제대로 잘 갖춰져 있으며, 관리 상태도 상당히 양호하다. 특히나 4대 트레킹 코스와 교외공원에는 등산로 출발점에 대부분 지도와 안내판이 설치되어 있고, 등산객의 현재 위치와 산길의 상세 지도가 다 표기되어 있다. 갈림길도 아주 정확하게 표시되어 있다. 대만처럼 10미터 정도만 가면 등산 리본이 달린 풍경은 거의 볼 수 없다. 안내판 표지가 아주 정확하게 잘되어 있으니 등산 리본의 도움을 받을 필요가 없다. 홍콩 산길의 특징 중 하나일지도 모르겠다.

4대 트레킹 코스와 주요 교외 보도에는 모두 현재 위치를 알려주는 '산길 위치 안내판(distance post)'이 길을 따라 설치되어 있다. 긴급한 상황이 발생하면 관련 구조 기관에 이 산길 위치 안내판의 일련번호나 격자무늬 좌표상의 지점을 알리면 된다. 길 입구에는 긴급 상황 시 사용할 수 있는 전화가 대부분 설치되어 있다. 하여튼 안전 설비 관리로는 전 세계 등산 코스 중에서 가장 꼼꼼하고 빈틈없는 곳 중 하나가 홍콩이다. 설사 가다가 길을 잃었다 해도 아무

갈림길 표식

등산 입구 안내판

긴급 전화

길이나 하나 골라 산에서 내려가면 대부분 도로로 이어진다.

● 편리한 교통

의심할 필요도 없이, 홍콩은 세계에서 등산하기 가장 좋은 도시이다. 교통망이 치밀하게 짜여 있다 보니 쉽고 편리하게 산에 오를 수 있다. 어느 산을 가든 등산로 입구까지 가는 데 걸리는 시간은 대부분 한 시간을 넘지 않는다.

홍콩의 모든 지하철역과 기차역은 크고 작은 버스 노선과 연결되어 있고, 버스가 자주 오기 때문에 오래 기다릴 필요도 없다. 또 대다수 섬의 선착장에서도 짧은 간격으로 정확한 시간에 운항 서비스를 제공하고 있어, 여객선을 타고 산행에 오르는 홍콩 특유의 여행을 경험할 수 있다.

혼자 산행에 나서고 싶다면 종이와 필기구를 준비해가라고 권하고 싶다. 홍콩 택시 기사들과는 중국어보다는 영어로 소통하는 편이 훨씬 쉽다. 특히 버스 기사는 더 그렇다. 종이와 연필을 준비해서 한자를 써가며 대화하면 노선이나 하차 지점을 훨씬 더 정확하게 확인할 수 있다.

버스와 여객선 노선, 운행 횟수 등은 인터넷에서 확인할 수 있다.

미니버스

버스 정류장 팻말

대형 버스

- 홍콩교통국(Transport Department) http://www.td.gov.hk/en/home/index.html

- 홍콩 승차장 지도(HongKong eTransport) http://hketransport.gov.hk/?l=1&slat=0&slon=0&elat=0&elon=0&llon=12709638.92104&llat=2547711.3552131&lz=14 (영문판)

- 버스 운행 정보[•]

  1. **시티버스NWFB(CitybusNWFB) 홈페이지와 앱**
     https://mobile.nwstbus.com.hk/nwp3/index.php?golang=EN
     구글 플레이 스토어에서 'CitybusNWFB'로 검색해서 앱을 다운 받아 사용할 수도 있다.

  2. **카오룽 모터스 버스 홈페이지**
     http://search.kmb.hk/KMBWebSite/index.aspx?lang=en

  3. HongKong Businfo NG 앱
     구글 플레이 스토어에서 다운 받아 사용할 수 있다.

최근 홍콩 정부에서 '지리정보 지도(GioInfo Map)'를 오픈했다. 지리 위치, 주요 여행지, 자연환경, 교통 정보와 공공시설 관련 정보 등을 모아 놓았으니 참고해볼 만하다. http://www2.map.gov.hk/gih3/view/index.jsp

---

  저자는 http://www.i-busnet.com을 추천했으나, 이곳은 중국어 서비스밖에 제공하지 않는 까닭에 한국 독자들이 더욱 쉽게 사용할 수 있는 사이트와 앱을 대신 소개하였다.

산길 안내판 맥리호스 트레킹 코스 표식 농장(農莊) 시멘트 깔린 시골길

● 음식

산길이 그다지 길지 않기 때문에, 산행에 나서는 홍콩 사람들은 대부분 점심을 싸 가지 않는다. 보통은 산행이 끝날 때쯤 바닷가 작은 마을에서 해산물을 즐기거나 식당을 하나 골라 들어가 식사를 하고, 차와 딤섬을 즐기기도 한다. 음료수나 궁자이면, 산수이다우푸콰 등을 파는 작은 가게가 있는 산도 있다. 대만에서는 산에 오르기 전에 그때그때 편의점에 가서 도시락과 주먹밥, 초밥, 빵, 과자 등을 사는 게 어렵지 않고, 살 수 있는 종류도 다양한 편이다. 이에 비해 홍콩은 편의점에서 살 수 있는 먹을거리가 상대적으로 많지 않고, 등산객들로서는 선택의 폭도 좁은 편이다. 그래도 지하철역 옆에 과자점과 빵집은 다 있고, 아니면 가까운 곳에서 필요한 먹을거리를 보충할 수도 있다.

● 등산용품

홍콩 사람들은 보통 몽콕 파원가(花園街, Fa Yuen Street)에서 등산용품을 산다. 500미터가 채 되지 않는 이 시끌벅적한 거리에 어림잡아 10여 곳의 등산용품점이 식당과 운동용품점 사이사이에 자리한다. 다만 홍콩은 워낙에 사람은 많고 땅은 좁은 곳이라 등산용품점도 다 작다. 대부분 건물 사이사이에 자리해 있고, 물건도 촘촘히 진열되어 있어서 대만의 등산용품점처럼 널찍하고 편한 매장에서 쇼핑하기는 어렵다.

대만과 비교하면 등산용품 가격은 대체로 저렴한 편이고, 특가품은 대만의 절반 가격으로 팔기도 한다. 다만 선택의 폭은 넓지 않다. 판매하는 등산용품 브랜드는 대만과 유사하지만, 대만과 달리 자국 브랜드는 거의 없고 해외 브랜드가 대부분이다. 홍콩 청소년들 사이에서 그레고리(GREGORY) 백팩이 인기가 많은지 길거리에 늘 이 백팩을 멘 중고생들이 많아 흥미로웠다.

자주 쓰는 인기 어휘

식당 메뉴와 먹을거리

- **야쎄이메이**(二十四味) : 24미 허브차. 냉차 중 하나. 띠뿌리, 조릿대풀(Lophatherum gracile), 인동덩굴(Lonicera japonica Thunb.), 약모밀(Houttuynia cordata), 민들레(Taraxacum) 등 24가지 약재를 넣어 만든다. 하지만 시중의 찻집에서 파는 24미에는 24가지 약재가 다 들어가지는 않는다.

- **산수이다우푸화**(山水豆腐花) : 다우푸화는 대만의 '더우화'를 말한다. 앞에 '산수이'가 붙으면 산에서 난 광천수로 만든 다우푸화라는 뜻으로, 보통 교외 지역에서는 광천수로 만든 다우푸화라는 특징을 알리기 위해 이렇게 표기한다.

- **응화차**(五花茶) : 광둥 사람들이 흔히 마시는 전통 음료 중 하나. '응화'란 흔히 볼 수 있는 다섯 가지 종류의 꽃 약재로, 일반적으로 인동덩굴, 국화, 회화나무 꽃(Sophora japonica Linn.), 목면화(Bombax ceiba Linnaeus), 플루베리아 오브투사(Plumeria obtusa) 등으로 만들며, 지역에 따라 들어가는 꽃이 달라지기도 한다.

- **궁자이몐**(公仔麵) : 홍콩의 유명 식품 브랜드. 1960년대 말 출시된 궁자이몐은 '3분 조리'를 모토로 홍콩 사람들의 입맛을 재빨리 사로잡았다. 차찬텡(茶餐廳)* 에서 파는 궁자이몐에는 보통 달걀 프라이와 햄이 함께 나온다.

- **룄차**(涼茶) : 홍콩 길거리에서 자주 볼 수 있는 냉차. 룅차(良茶), 깜워차(甘和茶)라고 부르기도 한다. 종류가 아주 많은데 대부분 더위와 열기를 가시게 해준다. 찻집마다 나름의 비법이 있으며, 허브차와 비슷하다.

- **윈영**(鴛鴦) : 동남아시아에서는 '커피 티(coffee tea)'라고 부르기도 한다. 나이차(奶茶)** 와 커피를 섞어서 만든다.

- 일종의 간이식당으로 간편한 음식과 차를 즐길 수 있는 서민적인 카페를 말한다. 중국어로는 차찬팅, 광둥어로는 차찬텡으로 부른다.
- 밀크티를 통칭하는 이름으로 홍차를 주원료로 하여 설탕, 우유, 물 등을 섞어서 만들며, 안에 넣는 토핑에 따라 다양한 종류로 나뉜다.

- **까이자이벵**(雞仔餅) : 광둥 지방의 전통 과자. 살짝 짠 기가 돌면서 달콤한 맛이 난다. 차나 술과도 잘 어울리는 인기 과자.

지리와 풍물

- **얏티우췬**(一條村) : 홍콩에서 많이 쓰는 표현으로 '한 마을'이란 뜻이다. 홍콩에 와이췬도 있다 보니, 얏티우췬이라고 하면 보통 가옥들이 일렬로 배열된 모습을 말한다.
- **딩욱**(丁屋) : 1970년대 초, 뉴테리토리 지역 원주민 중 성인 남성 1인은 딩욱 한 채를 지을 수 있는 신청권을 부여받았다. 딩욱은 3층 높이의 가옥으로 공간은 그다지 크지 않다. 원주민은 딩욱을 지어 직접 거주하거나 정부에 '토지 보상비'를 받고 되팔 수 있다.
- **스토어**(士多) : 작은 잡화점을 말한다.
- **산포팍**(山火拍) : 산불을 끌 때 사용하는 도구로, 산길에서 흔히 볼 수 있다.
- **만맛껭**(文物徑) : 역사와 인문, 풍물이 가득한 길 또는 오래된 촌락에 난 보도를 뜻한다. 현재 홍콩 교외 지역에 난 문화유적 트레일은 '핑산 문화유적 순례길(屏山文物徑, Ping Shan Heritage Trail)'과 '룽옉타우 문화유적 순례길(龍躍頭文物徑, Lung Yeuk Tau Heritage Trail)' 둘 정도다.
- **섹시로**(石屎路) : 콘크리트 길. 일반적인 교외공원의 콘크리트 길은 폭이 1미터도 되지 않는다.
- **파텡자이**(扒艇仔) : 작은 배의 노를 젓는다는 뜻

산포팍(진화 도구)

만맛껭(문화유적 순례길)

- **췬빠**(村巴) : '췬체(村車)'라고도 부른다. 멀리 떨어진 시골이나 교통 요지를 전문적으로 오가는 미니버스로, 자주 운행하지는 않는다. 탑승을 원하는 사람은 인터넷에서 관련 정보를 찾아볼 수 있다.

- **췬욱**(村屋) : 홍콩 정부는 원주민이 뉴테리토리 지역에 췬욱을 지을 수 있도록 허가했다. 보통 2층 높이의 가옥으로 공간은 넓지 않다. 모든 '딩욱'은 '췬욱'이지만, '췬욱'이 다 '딩욱'은 아니다.

- **차찬텡** : 홍콩의 요릿집에서 유래된 간이음식점. 홍콩식 서양 음식을 파는 곳으로, 홍콩의 서민적인 식당을 말한다.

- **패밀리 워크** : 보통 교외공원 내, 경치가 좋고 쾌적하며 교통이 편리한 곳에 자리하며, 가족 활동에 적합하다. 길이는 1~3킬로미터까지 다양하며 경사 없이 평탄하다. 길마다 정확한 방향을 알려주는 안내 표지판이 설치되어 있다. 해당 산에서 자라는 야생 꽃과 풀, 서식 동물과 새, 역사 유적에 대한 설명도 함께 표기되어 있으며, 바비큐장과 어린이 놀이터 등의 시설도 함께 들어서 있다.

- **충**(涌) : 원래는 강에서 나온 지류를 뜻하며 호차(河汊)라고도 부른다. '파도가 올라온다'는 뜻으로도 쓰인다.

- **파이욱**(排屋) : 일종의 거주 가옥 양식. 2층이나 3층짜리 가옥이 서로 붙어 있는 형태로, 일렬로 이어지는 건물 안에서 각 집이 벽을 공유하며 붙어 있다.

- **만로섹**(問路石) : 청나라 때 돌층계식 고도 옆에 세운 비석. 장방형 돌에 앞으로 갈 곳의

냉차 가게

시우하우쳉(바비큐장)

방향과 여정, 지명을 간단히 적어놓았다. 뉴테리토리 동북 지역과 사이쿵 일대에 일부가 남아 있다.

- **위파이**(魚排) : 바다에서는 풍랑이 크게 일어 양식 어망을 고정하는 게 쉽지 않다 보니 양식을 하기 어렵다. 그래서 8~10개의 어망을 일정한 방식으로 질서정연하게 배열한 뒤 뼈대로 고정하고 물에 뜨는 플라스틱 통 등을 설치한다. 뼈대 위에는 자그마하게 천막을 쳐놓고 필요한 도구를 보관하거나 잠 자는 곳으로 활용한다.

- **게이와이**(基圍) : 조간대(潮間帶)에 수문을 설치해서 바닷물이 게이와이 안으로 들어올 때를 기다렸다가 물고기와 새우를 잡는다. 주요 부분은 모두 홍수림과 갈대로 덮여 있는데, 포획용 어업 시설로만 쓰이지는 않는다.

- **록산**(落山) : 산에서 내려간다는 뜻.

- **체**(輋) : 보통 숲의 나무와 풀을 태운 뒤 개간한 산간 지방의 이름에 이 글자가 붙는다. 광둥 일대에서 많이 볼 수 있다.

- **윈족껭**(遠足徑) : 긴 거리의 코스가 잘 구획되어 있고, 안내 표지도 정확하게 설치된 산속의 대중 보도. 비교적 길이가 길어서 일반적으로 걷는 데 하루 정도 걸린다.

- **단만**(蜑民) : 소수민족. 광둥, 푸젠(福建), 광시 등 연해 항만과 내륙 하천 등에 수상 가옥을 짓고 사는 주민들을 이르는 옛 명칭. 단만(蛋民), 단만(但民)이라고 부르기도 한다.

- **허이**(墟) : 시골에 서는 장터를 뜻하는 말로, 버려진 땅이라는 뜻은 아니다.

- **시우하우쳉**(燒烤場) : 교외공원에 설치된 바비큐 장소로 공용 공간이다.

- 해수면이 가장 높을 때의 해면과 육지의 경계선을 만조선,
  해수면이 가장 낮을 때의 해면과 육지의 경계선을 간조선이라고 하는데,
  조간대는 이 둘 사이의 부분을 가리킨다.

번잡한 편집을 맡아준 아내 후이징(惠菁)에게 고마운 마음을 전합니다. 자연환경을 중심으로 한 여행 책은 해도 해도 정리가 안 되는 잡다하고 세세한 항목들이 많습니다. 트레킹 노선과 지리, 풍물 등에 익숙한 사람이 아니면 책의 세세한 부분을 파악하는 데 더 어려움을 겪을 수밖에 없습니다. 많은 곳을 가보지 못했음에도 아내는 사진과 글을 보고 책에서 소개한 곳들을 일일이 찾아나갔고, 저와 상세한 토론을 하며 여행의 멋이 물씬 풍기는 이 책이 완성될 수 있도록 도와주었습니다.

7년 전쯤 청링(鍾玲) 여사의 초청을 받아 홍콩뱁티스트대학의 방문 작가 자격으로 홍콩을 방문하였습니다. 그 뒤 또 다른 기관의 초청이 이어지면서 계속해서 홍콩을 여행하고 학교에 머물 기회가 생겼고, 그 덕에 많은 산 친구들과 인연을 쌓을 수 있었습니다. 그 많은 인연들에게 이 책이 세상에 나온 지금 꼭 특별한 감사 인사를 전하고 싶습니다.

홍콩《명보》에서 상당한 분량의 지면을 할애해 저의 트레킹 여행기를 연재하면서 홍콩 독자들의 관심과 토론이 이어졌고, 이는 제가 책을 계속 써내려갈 수 있는 가장 큰 동력이 되어주었습니다. 홍콩시립대학의 영왕퉁 선생은 자연 관찰에 대한 관심과 애정을 공유한 동호인(同好人)임은 물론, 오랜 시간 함께 옛 마을과 산을 찾아다니며 저를 가족처럼 대해주셨습니다. 이 책을 써내려가는 과정에서도 아무 사심 없이 헌신적으로 전심전력을 다해 도와주신 선생을 잊지 않고 마음 깊이 간직하도록 하겠습니다. 등산 전문가인 찬웍밍 선생은 홍콩의 교외 환경에 관한 책을 선물해주셨고, 이후에도 가까이 지내며 제가 홍콩 주변의 산과 숲에 익숙해질 수 있도록 이끌어준, 진실로 훌륭한 스승이자 벗이었습니다. 또 뱁티스트대학 학생 아칭(阿晴), 아봉(阿邦), 라이시(麗施) 그리고 와이산(慧珊)은 학교 강의 시간 외에 시간을 내어 저와 함께 산행에 나서며 함께 배우고 성장하는 경험을 나누기도 했습니다.

그리고 마지막으로 2013년 세상을 떠나신 선배 작가 야씨 선생께, 삶을 사랑했고 대가의 풍모를 지녔던 그분께 존경의 마음을 전하고자 합니다. 그는 삶의 끝자락에서도 배우고 가르치는 일에 힘쓰며 저를 이곳저곳의 방문 작가로 초청해주셨습니다. 그런 인연과 기회로 배낭을 메고 홍콩의 산과 들 이곳저곳을 계속해서 돌아다닐 수 있었습니다. 이제 도보 여행이라는 퍼즐의 마지막 조각인 이 책을 여러분 앞에 내놓습니다.

어린 시절 제게 홍콩은 이국적인 매력이 가득한 도시였습니다. 홍콩 영화 키드들에게 홍콩은 성지 같은 곳이었죠. 한쪽은 빅토리아 파크의 화려한 불빛과 초고층 빌딩 숲으로 뒤덮여 있는데 다른 한쪽은 다닥다닥 들어선 낡은 고층 아파트들과 그 아파트를 거의 가릴 듯 덮어버린 빨래들로 가득한 서민적인 풍경, 알아들을 수 없는 그들의 언어, 한국에서는 보기 힘든 신기한 음식들이 어린 제게는 흥미롭기만 했습니다.

동서양이 절묘하게 공존하는 화려한 도시, 쇼핑과 미식의 천국. 꼭 홍콩 영화 키드가 아니더라도 많은 이들에게 홍콩은 비슷한 이미지로 자리매김해 있을 것입니다. 그러니 실은 우리가 아는 홍콩이 실제 홍콩의 4분의 1밖에 되지 않는다고, 홍콩에도 시골이 있고 나무와 꽃, 풀벌레와 새 소리 가득한 숲이 있으며 산이 있다고 이야기하는 저자의 말이 곧이곧대로 들릴 리 만무하겠지요?

이 책의 저자 류커샹은 타이완의 생태 문학 작가이자 여행가입니다. 오래전에 홍콩의 어느 대학에서 방문 작가 자격으로 초청을 받은 그는 그 기회에 사람들이 알지 못하는 홍콩의 산과 들, 강과 시내를 찾아 나섰습니다. 2004년 〈타임〉이 아시아 최고의 하이킹 코스로 선정하기도 했던 맥리호스 트레일, 윌슨 트레일, 란타우 트레일, 홍콩 트레일과 같은 잘 알려진 곳이 아니라 잘 알려지지 않은 홍콩의 구석구석을 돌아다니며 보고 느낀 바를 신문에 칼럼으로 연재했고, 이 칼럼은 홍콩에서도 반향을 불러일으켰습니다. 왜 아니겠습니까? 홍콩 사람들조차 홍콩에 정말 이런 산과 들이, 강과 시내가, 소박한 시골집과 홍콩의 옛 이야기를 간직한 오솔길이 있는지 몰랐을 테니 말입니다. 어쩌면 홍콩은 우리가 생각하는 것과 달리 아직 우리에게 보여주지 못한 속살이 많은 미지의 공간일지도 모릅니다.

홍콩 여행을 계획하고 계신다면, 이 책 한 권 들고 저자의 설명을 따라 우리가 알지 못했던 미지의 홍콩으로 떠나보는 건 어떨까요? 빌딩 숲 홍콩에서 만날 수 있으리라고는 생각지도 못했던 동식물들과 반갑게 조우해보는 건 어떨까요? 다른 나라에서라면 도심지를 벗어나 산과 들, 강과 시내, 바다를 만나기 위해 몇 시간이나 차를 타고 배에 몸을 싣거나 심지어 비행기를 타야겠지만, 이곳은 홍콩이잖아요. 정신을 차릴 수 없을 정도로 화려하고 시끌벅적한 도심에서 조금만 벗어나면 고요하고 정겨운 시골길에 서 있는 자신을 발견하게 될지 모릅니다. 이 간극이 던져줄 매력, 느껴보고 싶지 않으세요?

개인적으로는 『우리가 몰랐던 홍콩의 4분의 3』을 번역하면서 우리가 발 디디고 사는 이 땅을 생각해볼 기회를 얻기도 했습니다. 우리가 몰랐던 부산의 4분의 3, 우리가 몰랐던 대전의 4분의 3, 우리가 몰랐던 대구의 4분의 3, 우리가 몰랐던 광주의 4분의 3, 우리가 몰랐던 춘천의 4분의 3, 우리가 몰랐던 청주의 4분의 3, 우리가 몰랐던 서울의 4분의 3, 우리가 몰랐던 인천의 4분의 3, 우리가 몰랐던 전주의 4분의 3…… 끝도 없이 가지를 쳐나갈 수 있겠지요? 독자들이 이 책을 통해 홍콩의 숨은 매력을 발견하는 동시에 우리가 사는 이 땅의 숨은 보석을 찾아 나설 수 있게 되면 좋겠습니다.

끝으로 책을 알아봐주시고 출간을 결정해주신 도서출판 책비의 조윤지 대표님, 김자영 편집자님, '디자인 잔'의 김보형 실장님, 이 책의 광둥어 표기를 맡아준 홍콩 친구 Fanny, 늘 응원과 격려를 아끼지 않는 절친한 벗과 동료들 그리고 가족들에게, 무엇보다 이 책을 읽어주실 모든 독자께 감사 인사를 전합니다.

남혜선

우리가 몰랐던 홍콩의 4분의 3

1판 1쇄 발행 2018년 5월 8일

지은이　류커샹(劉克襄)
옮긴이　남혜선
펴낸이　조윤지
P　R　유환민
책임편집　김자영
디자인　디자인 잔

펴낸곳 책비(제215-92-69299호)
주소 (13591) 경기도 성남시 분당구 황새울로 342번길 21 6F
전화 031-707-3536
팩스 031-624-3539
이메일 readerb@naver.com
블로그 blog.naver.com/readerb

'책비' 페이스북
www.FB.com/TheReaderPress

ISBN 979-11-87400-23-3 (03820)

※ 책값은 뒤표지에 있습니다. 잘못된 책은 구입처에서 교환해 드립니다.

책비(TheReaderPress)는 여러분의 기발한 아이디어와 양질의 원고를 설레는 마음으로 기다립니다.
출간을 원하는 원고의 구체적인 기획안과 연락처를 기재해 투고해 주세요.
다양한 아이디어와 실력을 갖춘 필자와 기획자 여러분에게 책비의 문은 언제나 열려 있습니다.
● readerb@naver.com